TRIANGLE NOIR

Niko Tackian, né en 1973, est un romancier, scénariste et réalisateur français. Il a notamment créé la série *Alex Hugo* pour France 2 avec Franck Thilliez. Son premier roman, paru en 2015, a reçu le Prix polar du public des bibliothèques au Festival Polar de Cognac. Son thriller best-seller *Avalanche Hôtel* a reçu le Prix Ligue de L'Imaginaire-Cultura 2019 et le Choix des libraires 2020.

Paru au Livre de Poche :

AVALANCHE HÔTEL
CELLE QUI PLEURAIT SOUS L'EAU
FANTAZMË
LA LISIÈRE
LA NUIT N'EST JAMAIS COMPLÈTE
RESPIRE
SOLITUDES
TOXIQUE

NIKO TACKIAN

Triangle noir

CALMANN-LÉVY

© Calmann-Lévy, 2024.
ISBN : 978-2-253-25300-6 – 1re publication LGF

« *Le monde ne sera pas détruit par ceux qui font le mal, mais par ceux qui les regardent sans rien faire.* »

Albert EINSTEIN

1

Le froid s'insinuait dans chacune de ses cellules. Son corps n'était plus qu'une masse compacte et inerte, mais quelque chose continuait de lutter contre l'engourdissement final. Depuis l'intérieur de son crâne, un frisson électrique raviva une bribe de pensée et son cerveau réussit à activer ses derniers mécanismes de survie. À mesure que ses sens reprenaient vie, il eut l'impression d'entendre le bruit de l'eau et un léger écho cristallin tout autour de lui. Le sang recommença à affluer dans ses artères et il posa sa main sur une surface solide dont le contact lui brûla le bout des doigts. Il força ses paupières à se décoller et tenta de percer l'obscurité qui l'entourait. Il se trouvait nu, couché dans une baignoire remplie de pains de glace. Il ne se souvenait ni de son nom ni des événements qui l'avaient conduit à cet endroit. Tout ce qu'il savait c'est qu'il devait partir, quitter ce bain mortel dans lequel on l'avait plongé.

En regardant autour de lui, il aperçut les lignes déformées d'une pièce. Il lui fallut quelques minutes supplémentaires pour comprendre que cette distorsion visuelle venait de grandes bâches en plastique transparent accrochées tout autour de son cercueil d'eau glacée. La terreur grandissante se transforma en un jet d'adrénaline le forçant à se mettre en mouvement. Il enjamba le rebord de la baignoire pour poser un pied sur le vieux parquet qui lui fit l'effet d'un brasier tant sa chaleur contrastait avec la banquise dans laquelle on l'avait immergé. Il repoussa le rideau et découvrit un salon où ne subsistaient que quelques meubles poussiéreux. Les murs tapissés de papier peint décrépit, les portes défoncées, les monceaux de détritus sur le sol lui donnèrent l'impression d'être dans un squat abandonné depuis longtemps. Il y avait dans un coin une desserte sur laquelle une série d'instruments chirurgicaux avaient été soigneusement alignés. Il grogna d'angoisse tout en avançant vers l'entrée. La chaleur moite qui régnait dans cette ruine lui permit de se réchauffer plus rapidement. Par une fenêtre, il aperçut une lumière tellement vive qu'il détourna le regard.

Un morceau de miroir brisé encore attaché au mur lui renvoya l'image d'un garçon athlétique aux muscles saillants et au visage creusé par la fatigue. Oui, il était jeune, en bonne condition physique et il devait fuir. Aussi loin que possible. Il parcourut les quelques mètres le séparant de la porte et posa une main tremblante sur la poignée. Un souffle puissant d'air chaud s'engouffra dans la maison et il fut obligé de se protéger les yeux pour sortir.

Il se trouvait dans une ville écrasée par un soleil dévorant. Tout autour de lui, des bâtiments en ruine, certains partiellement effondrés, d'autres rongés par l'érosion dressaient leurs silhouettes décharnées dans un ciel brûlant. Un endroit dévasté ressemblant à un fantôme des jours anciens. Le désert avait envahi les rues abandonnées, recouvrant l'asphalte de sable et de poussière. La chaleur oppressante lui serra la gorge et il fit quelques pas, tentant d'éviter les éclats de verre jonchant le sol. Il s'arrêta devant un immeuble éventré et ne put s'empêcher de se demander ce qui avait pu causer une telle destruction – une guerre, un cataclysme naturel, une épidémie ? Quelques secondes, il s'imagina être dans un cauchemar, mais cet espoir disparut rapidement sous les rayons accablants du soleil. Il fallait qu'il parte, qu'il quitte ce lieu au plus vite.

Il rassembla ses forces et s'engagea dans la rue vers le nord, longeant une série d'habitations recouvertes de graffitis. À la lisière des constructions, il aperçut une bande de sable blanc sur laquelle poussaient quelques touffes de végétation desséchée. Il y avait une route et au-delà un désert qui s'étendait jusqu'à une petite chaîne de montagnes d'un rouge ocre. Pas loin de lui, quatre poteaux en bois soutenaient un immense panneau sur lequel on devinait une jeune femme en bikini, surfant une vague d'écume. Elle souriait à pleines dents et écartait ses bras pour accueillir les visiteurs. À côté d'elle, de grandes lettres peintes formaient un message : *Welcome to Bombay Beach*.

C'est au moment où il lisait ces mots qu'il entendit le bruit d'un moteur et aperçut la voiture qui venait dans sa direction. Il leva une main pour qu'elle s'arrête, prenant soudain conscience qu'il était complètement nu. Un homme d'une cinquantaine d'années portant une casquette et des lunettes de soleil le fixa avec étonnement avant de se garer sur le bas-côté. Quelque chose dans le visage du nouveau venu éveilla en lui un souvenir et il sentit une boule d'angoisse lui serrer l'estomac. Le conducteur sortit lentement de son véhicule et se dirigea vers le coffre qu'il ouvrit pour récupérer un sac militaire et une batte de base-ball.

Ça ne collait pas. Son cœur s'emballa et il s'enfuit dans les rues désertes, animé par une peur incontrôlable. Il ne comprenait pas pour quelle raison, mais il savait qu'il devait échapper à cet homme à tout prix.

2

L'adjudant Lutz transpirait à grosses gouttes, les yeux rivés sur ses pieds pour éviter de trébucher dans une ornière. Depuis une bonne heure, son collègue et lui grimpaient la colline sur laquelle s'étendait une partie de la forêt domaniale de Mouterhouse, à quelques kilomètres de Lemberg. D'après les données GPS et les informations fournies par le contremaître de la scierie, la zone d'excavation se situait dans une ravine entourée de hêtres et de pins sylvestres. Une pluie hivernale tombait à travers les branches, formant un voile gris qui enveloppait tout le massif des Vosges depuis des semaines. Le bruit sourd des gouttes sur les feuilles résonnait comme un battement de tambour oppressant et la brume s'accrochait aux arbres, cachant les formes indistinctes des troncs et rendant l'atmosphère plus inquiétante.

— Vous êtes sûr que c'est par là, chef ? lança le gendarme Vignot en remontant le col de sa veste réglementaire.

Lutz ne prit pas la peine de répondre et força le pas pour atteindre le sommet aussi rapidement que ses courtes jambes le lui permettaient. Deux heures que les techniciens du TIC et l'équipe du légiste étaient sur site et il luttait encore pour trouver l'emplacement. Dire qu'il était fatigué aurait été un euphémisme. Plus que quelques années à tirer avant la retraite et un repos bien mérité qu'il rêvait de prendre au soleil, peut-être dans le Douro portugais. En attendant, il était obligé de voir le jeune aspirant Vignot le dépasser en tête de leur expédition vers ce qui semblait être une macabre découverte.

On les avait informés par e-mail le matin même de la présence d'un corps. Un bien étrange message en vérité, puisqu'il était anonyme et se contentait de fournir des coordonnées GPS. En tant que responsable du poste de Lemberg, Lutz avait alerté sa hiérarchie et les équipes scientifiques avant de se diriger vers la forêt. C'est à ce moment-là que Mme Maïer lui était tombée dessus pour lui expliquer comment les gamins du village voisin venaient vandaliser son poulailler. Elle exigeait des mesures « draconiennes ». Il avait mis une bonne heure à s'en dépatouiller, au point qu'il se retrouvait en retard, ce qui ne collait absolument pas avec son sens exacerbé du devoir. Premier arrivé, dernier rentré ! C'est de cette manière qu'il avait vécu sa longue carrière de gendarme.

— Regardez, chef ! dit Vignot en pointant du doigt une zone en contrebas où se détachaient des blouses bleues affairées autour d'un trou boueux.

Depuis son sommet, la colline se fendait en deux bras descendant en pente douce vers une coupe forestière. Le sol couvert de sciure et de branches était parsemé de multiples grumes empilées les unes sur les autres, formant de hauts monticules de troncs, certains bien alignés, d'autres entassés de manière désordonnée. L'adjudant Lutz emplit ses poumons de la vapeur d'eau caractéristique produite par le bois fraîchement tranché. Quelques geais voletaient dans les environs, profitant de la nourriture fournie par les copeaux. Au milieu de cette coupe, plusieurs hommes vêtus de combinaisons de protection, équipés de masques et de gants en latex, concentraient leurs efforts dans un secteur délimité par de la rubalise. Lutz fut obligé de garder ses distances pour éviter de perturber le travail des techniciens qui échangeaient à voix calme, coordonnant leurs recherches dans une tension palpable. Un type petit et trapu, l'adjudant-chef Pelletier en charge de l'équipe du TIC, se fraya un passage jusqu'à lui.

— Salut André, on a cru qu'on vous avait définitivement perdu dans la forêt.

— J'ai eu un contretemps…

— Heureusement que les ouvriers de la scierie nous ont filé un coup de main pour déblayer les troncs. On s'attendait à voir plus de gens de chez vous pour nous épauler.

— Oui, bah j'ai que Vignot. Mes deux autres gars sont en congés.

— Ouais…

— J'espère qu'on ne vous a pas dérangé pour rien au moins.

— Non… ça certainement pas. Vous voulez voir ?

Lutz acquiesça et enjamba les rubans de protection pour entrer dans la zone de travail. Quelques mètres plus loin, le sol retourné révéla deux corps enfouis sous la terre et les feuilles mortes. Deux garçons, plutôt jeunes, complètement nus, mains et pieds liés, dont l'état laissait supposer qu'ils étaient là depuis longtemps.

— Bordel de dieu, lâcha Lutz en sentant son petit déjeuner remonter de son estomac.

— Oui, c'est pas très joli. Le docteur Bénézech est en route. On ratisse le périmètre en attendant.

— Et vous avez trouvé quelque chose ?

— Rien, on sait juste une chose, il a fallu déplacer les troncs à la pelleteuse pour découvrir cette tombe… donc ça date pas d'hier.

— Rien d'autre ?

— Pour l'instant non… ah si, y a un truc… regardez.

Pelletier se pencha vers les corps et fit signe à l'adjudant d'approcher. Malgré le peu d'envie qu'il en avait, Lutz s'accroupit à quelques centimètres des cadavres. Une odeur de chair pourrie lui emplit les narines et il coupa sa respiration.

— Là… sur l'épaule.

Entre les feuilles collées par la boue, un morceau de peau bleuâtre était recouvert d'un étrange symbole. Un triangle noir piqué de trois points. Chacun correspondant à un sommet.

— C'est quoi ? Un tatouage ?

— Ça ressemble à une brûlure plutôt… et l'autre a le même. Exactement au même endroit.

— On les aurait marqués ?

— D'après moi, au fer rouge. Mais je ne suis pas légiste.

Lutz se redressa pour reprendre son souffle. Deux corps de gamins dans la forêt, sa forêt. Il était né et avait passé sa vie dans ce coin de la France qu'on appelait maintenant le Grand Est. Il avait parcouru le massif des Vosges dans tous les sens, pour son plaisir le plus souvent, et jamais il n'avait été confronté à une telle horreur. L'air imprégné de senteurs humides lui parut soudain irrespirable et il fut obligé de s'éloigner de quelques pas pour rejoindre Vignot.

— Qu'est-ce qu'on fait, chef ?

— On attend le légiste et on organise la levée des corps avant la nuit.

— Des corps ? Le message disait qu'il y en avait qu'un.

— Ouais…

Il posa une main sur l'épaule du jeune gendarme en lui demandant de grimper la colline pour inspecter les environs et veiller à ce qu'aucun randonneur ne vienne perturber le travail de Pelletier. Un coup de vent fit bruisser les feuilles des hêtres comme s'ils se chuchotaient des secrets à l'oreille et l'adjudant Lutz eut l'impression que la lumière avait soudainement baissé. Les flashs des techniciens crépitèrent sur les corps, éclairs silencieux d'un orage qui ne tarderait pas à s'abattre. Quelque chose d'horrible se tramait dans sa forêt. Il pouvait le sentir autant que l'odeur de mort autour de la tombe de ces adolescents.

3

Pierre ouvrit péniblement les yeux, la lumière de l'aube lui transperça la rétine et il eut un soupir de douleur. Il se sentait lourd, l'esprit embrouillé et le corps perclus de courbatures. Il lutta pour se rappeler la nuit dernière, ses souvenirs effacés par l'excès d'alcool. Le son des rires, le tintement des verres, la chaleur du feu qu'il avait allumé dans son salon, tout cela lui revint comme les bribes d'un rêve confus.

Il se redressa pour sortir du lit dans lequel il s'était jeté tout habillé. Un mal de tête pulsa derrière ses yeux qu'il cligna pour retrouver ses esprits. Le visage rougeaud de René refit surface. Il étalait ses cartes IGN et lui expliquait le parcours d'un P47 Thunderbolt qui se serait écrasé dans les sapins un matin d'octobre 1944. Le chasseur de crash s'était renseigné auprès des vieux de Cornimont. L'appareil aurait été vu alors qu'il volait en flammes dans l'axe exact de l'église de Travexin. René avait tracé toutes les trajectoires possibles au marqueur rouge et il comptait bien rassembler quelques courageux pour l'aider à retrouver les restes de l'avion – « Pt'être même le moteur à 18 cylindres ! » s'était-il enthousiasmé avant de trinquer à nouveau. Il l'aimait bien, ce René. C'était un des seuls gars du coin à l'avoir accueilli à bras ouverts lors de son emménagement dans la région.

Pierre traversa le corridor et fit une halte dans sa salle de bains pour prendre un cachet d'aspirine. Impossible de travailler sur son livre avec cette gueule de bois. Est-ce qu'un jour il terminerait ce foutu projet ? Il finissait vraiment par se demander si ce n'était pas juste un prétexte. Après tout, tant qu'il avait un objectif, ça lui évitait de trop gamberger. Ça tenait à distance le départ de Bordeaux, le procès, la famille Vidal et tout le reste de ses échecs.

Il s'attarda un instant sur son visage fatigué à la barbe en bataille, aux sourcils broussailleux et aux traits marqués. À tout juste quarante ans, il s'en donnait dix de plus. Le manque de sommeil et l'alcool avaient fait leur besogne, grignotant ses années autant que ses neurones. Qu'était devenu le prometteur docteur Martignas, jeune médecin psychiatre expert en criminologie ? Son enthousiasme semblait s'être fané et les fêlures de son âme se lisaient de plus en plus sur son visage.

Dans un râle de dégoût, il repoussa ces idées sombres et se dirigea vers la pièce principale du chalet. Il régnait dans le salon un froid polaire malgré la pauvre bûche qui continuait de se consumer dans la cheminée. Une lueur ambrée enveloppait les fauteuils en cuir brut, la table et les meubles de son refuge, ajoutant une touche de rusticité à l'atmosphère. Lorsque l'agent immobilier lui avait fait visiter cette masure perdue dans la forêt, Pierre avait immédiatement signé le bail. Pas un voisin à moins de dix kilomètres, si ce n'étaient les chevreuils, les cerfs et les sangliers qui pullulaient dans le coin. La vie de Robinson au fond des bois, c'était cela qu'il cherchait pour retrouver la volonté de se lever. Le projet de bouquin n'était venu qu'après, alors qu'il compulsait les notes couvrant ses carnets. De son existence précédente, il n'avait conservé que deux choses : une vieille valise pleine de vêtements devenant progressivement trop petits pour sa taille épaissie, et une malle de livres. La plupart traitaient de sujets scientifiques : anthropologie, sociologie, histoire, psychiatrie, tous ces volumes qui l'avaient accompagné depuis ses études sur les bancs de la faculté de Bordeaux jusqu'au cabinet qu'il avait ouvert pas loin du campus. Et puis il y avait eu ses années de formation à la criminologie et son poste d'expert-conseil pour la gendarmerie nationale. Tout cela avait pris fin de manière violente lorsqu'il avait fait la rencontre d'Éloïse Vidal. Penser qu'une gamine de treize ans puisse réduire en cendres – le mot le fit sourire – l'intégralité de sa vie relevait de la pure folie et pourtant…

Un relent d'alcool le poussa à ouvrir grand une fenêtre pour s'aérer. Un vent froid et humide le prit immédiatement à la gorge. Il pleuvait depuis combien de temps ? Une semaine ? Deux semaines ? Il ne savait plus. À l'extérieur, la brume écrasait les perspectives, limitant son champ de vision à une dizaine de mètres. Pierre connaissait bon nombre de patients qui auraient eu une peur phobique de se retrouver isolés à ce point. Lui, c'est exactement ce qu'il aimait dans cet endroit.

Il attrapa une épaisse veste de chasse doublée de fourrure et enfila ses bottes pour sortir. Il n'avait quasiment plus de bois de chauffe et hors de question que son refuge se transforme en igloo. Le bûcher se trouvait contre un mur de la maison, protégé par un appentis vétuste. Pierre s'était arrangé avec un gars du coin pour récupérer quelques stères avant chaque hiver, histoire d'être certain de ne jamais manquer. L'humidité lui colla à la peau et le caoutchouc de ses bottes s'enfonça dans l'herbe molle. Tout autour de lui, les troncs sombres des sapins s'étiraient interminablement vers leurs cimes perdues dans la brume. L'air lourd et le silence lui donnèrent l'impression que le temps s'était arrêté.

Soudain, une branche craqua sous son poids alors qu'il se penchait pour ramasser quelques bûches. C'est là qu'il la vit. Éloïse se tenait dans l'ombre du mur, elle le regardait avec ses yeux en amande. Il devina le sourire triste qui l'avait tant ému au moment du procès. Il lança une bûche dans sa direction et la vision disparut aussi vite qu'elle s'était matérialisée. *Je suis désolé.* Combien de fois l'avait-il déjà dit ? Devant le juge, face à son ex-femme, ses amis, la famille en deuil et en dernier recours le curé… des milliers. Mais personne n'avait accepté ses excuses, pas même Dieu. Personne et encore moins lui-même. La sonnerie de son téléphone le sortit de ses idées noires et il courut vers l'intérieur, laissant de larges traces de boue sur le parquet du salon.

— Allô… Docteur Martignas ? Ici l'adjudant Lutz.

— J'écoute.

— Vous seriez disponible pour passer au CHU de Strasbourg ?

— Qu'est-ce qui vous arrive, adjudant ?

— Euh… Il vaut mieux que je vous explique sur place. Disons que j'ai un dossier qui pourrait relever de vos compétences. En tout cas j'aimerais bien votre avis…

— Vous savez que je ne travaille plus pour la gendarmerie.

— Oui… mais… à titre amical…

— Quand ?

— Dès que possible… cet après-midi serait parfait.

Pierre hésita à refuser, mais l'adjudant appartenait au club assez restreint des personnes encore présentes dans le champ de sa vie sociale et il lui avait déjà donné quelques conseils sur des petites affaires dans la région.

— D'accord… laissez-moi le temps d'arriver. On se retrouve où ?

— Au service médico-légal…

La conversation terminée, il attrapa une serpillière pour nettoyer ses traces et jeta un coup d'œil dans l'embrasure de la porte d'entrée où il espérait ne pas trouver la silhouette de la fille Vidal. Il ne vit que le tapis de feuilles mortes que le vent faisait s'engouffrer à l'intérieur, et la forêt enveloppée dans son manteau de brume.

4

Pierre poussa la porte et pénétra dans une salle d'autopsie éclairée par la lumière blafarde d'un rail de lampes halogènes. La pièce était spacieuse bien qu'oppressante avec ses murs carrelés de blanc. Au centre, deux tables en acier inoxydable équipées de tuyaux d'aspiration et d'outils chirurgicaux accueillaient les corps des gamins. L'un d'eux avait le torse ouvert et le médecin légiste se tenait penché au-dessus, les mains plongées dans la carcasse. À ses côtés, l'adjudant Lutz scrutait la scène d'un air préoccupé. Pierre hésita quelques secondes avant de s'approcher. Il avait quitté sa vie précédente pour éviter de se retrouver dans ce genre de situation, et le voilà une fois encore face à des cadavres dont on allait lui demander de révéler les mystères. Il aurait pu rebrousser chemin et rentrer au chalet pour se faire une flambée, après tout il ne faisait que rendre service, mais il y avait en lui comme un appel. Quelque chose d'invisible qui refusait tout simplement de disparaître et le poussait à continuer.

L'odeur âcre du formol qui flottait dans l'air lui donna envie de vomir. Le docteur Bénézech abandonna quelques secondes son travail pour lui lancer un regard amical et le gendarme vint à sa rencontre.

— Merci d'être arrivé aussi vite.

— Qu'est-ce qui se passe ?

— On les a trouvés tous les deux dans la forêt près de Lemberg.

— Ils étaient là-bas depuis longtemps ? À voir la couleur, ça ne date pas d'hier.

— Dans les cinq ou six mois, pas plus, coupa Bénézech sans lever les yeux du cadavre. Et j'ai tenu compte du fait qu'ils ont été enterrés en forêt, donc que la dégradation est plus rapide. Bon, je pense que j'ai terminé, dit-il en retirant ses gants en latex qu'il jeta dans un conteneur.

C'était un homme de taille moyenne aux épaules larges et à la posture droite. Son visage anguleux au front haut était encadré d'une chevelure poivre et sel coupée court. Il lui tendit une main étonnamment fine et délicate pour sa stature.

— Comment allez-vous, Pierre ?

— Ça va, docteur.

— Ce livre, ça avance ?

— Pas des masses...

— À chaque jour sa peine, n'est-ce pas... Bon, voilà ce que je peux vous dire pour le moment : ces deux jeunes gens présentent de nombreuses ecchymoses et lésions sur tout le corps. Certaines correspondent à des coups qui ont provoqué des fractures multiples, notamment aux côtes, au sternum et au crâne. Mais ce ne sont pas celles-là qui ont causé la mort...

Personne n'osa interrompre le silence qui suivit avant que le légiste ne se décide à reprendre la parole en fronçant les sourcils.

— D'autres lésions sont beaucoup plus profondes et j'ai constaté un travail de sutures assez sommaire pour tenter de les résorber. En les ouvrant, j'ai eu la surprise de découvrir que plusieurs organes vitaux ont été prélevés. Le foie, les reins, une partie des poumons et en dernier lieu le cœur… La mort est très certainement survenue dans les deux cas à la suite d'une hémorragie massive causée par l'ablation de ces organes.

— Vous voulez dire qu'ils étaient vivants lorsqu'on les a charcutés ? coupa Pierre en fixant le légiste.

— Je pense, oui. Sauf le cœur qui a été retiré post mortem. Sinon pourquoi refermer les plaies ? Ils ont dû agoniser quelques heures, mais avec la quantité de sang qu'ils ont perdu, ils n'avaient aucune chance.

— Mon Dieu…, lança l'adjudant Lutz dont le visage était devenu livide.

— Certaines traces suggèrent que le ou les auteurs de ce crime ont des connaissances médicales avancées. Il ne s'agit pas d'une boucherie aveugle, mais bien d'un prélèvement en règle de leurs organes.

— Il n'y a jamais eu de trafic de ce genre dans la région ? interrogea Pierre.

— Bien sûr que non ! s'insurgea l'adjudant en passant une main sur son front pour éponger la sueur. Jamais vu une atrocité pareille de toute ma carrière.

— Ce n'est pas tout, interrompit le légiste. Les poignets, le cou, les chevilles montrent des marques de liens. Cordes, ou chaînes assez fines. Et les corps présentent également un état de déshydratation et de malnutrition indiquant qu'ils ont été privés d'eau et de nourriture pendant une longue période. Pour moi, il y a des signes évidents de séquestration prolongée.

Et puis il y a cette brûlure faite avec un outil spécifique chauffé à blanc. Vous voulez voir ?

Pierre acquiesça de la tête et suivit le médecin vers le premier garçon. Il aperçut le triangle et les trois points sur l'épaule.

— Sur les deux ?

— Oui. Et au même endroit. La cicatrisation montre que ces marques ont été faites avant leur décès. Je pense au moins un bon mois.

— Vous êtes en train de me dire qu'on les a enlevés, séquestrés, torturés puis qu'on leur a prélevé leurs organes en les laissant lentement se vider de leur sang.

— En résumé, c'est ce qu'il y aura dans mon rapport.

Les trois hommes échangèrent un long regard d'incompréhension.

— C'est pour ça que je vous ai appelé, docteur, déglutit l'adjudant avec difficulté, la gorge nouée par l'horreur. Ce n'est pas un simple meurtre, ça non... ça ressemble à un truc de serial killer et c'est votre spécialité, alors...

— Sauf que je ne travaille pas pour la gendarmerie de Lemberg. Je ne travaille plus tout court d'ailleurs. C'est pour ça que je suis venu dans votre belle région.

— Oui, mais vous nous avez déjà rendu quelques services...

— Des scarifications sur des animaux, des règlements de comptes entre malfrats ou des pères de famille qui pètent les plombs... rien de comparable avec ce que j'entrevois sur ces corps. Et puis surtout, je n'ai aucune légitimité à intervenir.

— Je ne vous demande pas de le faire officiellement, docteur... je veux juste votre avis. De toute façon je vais transmettre l'affaire au groupe de recherche, c'est beaucoup trop gros pour moi.

— D'accord, vous voulez mon avis, adjudant ?

Le médecin légiste resta silencieux, observant la réaction de Pierre.

— Mon avis, c'est que vous êtes dans un sacré merdier...

5

Max Keller attendait dans sa voiture juste en face du 423, rue du Moulin. Le son hypnotique de la pluie martelant le toit l'enveloppait d'une aura de sécurité malgré la noirceur de la nuit et l'incertitude qui régnait dans cette affaire. Il se pencha vers la boîte à gants, sortit son Glock et vérifia le chargeur avant de le faire disparaître sous le tissu de sa veste.

Combien de temps avait-il passé à observer cette maison ? Des heures, des jours, des semaines peut-être ? Max s'en foutait. Le jeu en valait la chandelle. La persévérance était sa qualité maîtresse. Mais c'était le moment de bouger, le risque était devenu trop grand. Il glissa hors du véhicule avec l'aisance d'un félin et sentit les gouttes s'écraser contre sa peau, trempant ses vêtements en quelques secondes. Au loin le vrombissement du Rhin se faisait entendre. La petite commune du sud de Strasbourg était endormie, les rares lampadaires tremblant dans le vent glacial projetaient des ombres sur les murs des pavillons.

Il pressa le pas, ignorant la pluie, et se retrouva face au portail en fer forgé derrière lequel une allée de graviers traversait un jardin d'arbustes taillés avec soin. La maison s'élevait sur deux niveaux et ses fenêtres étaient encadrées de volets en bois peints de la même couleur que les tuiles. Une longue cheminée montait sur le côté de la toiture et fumait abondamment. Il ne vit aucune lumière à l'étage. Max s'arrêta devant l'entrée, inspira profondément et frôla du doigt la sonnette. Un son aigu retentit à l'intérieur. Il entendit des pas approcher puis le cliquetis d'une clé dans la serrure. La porte s'ouvrit lentement, révélant une silhouette qui se découpait dans l'obscurité. C'était une femme au visage marqué par la fatigue qui l'observait avec méfiance.

— Désolé de vous déranger à une heure pareille. Est-ce que votre mari est ici ? demanda-t-il même s'il connaissait parfaitement la réponse.

La femme fronça les sourcils, les yeux plissés dans la pénombre. Elle ne parla pas tout de suite, gardant son air de suspicion.

— Vous… vous êtes qui ?

Max sortit sa carte de police et la lui planta face au visage.

— Commandant Keller, police criminelle. Les services sociaux m'ont donné votre adresse. Vous avez quelques minutes à m'accorder ?

Elle soupira et ouvrit davantage la porte.

— Je… je ne comprends pas… Il y a un problème ?

— Je ne sais pas. J'aimerais juste vous parler.

À l'intérieur du pavillon, Max remarqua les murs peints dans des tons doux auxquels étaient accrochés une série de tableaux représentant des natures mortes. Un escalier montait à l'étage supérieur et la femme le conduisit dans un grand salon dont la baie vitrée donnait sur le jardin. Des canapés confortables étaient disposés autour d'une table basse face à une cheminée où brûlaient quelques bûches. Les meubles en bois de style rustique conféraient à l'ensemble un air convivial et campagnard. Max s'installa dans un fauteuil et elle lui proposa quelque chose à boire.

— Non, merci. Vous pouvez aller chercher votre mari ?

Elle lui lança une nouvelle fois ce regard méfiant et désemparé avant de disparaître de la pièce. Max bondit de son assise et la suivit discrètement jusqu'au pied de l'escalier. Il entendit quelques chuchotements à l'étage et une voix grave murmurer : « Pourquoi tu lui as ouvert ? » Lorsque les pas se rapprochèrent, il retrouva sa place comme si de rien n'était et se prépara à la confrontation. Apparut dans le salon un homme de petite taille au visage expressif avec des yeux perçants, un nez légèrement crochu et des dents écartées. Son corps était mince et élancé et ses épaules étroites. Il dégageait quelque chose d'inquiétant.

— Monsieur Schmitt ? interrogea Max en le fixant droit dans les yeux.

— Oui… Je peux vous aider ? Ma femme m'a expliqué que vous étiez policier, dit-il avec une voix un peu éraillée.

— Police criminelle. Je suis ici dans le cadre de l'enquête ouverte par mes confrères de la brigade des mineurs. C'est bien vous qui avez la garde du petit Erwan ?

— Quelle enquête ?

Aucune réponse de Max. Le couple échangea un coup d'œil inquiet avant que le mari ne prenne la parole.

— Effectivement. On nous l'a confié il y a quelques mois.
— Il est là ?
— Non. Ce soir il dort chez un ami.
— Tout se passe bien avec lui ?
— Aussi bien que possible... Je pense que vous connaissez son histoire.

Non seulement Max connaissait parfaitement l'histoire de ce pauvre gamin qui avait dû être placé en famille d'accueil après des années de sévices, mais il savait également qu'un signalement au médecin scolaire laissait supposer qu'on l'avait battu récemment.

— Vous n'avez rien remarqué d'étrange ces derniers temps ? Des sautes d'humeur, des signes d'anxiété ?
— Non... Peut-être qu'il se met un peu trop la pression à l'école. Il est rentré au collège cette année, interrompit Mme Schmitt.
— Et la nuit ? Il ne fait pas de cauchemars ?

Ils hochèrent la tête tous les deux avec un air d'incompréhension qui donna la nausée à Max. Un long silence s'installa après cet échange au cours duquel il les scruta de ses yeux tranchants comme une lame. Il avait passé des semaines à observer ces gens s'occuper du petit. Il avait noté les gestes qui trahissent. Les tapes derrière la nuque, les paroles déplacées, les repas qu'ils ne partageaient jamais en famille, les hurlements nocturnes, et ce claquement tous les soirs à la même heure, comme une porte que l'on ferme violemment. Il avait constaté par lui-même les marques, les ecchymoses et le regard fuyant du gamin. Il savait que ces deux-là avaient quelque chose à se reprocher et leurs réponses évasives ne faisaient que le confirmer.

Mais malgré ses efforts, il n'avait pas suffisamment de preuves pour mettre un terme à l'enfer d'Erwan. Il n'avait d'ailleurs aucun droit d'être là ni de fouiller cette maison. Ce dossier ne le regardait pas, il s'en chargeait en dehors de son temps de travail dans le mince espace qu'aurait dû occuper sa vie privée, s'il en avait eu une.

— Je peux voir sa chambre ?

La femme sembla mal à l'aise et hésita quelques secondes.

— Bien entendu, répondit-elle en se levant pour l'accompagner.

— Restez là, madame Schmitt, je vais me débrouiller.

Elle parut profondément embarrassée, mais l'homme lui donna son accord du regard. Il y avait chez lui une sorte d'assurance frôlant l'insolence que Max analysa comme une faiblesse. *T'es certain d'avoir tout prévu... On va voir ça.*

Max grimpa à l'étage pour se retrouver dans l'obscurité d'un couloir. Le parquet grinça sous ses pas alors qu'il ouvrait la première porte pour découvrir une chambre spacieuse dont le lit double était impeccablement bordé. Il y avait là une grande armoire occupant tout un pan de mur et un bureau de taille modeste niché dans un coin. Il y aperçut quelques factures et de la paperasserie sans intérêt. Il enfila ses gants en cuir et poussa un volet de l'armoire juste au cas où. Sa longue carrière de flic lui avait appris à ne rien négliger. Une série de vêtements, des cartons à chaussures, quelques cintres où pendaient des vestes de costume, rien de suspect. La porte suivante le mena dans une salle de bains étroite, lavabo, toilettes, baignoire et quelques serviettes empilées sur une étagère. Il repéra des médicaments dont plusieurs boîtes de Zopiclone, un somnifère puissant. Quelqu'un avait du mal à dormir dans cette maison et Max se doutait de qui ça pouvait être.

Il arriva finalement à la chambre d'Erwan. Plus petite que la première, elle était tout aussi bien rangée, presque trop pour l'antre d'un préado, et il y régnait une étrange odeur d'eau de Javel. Les murs peints en bleu clair étaient ornés de posters de footballeurs, un grand placard possédant deux larges portes coulissantes en miroir renvoyait la lumière d'un réverbère dont le faisceau entrait par la fenêtre. Un minuscule bureau accueillait des affaires d'école, des carnets à croquis et plusieurs boîtes à crayons. Il ouvrit un des carnets et découvrit des personnages d'inspiration manga. Tous reflétaient l'imagination débordante et l'habileté du petit Erwan et cela lui serra le cœur. La dernière fois qu'il l'avait vu, le gamin se trouvait dans les locaux de la brigade des mineurs, et il pleurait dans les bras d'un des officiers. Les dessins qu'il avait réalisés ce jour-là ne ressemblaient pas du tout à ça... Sur la reliure, il aperçut des restes de papier, prouvant qu'on avait déchiré des pages.

Max eut un long soupir de frustration, la chambre était nickel, aucun vêtement au sol, pas un cahier ou un livre de travers, pas un pli sur le lit. Tout cela lui faisait penser à une scène de crime que le meurtrier aurait soigneusement nettoyée. Pourtant, il le savait, il y avait toujours une trace, un indice sur lequel rebondir. Il suffisait de chercher. Oui, mais d'habitude, ce travail se déroulait après que le mal était fait. Dans quelques heures, Erwan serait de retour dans cette maison et son cauchemar quotidien reprendrait. Max serra les poings de rage et essaya de se concentrer. Il fallait qu'il trouve quelque chose. Il le fallait maintenant. Le placard du gamin ne lui révéla rien de plus qu'une série de vêtements alignés en piles parfaites et en fouillant la table basse à côté du lit, il ne découvrit que quelques cartes à collectionner, encore des footballeurs.

Un coup de vent plus violent que les autres fit bouger le réverbère à l'extérieur et la chambre s'éclaira d'une lueur orangée. C'est alors qu'il l'entendit. Une version très assourdie du claquement qu'il avait plusieurs fois capté depuis sa voiture. Cela venait du couloir. Au rez-de-chaussée, les Schmitt devaient l'attendre dans le salon, inquiets, mais confiants d'avoir brouillé les pistes. De nouveau le bruit retentit, cette fois au-dessus de sa tête. Il leva les yeux au plafond et aperçut une trappe en bois qui couinait à chaque rafale de vent. Un signal d'alarme s'alluma dans son cerveau et il sentit l'adrénaline lui contracter les muscles. Il fallait qu'il grimpe là-haut. Une cordelette pendait de quelques centimètres, il aurait fallu un escabeau pour l'attraper, mais Max bondit comme un chat et réussit à saisir le fil qui déploya un mécanisme d'échelle rétractable.

Tout cela avait fait un peu de bruit et il resta quelques instants silencieux pour évaluer les risques qu'on ait découvert son intrusion. Aucun son n'émanait d'en bas, il décida donc de grimper rapidement vers le grenier.

6

L'odeur rance qui flottait dans l'air du grenier était insupportable et lui prit la gorge de manière si violente que Max eut la sensation de pouvoir la goûter. Elle avait un arôme de moisi, comme si quelque chose se décomposait lentement. Les combles étaient plongés dans une obscurité opaque. Aucune fenêtre, aucune lucarne, rien que le toit dont les poutres jaillissaient à un mètre cinquante du plancher.

Il sortit de sa poche une petite lampe torche et commença à détailler ce qui l'entourait. Sur les plafonds bâillait de la laine de roche noirâtre rongée par les souris et les insectes. Des tuyaux de plomberie et des fils électriques couraient un peu partout ou pendaient comme des lianes mortes. Quelques caisses qui avaient probablement été remisées là pour y être oubliées étaient maintenant couvertes d'une épaisse couche de poussière. Dans le coin opposé à la trappe, Max repéra un étroit mur de placo créant un espace isolé. Il posa un pied sur les lattes grinçantes du parquet, courbant son corps pour éviter de se cogner aux poutres. Le faisceau de sa lampe balaya les environs, et quelques blattes détalèrent pour rejoindre les ténèbres. Une masse sombre attira son attention et il vit l'amas informe de poils et d'os en décomposition qui avait dû être un rat.

Max sentit son pouls s'accélérer alors qu'il se rapprochait du mur. Il y avait là un tapis imbibé d'humidité et recouvert de moisissure jaunâtre sur lequel un matelas déchiré en de nombreux endroits laissait entrevoir quelques ressorts tordus et rouillés. Sur ce matelas gisait une couette dont le tissu délavé s'était désagrégé avec le temps. À côté de ce couchage infâme, Max aperçut quelques vieux jouets posés à même le sol. Malgré le dégoût et la tristesse que lui inspira ce spectacle répugnant, il se pencha pour fouiller les draps et découvrit une paire de feutres cachés sous l'oreiller. Sa torche éclaira sur le mur des dessins tracés à même le plâtre. Des monstres, des villes en feu, des scènes de destruction... les mêmes que ceux qu'Erwan avait réalisés dans les locaux de la brigade. À l'instant où le doute se transforma en certitude, il sentit la rage monter en lui et fit volte-face. C'est à ce moment précis, et dans un grand fracas semblable à celui qu'il avait entendu presque tous les soirs de ses planques, que l'escalier mécanique se referma.

Max réagit en une fraction de seconde et se jeta sur la trappe, actionnant la poignée et poussant de toutes ses forces. Il sentit une résistance, mais le loquet qu'on avait tiré pour l'enfermer dans les combles explosa dans un cliquetis métallique. Schmitt devait être bien désespéré pour tenter une manœuvre aussi pathétique. Le flic ne prit pas le temps de réfléchir et sauta littéralement dans le couloir en dessous de lui, avant de dévaler l'escalier. Il croisa le visage dévasté de la femme qui se tenait prostrée devant la porte d'entrée grande ouverte.

— Restez là ! hurla-t-il d'un ton si autoritaire qu'elle se figea sur place. Et ne touchez à rien ! Vous m'avez entendu ? À rien !

À l'extérieur, la pluie tombait en trombe sur les toits et la rue était plongée dans une obscurité semi-totale. Max scruta chaque recoin à la recherche de sa cible, mais aucun son ne perçait le souffle du vent et le vrombissement du fleuve dont la présence se devinait au bout du chemin. Et puis il le vit. Schmitt se trouvait dans une voiture garée à une bonne cinquantaine de mètres de la maison. La lumière du plafonnier éclairait sa silhouette penchée sur le volant, cherchant à démarrer le moteur. Sans la moindre hésitation, Max traversa le jardin, franchit le portail d'un bond et se mit à courir dans sa direction, portant la main droite à son ceinturon au cas où il devrait sortir son arme. L'homme l'aperçut et il abandonna son action pour ouvrir la portière et détaler vers le fond de la rue en direction du fleuve. Max accéléra le rythme, ses pas martelant l'asphalte rongé par les racines à mesure que la route se transformait en simple chemin de terre. Ils avaient quitté la zone pavillonnaire pour entrer dans un immense champ situé le long des berges. Devant lui, Schmitt perdait peu à peu du terrain, mais continuait sa fuite insensée avec l'énergie du désespoir.

Max pouvait entendre sa respiration saccadée, son souffle faisant de grandes gerbes de vapeur dans le froid de la nuit. Lorsqu'il fut assez proche, il se jeta dans ses jambes et le plaqua avec une violence extrême. Schmitt s'écrasa face contre terre, ses dents heurtèrent un gros caillou et ses lèvres explosèrent sous l'impact. Max l'attrapa par le col et le retourna d'un coup sec prêt à esquiver ses coups en cas de combat. Mais l'homme avait les mains sur son visage ensanglanté et couinait comme un animal aux abois. Dans d'autres circonstances, Max aurait sans doute eu pitié, mais il se rappela ce qu'il avait trouvé dans les combles. Combien de nuits Erwan avait-il passées là-haut avec les rats ? Comment pouvait-on faire ça à un enfant ? Ses poings se serrèrent et une envie irrésistible de lui défoncer un peu plus la face l'envahit. Non, ce serait un bien trop grand cadeau à lui faire. Déjà que Max enquêtait hors procédure, ajouter une bastonnade risquait de donner du grain à moudre à l'avocat que ce salopard n'hésiterait pas à prendre.

Il lui passa donc les menottes et le traîna sans ménagement jusqu'à la maison. Schmitt vociféra quelques mots pour contester l'arrestation, mais finit par se faire une raison lorsqu'il croisa son regard, s'estimant heureux de n'avoir perdu que quelques dents. Sa femme pleurnichait sur le perron. Peut-être n'était-elle pas à l'origine des sévices endurés par Erwan, mais elle en était forcément complice et Max ne doutait pas que l'enquête allait le démontrer. Encore fallait-il ne pas leur laisser l'occasion de faire disparaître la moindre preuve. Il appela donc le poste de permanence et patienta le temps que le couple soit menotté et pris en charge avant de rejoindre son véhicule. Il était trempé, l'adrénaline n'était pas redescendue et il avait devant lui une longue nuit de débriefing pour expliquer à ses collègues ce qui l'avait amené à visiter cette maison. Mais malgré la fatigue et le froid, il se dit que ce job, aussi ingrat soit-il, valait la peine, car ce soir, Erwan pourrait enfin dormir tranquille, et c'était tout ce qui comptait.

7

Trois points à l'intérieur d'un triangle. Pierre Martignas fixait les photos qu'il avait prises dans la salle d'autopsie tout en notant ses réflexions sur un carnet. Les deux jeunes gens avaient été enterrés dans une zone d'exploitation forestière, non pas pour qu'on les découvre, mais en espérant qu'ils seraient ensevelis sous les troncs, ce qui aurait vraisemblablement été le cas si ces coordonnées GPS n'étaient pas tombées miraculeusement du ciel. Qui les avait envoyées à la gendarmerie ? Mystère.

D'après le légiste, on avait pris beaucoup de précautions pour prélever les organes avant de faire disparaître les corps. Cela ressemblait à un crime crapuleux lié à un trafic du genre de ceux qu'on avait vu fleurir en Amérique latine ou en Europe de l'Est dans les années 2010. Pourtant plusieurs éléments venaient contredire cette analyse. D'abord l'idée que ces pauvres gamins aient été affamés, maltraités, torturés. Non seulement cela demandait de l'organisation, un local ou un lieu, des précautions importantes, mais cela risquait de détériorer la « marchandise » et donc de réduire les bénéfices. Ensuite il y avait cette marque. Pour un criminologue, elle représentait sans aucun doute une

« signature », c'est-à-dire la réalisation d'un fantasme violent à travers un acte inutile pour le meurtre en lui-même, mais psychologiquement essentiel pour le tueur. Pourquoi faire souffrir les victimes de cette sorte s'il s'agissait d'une simple question d'argent ? Non. Ce triangle à trois points marqué au fer dans leur chair laissait présager un rituel beaucoup plus complexe et une personnalité psychotique, en partant de l'hypothèse qu'il n'y avait qu'un seul tueur.

Pierre abandonna son carnet et se dirigea vers la cuisine où il prit un verre. Un bon vieux malt écossais, c'est ce qu'il lui fallait pour libérer son esprit et le laisser errer dans les abysses infâmes où se cachait la logique derrière ces crimes. Il se servit un fond de bouteille, sa dernière, et pesta contre son manque d'anticipation. Depuis qu'il s'était installé dans ce chalet isolé en pleine forêt il était tributaire de sa capacité – ou plutôt de son incapacité – à organiser sa vie. Faire les courses, le ménage, gérer l'entretien de la maison, du terrain, déneiger la piste par laquelle il accédait à la petite route départementale 198, toutes ces joies de bûcheron solitaire auxquelles il n'avait jamais pensé et qui occupaient désormais une grande partie de sa routine quotidienne.

Il prit une gorgée du liquide ambré et sentit un goût sirupeux tourbillonner sur sa langue, semant derrière lui une traînée d'amertume. Un instant, il oublia les corps, Éloïse Vidal et tout le reste. C'était juste lui, son verre et le silence de la forêt au cœur de la nuit. Trois points… Il pianota sur le clavier de son ordinateur et orienta ses recherches vers les sites spécialisés qu'il consultait toujours dans le cadre de ses enquêtes.

Trois points formant un triangle à l'intérieur d'un triangle, autant dire une aiguille dans une meule de foin ! Il y avait des milliers d'interprétations possibles. La plus évidente : la franc-maçonnerie. Le terme tri ponctué qui leur a valu le nom de « frères trois-points » existait visiblement depuis le XVIIIe siècle. Cette marque provenait du compagnonnage et était à la fois un signe de reconnaissance et le symbole du comportement maçonnique, tout maçon cherchant à tendre au juste milieu à chaque instant : thèse, antithèse, synthèse. Les deux points inférieurs représentaient les opinions opposées alors que le troisième attestait que l'on surmonte les oppositions en passant par une voie médiane.

Difficile pour Pierre d'imaginer que l'assassin puisse avoir un quelconque lien avec la maçonnerie. Lui-même avait appartenu à une loge de Bordeaux pendant de nombreuses années avant de demander sa mise en sommeil. Il savait à quel point cette « société secrète » subissait les affronts d'une opinion publique toujours vive à la diaboliser. Pour lui, sa vie de maçon se résumait aux paroles du rituel : « Demandez et vous recevrez, frappez et l'on vous ouvrira, cherchez et vous trouverez », trois phrases, encore.

D'autres interprétations des trois points renvoyaient à la notion de naissance, de vie et de mort, comme les trois étapes de l'existence, ou bien tombaient dans le religieux pur et son cortège de représentations autour de la Sainte Trinité. Pour ce qui est du triangle, les références étaient encore plus nombreuses. Des mathématiques aux traditions spirituelles de la géométrie sacrée en passant par les pyramides, l'alchimie et la musique, c'était un symbole que l'on retrouvait partout. Pourquoi le tueur avait-il eu besoin de placer un triangle dans un triangle ? Cette superposition de pouvoir laissait présager un sentiment de supériorité extrême. Peut-être se prenait-il pour un surhomme ou un dieu, et c'était sa manière de marquer ses proies comme du bétail en leur faisant subir sa toute-puissance. Ou alors, à la façon de l'Égypte antique, il posait ce sceau pour tourmenter ses victimes au-delà de la mort ? Tout était envisageable.

Lorsque Pierre leva la tête de son écran, il avait noirci une bonne dizaine de pages de son carnet. Son verre était vide et une envie dévorante d'alcool lui tiraillait l'estomac. Dehors, la pluie avait cessé, la silhouette des arbres se balançait sous les coups du vent. Vingt-deux heures, le premier bar sur sa route était déjà fermé et le second servait son dernier godet vers une heure. Pierre hésita quelques instants avant que son addiction ne le pousse à enfiler sa parka et ses chaussures pour rejoindre sa voiture. Après toutes les horreurs de cette journée, il avait bien le droit à un peu de détente.

8

Après avoir roulé une bonne dizaine de minutes dans la forêt à zigzaguer entre les ornières, Pierre rejoignit la route départementale qui traversait le massif pour atteindre le village de Reipertswiller. Un millier d'âmes à peine vivaient ici, dans des maisons aux tuiles rouges serrées contre l'église protestante Saint-Jacques-le-Majeur. Ce minuscule bourg célèbre pour ses sources thermales depuis l'époque romaine avait subi de plein fouet l'opération « Nordwind », une des dernières offensives allemandes de la Seconde Guerre mondiale. Les combats intenses avaient obligé la population à se cacher dans les caves pendant des jours et détruit la plupart des maisons. Ici comme ailleurs dans le nord du massif, la guerre avait laissé son empreinte indélébile dans les sols et les cœurs des habitants.

En continuant sa route pour rejoindre la rue de Wimmenau, il passa devant le point Coop où il se ravitaillait lorsqu'il avait la flemme de pousser jusqu'au supermarché. La supérette était fermée depuis plusieurs heures et il distingua à peine l'enseigne vert pomme tellement la brume commençait à s'épaissir. Il n'était pas rare qu'après la pluie, une sorte de brouillard glacé sorte des entrailles de la terre et transforme le paysage en une mer grisâtre d'où émergeaient quelques îlots boisés. La route se fit plus droite et il longea une série de bâtisses dont les jardins à l'herbe rase abritaient les gigantesques bûchers essentiels pour passer l'hiver. Plus loin, le stade de foot semblait s'être transformé en une mare d'eau stagnante tellement la brume le recouvrait.

Il était presque vingt-trois heures lorsque les néons rouges et incandescents du bar percèrent la nuit pour lui indiquer qu'il était bien arrivé. *Le Feu*, tel était le nom choisi par son propriétaire pour rendre hommage à son idole, Johnny Hallyday, et rallier à son phare les âmes solitaires du coin. On y croisait pas mal de routiers, des gars du chapitre Harley Davidson de Lorraine et quelques paumés incapables de trouver le sommeil. Pierre avait immédiatement adoré cet endroit qui transformait ce chemin des Vosges en un improbable bout de route 66.

Lorsqu'il poussa la porte, le morceau « Johnny B. Goode » de Chuck Berry fit disparaître le souffle froid de l'hiver et il se sentit apaisé par les lumières criardes des enseignes en néon qui éclairaient les murs. Le sol en damier noir et blanc s'étendait jusqu'à un comptoir planté de tabourets chromés aux coussins rouge vif sur lesquels les clients savouraient leurs verres directement sur le zinc. De part et d'autre, les banquettes en skaï entouraient des tables en Formica recouvertes de napperons à l'effigie du taulier. Au centre, un billard autour duquel un groupe de motards sirotaient leurs bières, les visages éclairés par les appliques suspendues au plafond. La musique se diffusait depuis l'antique juke-box Wurlitzer dont les rouages crépitaient dans un concert de diodes colorées à chaque changement de piste.

John-Claude, le patron, avait pensé les moindres détails pour faire de son repaire un *diner* modèle dans l'esprit des années 1950. Il était allé jusqu'aux porte-serviettes en forme de pompes à essence et la carte affichait une variété de plats américains, du hamburger juteux au milk-shake en passant par le cheese-cake. Le « Johnny Special » garni de bacon, d'oignons caramélisés, de champignons sautés et d'une sauce barbecue maison était à lui seul une insulte à la diététique et une déclaration de guerre aux végétariens. Mais avec le froid et la rigueur de la vie, il fallait bien avouer que la nourriture restait un refuge réconfortant, surtout lorsqu'elle était bien grasse. C'est d'ailleurs ce qui valait à Pierre son ventre rebondi, ses poignées d'amour qu'il détestait par-dessus tout et la sale impression de dépasser de ses vêtements. Depuis qu'il s'était installé dans son chalet, il avait pris deux tailles de pantalon. Se regarder lui était devenu tellement désagréable qu'il avait fini par démonter le miroir de sa chambre pour ne conserver qu'une toute petite glace dans la salle de bains. Sans doute que si la vie avait été moins pénible, il aurait pu garder la ligne de sa jeunesse, de l'époque où il passait ses étés et la plupart de ses week-ends, à surfer sur la côte landaise. Mais le nord des Vosges n'était pas connu pour ses spots et il avait décidé de s'octroyer une bonne soirée sans ressasser ses tourments.

« Unchained Melody » des Righteous Brothers commença à distiller son refrain larmoyant et il ne put s'empêcher de visualiser la fameuse scène de *Ghost* durant laquelle Patrick Swayze réduit à l'état d'ectoplasme caresse langoureusement une Demi Moore en extase, les mains dans la glaise de son tour de potier. Depuis combien de temps n'avait-il pas connu la douceur d'une femme ? Des mois ? Des années peut-être. Encore un truc à ranger bien profond. Il commanda un rhum arrangé et noya cette pensée dans la chaleur de l'alcool descendant dans sa gorge, se faufilant à l'intérieur de son corps comme un serpent dans l'herbe. Il sentit monter ce moment où son esprit se déconnecterait de toutes les horreurs de la journée pour se laisser emporter par les vagues capiteuses de l'ivresse.

— Ça va, doc ? lança John-Claude en lui reversant une tournée. T'en as pas marre de ta bicoque paumée dans la cambrousse ?

— Non, je m'éclate.

Pierre s'était envoyé le second shot et leva la main pour lui faire signe de continuer.

— J'vais pas t'laisser à sec, c'est ma tournée, soupira le taulier en lui faisant un clin d'œil.

Et les deux corps éviscérés refirent surface dans son esprit. Ils flottaient au milieu d'un grand triangle noir dont les coins pulsaient d'une lueur violette. Ouais, y avait plein de manières de crever, Pierre était bien placé pour le savoir. L'alcool en était une, c'est certain, mais pas la pire. Un des barbus du billard gueula une insulte et plongea la main dans son cuir pour en sortir un billet de cinquante qu'il tendit à un autre gars. Pierre fit pivoter son tabouret pour observer la pièce. Dans un coin, deux ados se bécotaient sur une banquette. Un petit vieux sirotait son verre au bout du zinc, le regard rivé sur la pile de bouteilles exposées contre le mur, il parlait visiblement tout seul. Derrière les motards, deux types bien propres sur eux, casquettes vissées sur le crâne, se concentraient sur leurs cartes.

— Tu m'offres un verre, doc ?

La voix éraillée le fit se retourner et il découvrit Rosemarie, la tenancière de la Coop. Elle devait avoir la cinquantaine, mais ses traits étaient creusés par les excès. Ses yeux, autrefois pétillants, avaient perdu de leur éclat et ses cheveux châtains parsemés de mèches grisonnantes encadraient mollement son visage. Malgré les marques indélébiles d'une vie difficile, elle conservait une certaine beauté et un caractère affirmé.

— Avec plaisir, répondit Pierre en faisant signe au patron.

— T'es un gentleman toi, commenta-t-elle en rapprochant son tabouret.

— Ouais… il paraît… En tout cas c'est ce que disait mon ex-femme.

Pierre n'avait jamais été marié, mais il aimait bien Rosemarie et il savait qu'il n'était pas compliqué de la faire rire. Ses fines lèvres esquissèrent un sourire.

— Dis donc…, dit-elle d'un ton hésitant, tu les as vus, les corps ?

— Les nouvelles vont vite.

— On sait qui ça peut être ?

— Moi en tout cas, j'en sais rien.

John-Claude rapporta la bouteille et remplit les deux verres.

— Il paraît que c'est des gamins…

— Des ados, oui. Mais comment vous êtes tous déjà au courant ?

— C'est Tom…

— Le fils de Mme Schneider ?

— Oui, il bosse à la scierie. Il a aidé à déplacer les troncs.

— Eh bah évite d'en parler à tout le monde. C'est jamais bon pour l'enquête, tu sais ça ?

Elle passa une main devant sa bouche.

— Muette comme une tombe.

Un gars tatoué à barbichette portant une veste en cuir sans manches sur une chemise à carreaux se pointa au comptoir. Dans son dos, Pierre put lire le nom de son club, Spitfires, au-dessus d'un dessin d'avion de chasse.

— JC, remets-moi une tournée pour les lascars. Et un Ricard pour moi. Pas cette saloperie de Pastis hein !

— Ça va, Henri. Tu vas l'avoir ton biberon.

Le type jeta un rapide coup d'œil à Pierre et le salua de la tête avant de retourner vers le billard.

Dans le fond de la salle, les amoureux se dirigèrent vers la sortie sans que personne les remarque. À l'extérieur, la brume s'était encore épaissie, enveloppant la silhouette acérée des sapins. La jeune fille habitait Reipertswiller et n'avait qu'une centaine de mètres à parcourir pour retrouver la maison de ses parents. Quant au gamin, il devait traverser un bout de forêt pour rejoindre Wimmenau, où il logeait dans un foyer d'apprentis. Ils s'embrassèrent longuement, il sentait son corps chaud sous les couches de vêtements. Quand leurs lèvres finirent par se détacher, elle lui donna rendez-vous le week-end suivant et, sur un dernier

« au revoir », ils se séparèrent pour s'enfoncer dans la brume. Le garçon marcha une bonne centaine de mètres, percevant à peine le froid humide tellement le feu du désir pulsait encore en lui. Il ne remarqua pas la voiture dont les phares le dépassèrent avant de s'arrêter. La portière passager s'ouvrit et la voix d'un homme lui proposa de monter pour le déposer au village. La chance lui souriait visiblement et il s'engouffra dans le véhicule sans aucune hésitation, heureux de retrouver un peu de chaleur. Il sentit à peine l'aiguille qu'on venait de lui enfoncer dans le cou et le liquide brûlant qui se déversa dans ses artères. Le visage de son amoureuse disparut d'un coup et il ne resta plus rien que l'obscurité.

9

Le soleil venait tout juste de se lever lorsque Max Keller réussit finalement à regagner son petit appartement au sud du centre-ville. Le matin d'hiver s'étendait sur la Krutenau, enveloppant ses ruelles étroites d'un voile de givre, diffusant une lueur rosée sur les façades aux couleurs pastel des maisons à colombages bordant la rue de l'Écrevisse. Quelques lampadaires, encore allumés, projetaient leurs halos sur les pavés, guidant les rares passants vers les cafés et boulangeries qui s'éveillaient doucement autour de la place d'Austerlitz. Au loin, le beffroi de l'église Saint-Paul se découpait dans un ciel gris tandis que le tintement des cloches annonçait le début d'une nouvelle journée.

Max n'avait pas fermé l'œil depuis vingt-quatre heures et maintenant que son taux d'adrénaline était tombé, il se sentait totalement épuisé. Il passa le porche de son immeuble et traversa le hall pour grimper le vieil escalier jusqu'au deuxième étage. Ce bâtiment du XIXe gardait son cachet malgré les affronts du temps et le manque d'entretien. Le propriétaire avait découpé les grands appartements de chaque palier en unités de petite taille pour répondre à la demande étudiante qui composait la majeure partie des locataires du quartier. Des murs ornés de moulures et de boiseries, de hauts plafonds et un parquet ancien apportaient un charme indéniable au studio. Une pièce unique lui servait de dortoir, de salon et de cuisine, mais Max ne souffrait pas du manque d'espace, c'était bien suffisant pour le peu de temps qu'il y passait.

Il retira ses bottes et rejoignit le plan de travail sur lequel se trouvait une cafetière italienne. En attendant que l'eau commence à bouillir, il se dirigea vers le mur opposé où étaient épinglés un certain nombre de portraits sur un tableau en liège. Parmi eux, celui d'Albert Schmitt. Il le décrocha, le roula en boule dans la paume de sa main et l'envoya au fond d'une corbeille. *Un salopard de moins*, pensa-t-il avec un sourire intérieur. L'eau frémit, la soupape siffla et il se versa une grande tasse de café brûlant dont la vapeur s'élevait en volutes aromatiques dans l'air froid du matin. Il porta la tasse à ses lèvres, la chaleur ravivant ses doigts engourdis, et prit une première gorgée qui le réchauffa tout entier. Appuyé contre le rebord de son unique fenêtre, il regarda le monde extérieur s'éveiller, savourant cet instant où le sentiment du travail accompli n'était pas encore chassé par le poids de la tâche qui l'attendait. Bercés par le réconfort d'un bon café, les milliers de visages des victimes en souffrance le quittèrent pour ne laisser que son reflet dans la vitre.

Depuis qu'il était gamin, Max se considérait comme un « gardien ». Discret et silencieux, il avait toujours été dans l'ombre, observant les autres plutôt que de participer à leurs jeux. Cette position en retrait lui avait permis de voir, d'analyser, de comprendre et lorsqu'il s'était senti suffisamment sûr de lui, d'intervenir.

Il se souvenait de ces interminables soirées passées en boîte de nuit à scruter la salle alors que ses amis s'amusaient. *Lâche-toi, Max, viens danser ! Bois un verre !* Toutes ces choses dont il était incapable. Lui ne faisait que guetter, anticipant les embrouilles, prêt à s'interposer si un conflit surgissait – et il finissait toujours par surgir. Comme cette nuit où il avait dû briser le poignet d'un gars qui agressait sa meilleure copine. Max le gardien, Max le défenseur et maintenant Max le flic. C'est souvent de ses faiblesses que l'on tire ses plus grandes forces, et il était rapidement devenu un « as » au sein de la police criminelle, gravissant les échelons et les grades, connu pour son intégrité, sa persévérance et parfois la radicalité de ses méthodes. Ce salopard de Schmitt n'irait peut-être pas en prison, mais on lui retirerait définitivement son statut de « famille d'accueil » et aucun gamin ne souffrirait plus des sévices imaginés par son esprit tordu.

Son téléphone portable vibra dans la poche de son jean et il décrocha.

— T'es déjà debout ?

— Ouais… La nuit a été chargée.

À l'autre bout du fil, il imagina Suzie les pieds sur son bureau, sa cigarette électronique au bec. Sa collègue et cheffe de groupe faisait des insomnies et elle était accro aux jeux en ligne. Généralement, c'était la première arrivée à l'hôtel de police.

— OK, j'ai reçu un mail ce matin, Max… Ça vient de la brigade de recherche de Sarreguemines. Un certain adjudant Lutz a demandé leur aide pour une affaire et ils ont pensé à nous.

— Quel genre, l'affaire ?

— Double homicide. Des gamins retrouvés en forêt sous une pile de troncs. J'ai le rapport d'autopsie et c'est du sale.

— Et donc ? C'est de leur ressort, non ?

— Oui, mais les gars ont fait sortir un nom en consultant le FPR[1]. Gaspard Baumann... c'est pas dans ta liste ça ?

— T'as la photo ?

— Ouais, je te l'envoie par SMS.

Max se dirigea vers le mur où se trouvait le tableau en liège. Sur le côté, une longue ligne de portraits de jeunes gens et d'enfants : des victimes présumées de violences, des disparitions inexpliquées. Il en saisit un dans ses mains. Des cheveux bruns légèrement ondulés encadraient un visage au nez droit avec des cils épais et des pommettes saillantes. Ses yeux noirs, profonds, avaient une expression triste. Gaspard Baumann, en fugue depuis plus de six mois. Disparition inquiétante. Son portable vibra à nouveau et un corps blafard apparut sur son écran. Aucun doute, c'était lui. Max retourna à la fenêtre. Dehors, les gens vaquaient à leurs occupations. Travailler, gagner de l'argent, payer son loyer, des vacances et quelques loisirs en prime, toutes ces choses qui donnaient un sens à leur existence. Ils n'avaient aucune idée de ce qui scrutait leurs faits et gestes dans les ténèbres. Non, personne ne savait et c'était mieux ainsi. Il fallait des personnes comme Max pour affronter le mal et le regarder au fond des yeux. Mais cela avait un prix...

— Alors, Max... C'est lui ou pas ?

---

1. Fichier des personnes recherchées.

— Ouais, c'est lui.
— Qu'est-ce que je leur dis ?
— C'est où déjà ?
— Brigade de Lemberg.
— C'est la forêt, ça ?
— Oui.
— Dis-leur que j'arrive.

10

Lorsqu'il revint à lui, le jeune Willem baignait dans une semi-obscurité lui permettant à peine de distinguer les contours de la pièce où il se trouvait. Il y avait en hauteur une très légère fente d'où perçait la lumière du jour en un faisceau rasant des murs de béton décrépis, gorgés d'humidité. Combien de temps s'était écoulé depuis qu'il avait quitté le bar ? Aucun moyen de le savoir. Il se sentait confus, le corps engourdi par la drogue qu'on avait dû lui injecter pour le transporter jusque-là.

Il essaya de se redresser, mais une violente douleur le força à rester sur le sol. D'épaisses chaînes entouraient ses chevilles, les maillons dévorés par la corrosion gémissant à chaque mouvement. L'air était lourd et moite, porteur de relents de moisissure. Des gouttes suintaient du plafond, s'écoulant en de longues et pénibles larmes. Il lutta quelques minutes pour se détacher, mais la rouille qui s'étendait comme une gangrène sur ses entraves lui rongea la chair, ouvrant une plaie béante sur sa peau. Il hurla plusieurs fois et n'eut pour seule réponse que l'écho de sa voix. Dans l'obscurité poisseuse, il commença à discerner plusieurs anneaux ancrés dans les murs sur lesquels pendaient tristement d'autres chaînes semblables aux siennes.

Quel était cet endroit ? Pour quelle raison est-ce qu'on l'avait enlevé ? Le baiser qu'il avait échangé avec Charlotte traversa son esprit et ce souvenir le réchauffa quelques instants avant qu'un courant d'air glacial ne le rappelle à la réalité. Le sol était jonché de débris divers, des ordures putréfiées s'entassaient dans un désordre absolu, emplissant la pièce d'une odeur pestilentielle agressant ses narines au point de le forcer à se couvrir le visage avec ses mains. Il sentit le désespoir l'envahir à mesure qu'il réalisait à quel point ce lieu maudit ressemblait à un tombeau. Son tombeau.

Un lointain cliquetis lui fit redresser la tête et Willem fixa son regard vers le fond de sa cellule. Des pas lourds et menaçants résonnèrent au loin contre les murs, approchant lentement, mais inexorablement. Son cachot sembla se resserrer autour de lui et son rythme cardiaque s'accéléra alors que l'étau de la peur le tétanisait. Une silhouette apparut. Elle portait une veste de chasse épaisse, des bottes et une cagoule ne laissant voir que des yeux sombres. Dans ses mains, un seau en fer dont dépassait une longue tige d'acier. Willem rampa instinctivement vers le mur et sentit le contact froid du béton dans son dos.

— Qu'est-ce que vous me voulez ? Pourquoi je suis là ?

— Ta gueule.

La voix de l'homme était encore plus glaciale que l'atmosphère de la cave. Il ne dit pas un mot supplémentaire et se rapprocha, posant son seau. Il y eut un petit nuage de fumée blanche lorsque le fond toucha le sol humide.

— Qu'est-ce que je fais là ? Pourquoi vous m'avez enlevé ?

La fumée devint plus importante. Il y avait quelque chose de brûlant dans ce seau, de suffisamment chaud pour faire évaporer toute l'eau à proximité. L'homme prit la tige et sembla touiller le contenu plusieurs fois.

— On va pas traîner, dit-il d'une voix métallique.

Il avança et attrapa le tee-shirt du garçon avec ses mains gantées. Willem tenta de se débattre, mais l'homme le frappa brutalement de la paume au niveau de la tempe et ses oreilles commencèrent à siffler. D'un geste sec et féroce, son agresseur arracha le tissu, dévoilant ses épaules nues et vulnérables.

— Arrête de bouger ou j'vais te faire plus mal.

Les mots résonnèrent dans l'esprit de Willem, qui sentit son courage l'abandonner. Il fallait qu'il l'écoute ou il allait mourir, seul, dans cette cave, sous les coups de cette brute. Il en était désormais persuadé. Son souffle se raccourcit et des larmes commencèrent à brûler ses yeux. L'homme fouilla dans sa poche et sortit un morceau de cuir épais qu'il lui tendit en agitant la main.

— Mords là-dedans, ça t'évitera de te bouffer la langue.

Willem comprit ce que cela signifiait, mais il était incapable de lutter. Il attrapa le mors et le mit dans sa bouche. Son bourreau lui caressa doucement la tête, comme pour le féliciter de sa docilité, et retourna vers le seau. Il tourna encore un peu la tige métallique et se décida enfin à la sortir. Elle se terminait par un triangle d'acier chauffé à blanc. Une sueur froide le fit frissonner de tout son corps quand il vit l'homme avancer implacablement, chaque pas le rapprochant de l'horreur. Le temps sembla s'étirer, les secondes se transformèrent en heure et il réalisa que chacune de ses respirations pouvait être la dernière. Willem sentit la chaleur intense et une vague de panique le submergea. Mais il était trop tard. Le fer incandescent se posa sur son épaule, dévorant la chair et lui arrachant un hurlement de douleur atroce. Il mordit dans le cuir à s'en faire claquer la mâchoire alors que son corps se contractait d'un coup. Une odeur âcre et entêtante de viande brûlée envahit la pièce, ses muscles se durcirent et l'instinct de survie le poussa à la fuite. L'homme le maîtrisa pour finir sa sale besogne, cautérisant la plaie à mesure qu'il enfonçait son instrument de torture dans la peau du jeune garçon.

— C'est presque terminé.

Il relâcha enfin le corps tremblant, et fit un pas en arrière pour contempler son œuvre. L'épaule meurtrie de Willem portait désormais les stigmates indélébiles de son tourment. On y apercevait clairement une marque boursouflée : trois points dans un triangle.

11

La ville de Lemberg, nichée au cœur des collines de Moselle, semblait dormir paisiblement sous un voile de givre. La fraîcheur mordante du petit matin piquait les joues et un parfum de cheminée mêlant fumée et bois brûlé flottait dans l'air. Les premiers flocons commencèrent à tomber au moment où Max Keller gara sa voiture en face du poste de gendarmerie. C'était un édifice en béton sur deux niveaux entourés de grilles peintes en rouge. Au rez-de-chaussée, un parking avec deux véhicules réglementaires, à l'étage quatre fenêtres donnant vraisemblablement sur des bureaux.

Max laissa le moteur tourner pour profiter encore un peu du radiateur. Lemberg n'était qu'à une soixantaine de kilomètres de Strasbourg, mais il y régnait un froid terrible. Dans la rue, un couple marchait main dans la main, leur souffle dessinant des volutes de vapeur qui s'évanouissaient dans l'atmosphère hivernale. Le temps semblait suspendu et une intense vague de fatigue le submergea. Dormir ici, maintenant, prendre un peu de repos après ces interminables nuits de veille. C'était tentant. Derrière la porte du poste l'attendait une nouvelle affaire, il sentait déjà l'excitation de l'enquête et la soif de vérité. Il fouilla dans sa poche et sortit une plaquette dont il extirpa deux comprimés. *Ça va te tuer, Max !* Il pouvait entendre la voix de Suzie lui faire la morale.

Max avait toujours eu un problème avec le sommeil. Lorsqu'il fermait les yeux et s'abandonnait à ses rêves, c'était généralement pour rejoindre un monde chaotique où les ombres s'étiraient pour s'enrouler autour de lui comme des serpents, où les visages familiers se contorsionnaient en grimaces monstrueuses dont les mots lui lacéraient l'âme. Autant rester éveillé. Il avala donc ses amphétamines et décida de se mettre en route. Il passa la grille, grimpa les quelques marches menant à l'entrée de la brigade et poussa la porte. Il fut accueilli par un comptoir vide et une série de bancs au-dessus desquels un plafonnier diffusait une lumière blafarde. Une odeur de café chaud et de vieux papier imprégnait les lieux et il pouvait entendre la voix d'un homme dans une pièce attenante où se trouvaient deux gendarmes en uniforme. L'un était assez gras et son visage rougeaud semblait trop grand pour sa stature. L'autre, beaucoup plus jeune, flottait dans sa parka. Max s'introduisit dans le bureau et les salua de la tête avant de se présenter.

— Bonjour, messieurs. Commandant Max Keller, brigade criminelle de Strasbourg. Je vais faire l'enquête préliminaire sur le double homicide…

Le plus âgé des deux, l'adjudant Lutz, parut étonné.

— Strasbourg ? J'ai transmis à ma hiérarchie et…

— Et ce sont eux qui m'ont contacté. Je travaille sur la disparition d'un des gamins. Gaspard Baumann.

D'ailleurs bravo pour l'identification, ça n'a pas traîné.

Un petit compliment entre collègues ne faisait jamais de mal. Surtout si on débarquait sur une enquête, et encore plus lorsque ce n'était pas dans la même maison. Max aimait bien les gendarmes. Ils avaient la réputation d'être un peu rigides et obtus et Suzie les traitait souvent de « bêtes à foin », mais c'était un préjugé qu'il n'avait jamais confirmé, et Dieu sait qu'il avait eu l'occasion de collaborer avec eux.

— Merci, mon commandant, répondit Lutz en souriant.

La manœuvre avait porté ses fruits.

— J'aurais besoin de récupérer toutes les informations que vous avez sur les corps. Localisation, première constatation, rapport d'autopsie, j'imagine que les TIC ont déjà dû vous envoyer quelque chose aussi…

— Oh, ils n'ont rien trouvé d'intéressant. Les pauvres gamins étaient dans un coin où il y a eu pas mal de passage. Le légiste pense que ça fait au moins cinq mois qu'ils sont enterrés là-bas.

— Et comment vous les avez retrouvés ?

— Un e-mail anonyme avec des coordonnées GPS. La brigade de recherche n'a pas réussi à le tracer. Il a été envoyé depuis un serveur fantôme, ou un truc du genre.

— Et la localisation matchait ?

— À une cinquantaine de mètres près, oui.

— Donc c'est forcément un complice ou le meurtrier lui-même qui vous a écrit.

— C'est ce qu'on pense, oui.

Max sentit l'excitation monter en même temps qu'une petite pointe d'angoisse. Il n'avait jamais rencontré ce genre d'affaires, mais il n'avait pas besoin d'être criminologue pour savoir qu'un gars suffisamment timbré pour fournir lui-même la localisation des corps de ses victimes laissait augurer de sérieux problèmes.

— On vous a parlé du prélèvement d'organes ? questionna le jeune gendarme.

— Oui… et des marques aussi. Aucun retour sur l'identité du second corps ?

— Rien au FPR et personne ne le connaît en ville ni dans les environs. L'aspirant Vignot et moi avons commencé une petite enquête de voisinage.

— Merci, ça m'évitera d'avoir trop de portes auxquelles sonner.

— Oui, et puis vous savez, dans le coin, les gens ne sont pas bavards. Moi je parle leur patois donc c'est plus facile, je suis né ici.

L'adjudant faisait référence à la multiplicité culturelle de cette région de France qu'on appelait désormais Grand Est. Entre 1860 et 1945, elle avait changé trois fois de frontières, de langue et de culture, et subi les horreurs de trois guerres. Cela laissait des traces et des fossés difficiles à combler.

— Ça me sera d'une grande aide, adjudant. Il y a un endroit où je peux m'installer ?

— On va vous faire une place dans la réserve. On n'est que quatre à la permanence et j'en ai deux en vacances. On n'a pas beaucoup de moyens, mais on a de l'espace ! Vous habitez dans le coin ?

Bonne question. Max avait pour habitude de ne jamais trop s'éloigner de son territoire de chasse. Généralement, lorsque ses enquêtes le menaient hors de Strasbourg, il louait quelque chose.

— Non, mais je vais essayer de me loger.

— Je connais quelqu'un à Bitche qui a un vieil hôtel. C'est pas le grand luxe, mais vous y serez tranquille... surtout à cette période de l'année. Et ça vous évitera la route jusqu'à Strasbourg.

— Merci, adjudant. Décidément on est bien accueilli chez vous.

— Oui... Et il faut que je vous parle d'un gars, aussi. Le docteur Pierre Martignas... C'est un psychiatre spécialisé en criminologie. Il m'a filé quelques coups de main.

— Un psy ? Il est assermenté ?

— Non... Il habite dans le coin et il écrit des bouquins. Mais c'est un chouette type.

Un chouette type... Max détestait qu'on lui mette des prétendus experts dans les pattes. Cela lui faisait perdre du temps et brouillait son instinct en le lestant inutilement de trop d'informations.

— Pas certain d'avoir besoin de lui pour le moment. Vous comprenez ?

Lutz eut l'air déçu, mais sembla se résigner immédiatement.

— C'est votre enquête, commandant.

12

Pierre se tenait face à l'écran de son ordinateur et fixait d'un œil morne la page blanche de son traitement de texte. Cela faisait bien deux heures qu'il était là, incapable de taper le moindre mot sans voir les trois points noirs et le triangle apparaître dans un coin de sa tête. Ce foutu bouquin n'avançait pas, et c'était pourtant la raison officielle de son installation au milieu de la forêt.

Il se leva pour aller remplir sa tasse de café – le sixième depuis le début de la journée – et fit le tour du salon en essayant d'éradiquer les symboles de son esprit. Pourquoi Lutz n'appelait-il pas ? C'est lui qui était venu le chercher pour lui demander de bosser sur cette enquête et aucun coup de téléphone depuis deux jours ! Dehors, de gros flocons de neige tombaient lentement, dansant au gré du vent avant de se poser sur les branches des arbres. Le paysage semblait figé dans le temps, et le silence était uniquement interrompu par le craquement occasionnel des troncs. Depuis la fenêtre de son bureau, il apercevait les cimes d'immenses sapins crevant le ciel cotonneux. Il sentit le froid piquant à travers la vitre et serra un peu plus fort la tasse de liquide brûlant.

Le curseur continuait de clignoter sur l'écran, narguant son incapacité à produire la moindre phrase cohérente. Il attrapa un ancien exemplaire de la *Revue européenne de psychologie et de droit* et commença à feuilleter l'article titré « Associations criminelles et tueurs sexuels sériels », qu'il avait publié dix ans plus tôt. En le relisant, il se sentit étranger à ses propres mots. Et s'il avait déjà vécu le meilleur de sa vie ? Et si le déracinement qu'il s'était lui-même infligé en venant s'installer ici marquait le début de son déclin : une longue et pénible chute depuis les sommets universitaires vers les abysses de l'oubli ? Un chemin de croix tapissé d'alcool, d'idées noires et de mauvaises graisses. Il attrapa les bourrelets de son ventre entre ses doigts et serra si fort qu'il finit par crier de douleur. Le curseur lui fit de l'œil pour lui rappeler à quel point il était incapable de reprendre sa vie en main. Il envoya balader son ordinateur portable d'un geste brusque et une bonne dose de café se renversa sur le tissu de son jean, provoquant un nouveau hurlement.

Qu'est-ce qui l'empêchait d'aller chercher le calibre 12 qu'il conservait dans sa penderie et de se faire sauter le caisson sous un de ces grands arbres ? Il y avait un immense sycomore pas loin du chalet. Cette espèce bien particulière qui détestait la présence des autres et préférait pousser seule dans son coin. Il s'allongerait entre ses racines et presserait la détente en calant le canon vers sa gorge. Lorsqu'on le plaçait sous le menton, on risquait de se pulvériser la mâchoire sans se donner la mort. Le corps était une machine bien huilée, taillée pour la survie, même dans les conditions les plus extrêmes. Non, lui savait quoi faire pour en finir. Bien en biais dans la trachée pour que le projectile propulse son cerveau dans les branchages. Ensuite la neige recouvrirait tout ça et quelques prédateurs s'occuperaient des morceaux. Et si c'était cette histoire qu'il était venu écrire dans ce coin paumé ?

Le bruit d'un moteur mit un terme à ses délires suicidaires. Il se pencha vers la fenêtre et aperçut une voiture à la ligne élégante – un modèle récent de SUV Porsche –, déboucher du chemin et s'immobiliser à côté de son vieux 4 × 4. La carrosserie d'un bleu nuit profond se recouvrit presque aussitôt de flocons et la portière conducteur s'ouvrit, laissant échapper un bref éclat de lumière turquoise provenant de l'intérieur du véhicule. Une silhouette émergea, enveloppée dans un manteau épais, et se dirigea vers le chalet. L'homme était de petite taille, mais possédait de larges épaules, preuves d'une solide constitution. Le cachemire noir de sa veste contrastait avec sa chevelure et sa barbe blanche ciselée avec soin. Ses traits fins et distingués trahissaient ses origines indiennes et il portait autour du cou un foulard en soie aux motifs délicats. Pierre s'empressa d'aller à sa rencontre, curieux de l'identité de ce visiteur impromptu qui s'arrêta un instant sur le seuil du chalet, laissant son regard d'un bleu délavé se perdre dans la beauté hivernale du paysage.

— Je peux vous aider ?

— Je suis bien chez M. Pierre Martignas, le docteur Martignas ?

— Oui, c'est moi.

L'homme inclina le haut de son corps dans une flexion souple et tendit une main à la peau sombre dans sa direction. Chacun de ses mouvements était empreint de grâce et de raffinement.

— Enchanté de faire votre connaissance, docteur. Je me nomme Vikram Singh et je suis ici pour vous conduire.

— Me conduire ? Me conduire où ?

— Au manoir Laroche. Ma patronne… Miss Lane, m'a demandé de venir vous chercher.

Pierre fronça les sourcils.

— Miss Lane ? Je suis censé la connaître ?

— Pas du tout. Mais je ne pense pas me tromper en avançant qu'elle vous connaît parfaitement. Le manoir n'est pas loin, une demi-heure de route.

Il y avait une détermination sereine dans la voix de cet homme. En l'observant de plus près, Pierre se dit qu'il devait être une sorte de majordome à l'anglaise, comme cela se faisait au siècle dernier.

— Excusez-moi, monsieur… Singh… mais je n'ai pas l'habitude d'être invité par des inconnus.

— Je comprends parfaitement, docteur. C'est pour cette raison que Miss Lane m'a demandé de vous remettre ceci.

L'homme plongea une main dans la poche intérieure de son manteau. Ses doigts agiles tâtonnèrent un moment, avant d'extirper une carte de visite qu'il tendit à Pierre. Sur une face, on pouvait lire : *Mary Hilton Lane* dans une calligraphie soignée. Sur l'autre se trouvait tracé à la plume un symbole : trois points noirs dans un triangle.

13

L'élégante berline paraissait flotter sur l'asphalte dans un silence absolu. Interrogé sur le modèle de ce véhicule hors norme, Singh révéla qu'il s'agissait d'un prototype hybride non encore commercialisé dont Miss Lane avait fait l'acquisition directement auprès de l'usine en Allemagne. Ils avaient emprunté la D28 en direction de l'est jusqu'à rejoindre la D662 pour grimper vers le nord. Au niveau du château de Falkenstein, dont la silhouette effilée de pierres rouges se dressait au-dessus des arbres, ils bifurquèrent pour s'enfoncer profondément dans le parc régional des Vosges. Après le hameau de Sturzelbronn, ils prirent un chemin de terre serpentant au cœur de la forêt. Les sapins se serrèrent de part et d'autre, leurs branches lourdes de neige formant une voûte immaculée, étouffant les sons et les enveloppant d'une quiétude presque surnaturelle. Malgré la mauvaise piste, le chauffeur demeurait parfaitement à l'aise, manœuvrant tout en douceur pour éviter les congères. En passant, Pierre remarqua un panneau sur lequel était inscrit : « Réserve de biosphère transfrontalière Vosges Nord/Pfälzerwald – UNESCO/Mab » et l'homme prit la parole comme s'il avait lu dans ses pensées.

— Le domaine de Miss Lane est situé en bordure de réserve. Comme vous devez le savoir, nous sommes à peine à quelques kilomètres de l'Allemagne.

Pierre avait déjà entendu parler de la biosphère, un vaste territoire préservé s'étendant de part et d'autre de la frontière, parsemée de lacs, d'étangs et de vestiges de la riche mais tragique histoire entre les deux pays. La plupart des zones étaient accessibles par des sentiers de randonnée, mais il y avait également un certain nombre de sanctuaires écologiques réservés à l'étude scientifique.

— Je pensais qu'on ne pouvait pas construire dans ce genre de réserve.

— Miss Lane n'a fait que restaurer une vieille bâtisse. Vous allez bientôt la découvrir par vous-même.

Effectivement, après avoir roulé une bonne vingtaine de minutes, la berline déboucha sur une clairière où trônait, majestueux et inattendu, un magnifique manoir victorien. Entouré par la forêt, il semblait jaillir de terre. Ses flèches et tourelles se découpaient sur le ciel hivernal tandis que la neige recouvrait ses toits d'ardoises. Une allée pavée montait vers une imposante porte en chêne massif, et Pierre fut frappé par les détails architecturaux de la demeure dont les sculptures délicates et les balustrades finement ouvragées témoignaient d'un savoir-faire à l'épreuve du temps. La beauté sauvage de la forêt et l'allure surannée de cette bâtisse donnaient l'impression d'être plongé dans un conte de fées. La voiture se gara en contrebas de l'allée du manoir et Singh coupa le moteur avant de sortir lui ouvrir la porte. Un froid mordant s'engouffra dans l'habitacle et le fit frissonner. Un léger vent s'était levé, faisant tourbillonner les flocons autour de lui, ajoutant une touche de mystère à l'atmosphère déjà envoûtante.

— Si vous voulez bien vous donner la peine, dit son conducteur en tendant une main vers la porte.

Pierre prit une profonde inspiration et le suivit jusqu'au perron. L'homme s'arrêta et appuya sur un discret bouton dissimulé dans la boiserie ouvragée du chambranle. Un panneau s'ouvrit, dévoilant un écran tactile sur lequel il saisit un code. Pierre observa attentivement et découvrit une minuscule caméra, presque invisible, intégrée dans la corniche qui surplombait l'entrée, scrutant les alentours. Il ne put s'empêcher d'admirer l'ingéniosité avec laquelle ces dispositifs étaient imbriqués dans les éléments architecturaux du manoir.

Vikram Singh resta immobile quelques instants face à l'objectif alors que celui-ci analysait ses traits. Un déclic métallique retentit et la porte s'ouvrit lentement. L'homme referma le panneau avec soin, faisant disparaître toute trace de la technologie qui protégeait cette demeure.

— On dirait que Miss Lane ne rigole pas avec la sécurité…

— Effectivement, docteur. Cet endroit est isolé en pleine forêt et Miss Lane y vit seule. Il est compréhensible qu'elle prenne des précautions.

— Seule, vraiment ? Dans cet immense manoir ?

— C'est à la fois son foyer et son lieu de travail. Et son travail nécessite un certain espace et beaucoup de discrétion.

Ils pénétrèrent dans l'entrée du manoir dont les murs étaient ornés de papiers peints fleuris et le sol recouvert de carreaux disposés en mosaïque complexe. De part et d'autre, des meubles anciens en bois sombre apportaient une touche d'élégance à la pièce.

L'homme se dirigea vers un couloir et Pierre le suivit tout en admirant les tableaux anciens et les miroirs à dorure. Plusieurs lustres en cristal scintillaient, diffusant une lumière tamisée, et en y regardant de plus près, Pierre constata que malgré leur aspect antique, ils étaient alimentés par des ampoules LED. Le couloir déboucha sur un salon majestueux aux plafonds ornés de moulures. Des canapés et des fauteuils en velours sombre donnaient à cet endroit l'ambiance feutrée d'un boudoir. En face de lui, une cheminée monumentale attira immédiatement son attention. Taillée dans un bloc de marbre d'un blanc pur veiné de gris, elle était parcourue de motifs floraux réalisés avec une finesse remarquable. Elle s'élevait jusqu'au plafond où un trumeau en bois sculpté surplombait l'ensemble, encadrant un miroir à la surface légèrement piquée par le temps. Dans l'âtre, un feu crépitait, projetant des ombres dansantes dans la pièce.

— Docteur Martignas, je présume ?

Une voix douce et posée avait surgi dans son dos.

— Bienvenue au manoir Laroche.

14

Max ferma les yeux et essaya de se concentrer. Il massa lentement ses tempes pour atténuer le mal de tête – un effet secondaire des amphétamines –, et parcourut une nouvelle fois les éléments qu'il avait rassemblés sur le bureau mis à disposition par l'adjudant Lutz.

Gaspard Baumann, vingt et un ans, étudiant en médecine à la faculté de Strasbourg, déclaré disparu le 20 septembre, soit presque six mois avant sa découverte dans la forêt de Mouterhouse. Il ne s'était simplement plus présenté à ses cours et c'est une ex-petite amie qui avait donné l'alerte. Max avait interrogé la jeune fille sans récolter d'informations supplémentaires. À la sortie de la trêve estivale passée en Suisse avec ses parents, Gaspard avait récupéré son logement en résidence universitaire et participé à quelques réunions et soirées de rentrée avant de se volatiliser dans la nature. En cherchant dans sa vie privée, Max n'avait rien découvert de probant. D'après ses professeurs, c'était un gamin appliqué, bosseur qui avait de bons résultats, toutes les chances d'obtenir son diplôme, et souhaitait se spécialiser à terme en pédiatrie. La fouille de son appartement et le bornage de son portable n'avaient rien donné non plus. Dernière localisation enregistrée rue Isabelle-Eberhardt, en bas de sa résidence, et puis plus rien d'exploitable. Côté bancaire, il n'y avait aucun débit ultérieur à la date présumée de sa disparition et ses achats récents ne laissaient rien présager de suspect.

Max prit les photos du dossier de gendarmerie et les aligna face à lui. Le visage blême n'avait plus rien à voir avec celui du jeune étudiant à l'avenir radieux sur le cliché récupéré auprès du rectorat. Gaspard Baumann s'était éteint après avoir subi d'atroces supplices, et dans le silence de cette matinée hivernale, Max pouvait entendre son appel et ne comptait pas l'ignorer.

Le visage de la seconde victime était plus fin. Malgré la décomposition, Max y discerna des traits harmonieux et une tignasse bouclée portée longue. En plus du symbole gravé sur son épaule, il possédait de nombreux tatouages, la plupart réalisés de manière artisanale et sans grand talent. Lui aussi avait la vingtaine et présentait des signes de malnutrition mis en évidence par le légiste. Max constata qu'il n'avait rien à voir avec Baumann. D'abord, personne n'avait signalé sa disparition depuis plus de six mois, ce qui laissait supposer qu'il n'avait pas de famille proche, pas d'amis, pas de cadre social susceptible de remarquer son absence. Ensuite, il portait sur le pli du coude un certain nombre de cicatrices d'injection suggérant une addiction aux substances bien antérieure à son enlèvement. Pour Max, le corps nu qui s'étalait sur les photos devait être celui d'un gamin en errance, comme ceux que l'on voyait traîner à la gare de Strasbourg ou en centre-ville et que l'ancien maire avait voulu déloger avec son arrêté anti-mendicité. Max aurait pu mettre sur le coup quelques-uns de ses collègues, mais la loi du silence qui régnait parmi les gens de la rue risquait de rendre leur tâche difficile.

Il appela tout de même Suzie pour la tenir au courant et elle le gratifia d'un « Tu crois que j'ai que ça à foutre ? C'est à Metz de s'occuper de ce bordel ! ». Elle avait beau se plaindre de ses enquêtes « hors cadre », Max savait qu'il pouvait compter sur sa cheffe pour faire le maximum. Son regard se porta sur les murs ornés de quelques affiches de prévention et de sécurité routière. Un vieux radiateur en fonte diffusait une chaleur rassurante alors qu'une antique cafetière à filtre distillait son fumet caractéristique de la plupart des bureaux de police. Depuis quand ne s'était-il pas posé dans ce genre d'endroits ? Entre les écoutes, les planques et les filatures, il avait l'impression de passer sa vie sur le siège de sa voiture. Max avait toujours voulu faire du terrain, depuis l'école jusqu'à son poste à la PJ. Mais dans la hiérarchie policière, plus on prenait du galon, plus on s'éloignait de la rue. Max avait donc proposé un deal à sa patronne. Il s'occupait des heures d'attente, des courses-poursuites et éventuellement de la violence et elle se chargeait de toute la paperasserie et du travail d'investigation à distance. Un petit arrangement qui convenait parfaitement à Suzie, et lui permettait de respirer.

Il se leva pour aller ouvrir la fenêtre du bureau et constata que la neige continuait de tomber sur les toits de Lemberg. L'église Saint-Maurice se dressait fièrement au milieu du village et il aperçut la ligne des collines avec au loin la lisière sombre de la forêt.

— Vous êtes bien installé ?

La voix de l'adjudant Lutz le fit sortir de ses rêveries.

— Parfaitement bien.

— Et l'hôtel que je vous ai conseillé à Bitche ? Pas trop spartiate ?

— Très calme. Vous n'aviez pas menti.

— Oh oui, à cette époque de l'année, on ne croule pas sous les touristes. Et puis, la ville de Bitche, c'est plutôt tranquille. Enfin, depuis la fermeture des casernes et tout ça…

Max sentait que le gendarme voulait lui parler de quelque chose et qu'il tournait autour du pot. Il décida de prendre les devants.

— Des nouvelles, peut-être ?

Le visage rougeaud de l'homme se contracta dans une sorte de rictus d'inconfort.

— Je ne sais pas, ce n'est pas certain, mais… il y a une info qui vient de tomber. Ça peut avoir un rapport avec l'affaire.

— Dites-moi tout, adjudant.

— J'ai eu un coup de téléphone de la cristallerie Blumenthal. Ils disent qu'un de leurs apprentis n'est pas venu travailler depuis lundi. Ils ont vérifié à son foyer et il n'est pas rentré dormir depuis au moins vingt-quatre heures. Habituellement je ne me serais pas trop inquiété, il arrive que ces gamins aillent faire la fête à la ville le week-end et restent sur place, mais vu ce qui se passe…

— C'est qui ce gamin ?

— Willem Gross. Il apprend le métier en alternance avec son école. CAP de souffleur d'après ce qu'ils m'ont dit.
— Il doit avoir quoi ? Tout juste vingt ans.
— C'est ça.
— Vous avez bien fait de m'en parler, adjudant.

La douleur lancinante dans son crâne s'était dissipée, laissant place à un frisson d'excitation face à cette piste prometteuse. Même âge, même profil, même lieu, aucune chance que ce soit un hasard. La lumière du soleil filtrant entre les nuages sembla s'atténuer et les ruelles pittoresques de Lemberg prirent soudain une teinte sinistre. Quelque chose rôdait dans la forêt. Quelque chose qui allait hanter ses jours et ses nuits jusqu'à ce qu'il trouve un moyen de l'arrêter.

15

Mary Hilton Lane avait la beauté sereine et mûre de la cinquantaine. Ses yeux pétillant d'intelligence reflétaient le feu qui dansait dans l'âtre. Elle était élégamment vêtue d'une robe de soie chatoyante qui épousait les courbes de sa silhouette, son cou rehaussé d'un collier de perles fines. Ses cheveux, coiffés en chignon bas, dégageaient son visage aux traits délicats exprimant un mélange de douceur et de force. Dans le fauteuil Louis XV où elle s'était installée, elle semblait faire corps avec la demeure.

Pierre se tenait en face de son hôtesse, engoncé dans le costume trop petit qu'il avait rapidement enfilé pour suivre le majordome à ce rendez-vous. Il serrait entre ses doigts un bourbon Blanton's single barrel, une rareté hors de prix que lui avait servie Vikram Singh avant de disparaître derrière une des portes donnant sur le salon. Il porta le verre à son nez, humant les arômes délicats de vanille et d'épices, fixant les reflets dorés de la liqueur aux teintes chaudes et enveloppantes. Les effluves du bourbon lui rappelaient d'anciens amis autour d'une table dans une vie qui n'existait plus. Son hôte sembla le remarquer, comme si elle avait la faculté de lire dans son esprit.

— Il est étonnant de voir la manière dont une expérience sensorielle peut façonner notre réalité, vous ne trouvez pas, docteur ?

La voix de Miss Lane était singulière. À la fois veloutée et légèrement rauque. Chaque mot qu'elle prononçait glissait dans l'air, provoquant une étrange sensation de chaleur.

— Je suppose que oui, fut la seule réponse qu'il pût donner avant d'ordonner le flux de ses pensées pour reprendre, en tentant de se mettre au niveau de cette femme. Mais il me semble que nous façonnons tous notre réalité, en tout cas notre réalité subjective. La notion de réalité est complexe, elle englobe effectivement nos perceptions du monde extérieur, tout autant que la manière dont notre esprit les interprète.

— Exactement, docteur ! Et c'est a priori une capacité purement humaine, n'est-ce pas ?

— J'ai peur de ne pas saisir.

— J'imagine qu'une machine ne pourrait pas avoir de réalité subjective, elle ne s'intéresserait qu'au monde tel que nous le connaissons. Le monde objectif.

— Certainement. La réalité subjective est la manière dont chaque individu perçoit et interprète le monde réel. En fonction de ses expériences passées, de ses croyances, de ses émotions et de ses pensées… Je vois mal une machine réussir à reproduire tout cela.

Il y eut un court silence au cours duquel Miss Lane l'observa en souriant et il eut l'impression qu'elle le jaugeait. Pierre la quitta des yeux, fixant les épais rideaux tirés le long des fenêtres qui isolaient la pièce du monde extérieur. Une légère odeur de cire et de vieux cuir flottait dans l'air, mêlée à celle du bourbon.

— Cet endroit est vraiment fascinant, finit-il par dire d'une voix plus assurée.

— Et son histoire ne l'est pas moins. Peut-être que vous souhaiteriez l'entendre ?

— Avec plaisir…

— Eh bien… Au XIXe siècle, ce manoir a appartenu à un riche propriétaire. Un certain Édouard de Laroche. Il avait hérité des mines de quartz de son père et fait prospérer ses affaires jusqu'à leur donner une réputation nationale. Il avait également un goût prononcé pour les arts et la culture et voyageait à travers toute l'Europe pour y rencontrer les plus illustres maîtres verriers, les sculpteurs et les orfèvres susceptibles de mettre en valeur son cristal de roche. Malheureusement, une série d'accidents et l'épuisement naturel des ressources ont mis fin à son entreprise. Il a fini par abandonner son manoir et s'est donné la mort quelques années plus tard. C'était une ruine lorsque j'en ai fait l'acquisition.

— La manière dont vous l'avez restauré… c'est très impressionnant.

— Oui, j'ai toujours eu beaucoup d'affection pour les vieilles maisons. Mais je suis une femme de mon temps vous savez, j'aime le confort moderne et les défis me passionnent. Restaurer cet endroit en a été un, croyez-moi. Cependant, je dois vous avouer quelque chose… Je ne vous ai pas fait venir ici pour parler d'architecture.

Ses lèvres se pincèrent légèrement et Pierre eut l'impression qu'elle désirait une réponse de sa part et il décida de jouer franc-jeu.

— J'imagine que cela concerne le symbole que vous avez dessiné sur votre carte de visite…

— Trois points dans un triangle. Oui. La trinité chrétienne, la franc-maçonnerie, l'alchimie… Ne me décevez pas avec tous ces lieux communs de l'ésotérisme populaire, docteur Martignas.

— Vous décevoir ? Mais qu'attendez-vous de moi au juste ?

— Ce que j'attends de vous ? Pierre Martignas, expert en criminologie et en sciences comportementales. Exactement la même chose que les magistrats auprès desquels vous avez fait valoir vos expertises. Un conseil avisé, une aide peut-être.

— Une aide ? Mais à quel sujet ?

— Ce signe, ou plutôt devrais-je dire cette marque d'infamie, je suppose que vous savez parfaitement d'où il vient. En tout cas, où il a été inscrit…

— Je ne peux pas en parler. Il s'agit d'une enquête de gendarmerie si c'est ce que vous évoquez. Et je suis tenu au secret de l'instruction.

— Une enquête de gendarmerie dont on vous a évincé, visiblement.

Comment cette femme pouvait-elle être au courant ? Ce n'était pas officiel, même si Pierre commençait à s'en douter. Elle marqua une pause et ses yeux s'égarèrent brièvement vers la fenêtre avant qu'elle reprenne la parole.

— J'ai un marché à vous proposer, docteur. Vous m'aidez à trouver le ou les responsables de ces meurtres et je vous rémunère à la mesure de vos efforts.

— Je ne vois pas en quoi je pourrais vous aider et je n'ai pas besoin d'argent.

— Vous vous sous-estimez. Votre réalité subjective est justement celle dont j'ai besoin pour interpréter la mienne… Et pour ce qui est de l'argent, je suis certaine qu'il vous serait utile à réparer… certaines erreurs du passé.

Pierre sentit quelque chose se nouer dans son estomac. La maison en flammes des Vidal apparut dans son verre de bourbon et il frissonna d'effroi. Mary Hilton Lane esquissa un sourire rassurant et poursuivit avec une aisance qui le désarçonna.

— Et puis je dois vous avouer quelque chose, docteur… C'est moi qui ai communiqué les coordonnées précises de l'emplacement des corps aux gendarmes. Il se pourrait que j'en sache beaucoup plus qu'eux sur cette affaire.

16

Les dernières lueurs du jour s'estompaient quand il se décida à rentrer chez lui. La neige craquait sous ses pas et il avançait avec précaution dans la forêt, le froid mordant s'infiltrant à travers le tissu de son treillis. Son sac en bandoulière pesait sur son flanc, il tenait fermement la crosse de son fusil contre sa poitrine, prêt à épauler.

L'homme avait l'esprit vide, c'est de cette manière qu'il avait réussi à surmonter les situations les plus difficiles lors de ses affectations au Kosovo, en Afghanistan et en Côte d'Ivoire. Faire le vide pour ne laisser que l'essentiel et permettre à ses sens de prendre le dessus sur ses émotions et ses pensées, c'était une des clés de la survie. Depuis sa rencontre avec Lucifer et le pacte qu'il avait signé de son propre sang, il ne se souciait plus vraiment de son enveloppe physique, car on lui avait accordé la vie éternelle et un corps glorieux dans le futur royaume du Maître. Pourtant, sa mission nécessitait qu'il se préserve, au moins le temps de terminer l'œuvre qu'on lui avait fixée.

Les arbres, recouverts de neige, formaient une toile de fond silencieuse tandis que l'obscurité envahissait peu à peu le vallon qu'il descendait pour rejoindre sa voiture. Il l'avait cachée sur un chemin de terre que personne ne fréquentait et dissimulée sous une bâche de camouflage empruntée à son vieux paquetage du 13ᵉ RDP[1]. Au cours de sa carrière militaire, il avait participé à de nombreuses missions « spéciales » à travers le monde, mais aucune ne lui avait fourni l'exaltation qu'il ressentait depuis son éveil et la découverte de sa véritable identité.

Ce jour-là, il se tenait assis sur le bord de son lit, les pensées tourmentées par les images d'apocalypse et de carnage qui l'assaillaient depuis des nuits. Un éclair de lucidité avait soudainement traversé son esprit embrumé et il avait su. Il était Astaroth, l'élu destiné à agir avec force et à accomplir l'œuvre du Maître. Il avait senti les pouvoirs infernaux de guerre et de destruction l'envahir en lui conférant une détermination sans précédent. Exactement comme cela était inscrit dans le livre. Il se rappelait s'être levé et avoir observé son image dans un miroir pour discerner dans ses yeux la lueur de cette nouvelle réalité. Comment avait-il pu être si aveugle et ne pas comprendre plus tôt ce destin qui l'attendait depuis toujours ? Depuis, il avait œuvré sans relâche et malgré la violence de sa tâche, jamais le doute ne s'était immiscé dans son esprit.

Un bruit attira son attention et il se figea, les sens en éveil, scrutant les environs à la recherche du moindre signe de mouvement. Un frisson d'excitation le parcourut lorsqu'il aperçut la silhouette d'un chevreuil se déplaçant avec grâce entre les arbres. Sa robe fauve se détachait sur le paysage immaculé et l'animal avança

---

1. Régiment de dragons parachutistes.

avec une légèreté presque irréelle, humant l'air pour flairer les arômes de la forêt en quête de nourriture. L'homme mit un genou à terre et fit glisser la lanière de son sac pour le déposer sur le côté. La bête s'immobilisa d'un coup, et tourna la tête vers lui, ses grands yeux noirs remplis d'une curiosité innocente. Les flocons de neige virevoltaient autour des ramures de ses bois dressés fièrement vers le ciel. Ses oreilles frémirent lorsque l'homme épaula son fusil, serrant la crosse contre sa joue. Il observa le chevreuil avec une intensité dévorante, sentant monter l'adrénaline précédant un tir. Ses mains se positionnèrent sur l'arme, ses doigts gantés trouvant naturellement leur place sur la détente. Sa main gauche vint soutenir le fût tandis que son épaule se préparait à encaisser le recul. Avec une lenteur calculée, il éleva le canon, ajustant minutieusement sa visée. L'espace d'un instant, le temps sembla se suspendre et il ressentit la jouissance de la domination ultime. Oui, il était Astaroth, le seigneur de la guerre, celui qui donne la mort.

   L'homme retint son souffle pour se stabiliser au maximum. Ses muscles se tendirent une dernière fois et dans un mouvement à peine perceptible, il pressa la détente, libérant le projectile qui fendit l'air glacial et pénétra le ventre de l'animal avec une violence inouïe, traversant les chairs pour atteindre le cœur qui explosa sous l'impact. Le chevreuil n'eut pas le temps de réaliser son sort, ses yeux se révulsèrent et ses pattes fléchirent sous son poids. Il s'effondra, son corps encore tremblant d'incompréhension. La vie le quittait à mesure que son sang chaud et vermeil maculait la neige, formant une immense tache écarlate. L'homme s'approcha rapidement, il ne voulait surtout pas manquer cet instant. Lui qui appartenait aux enfers savait à quel point la mort d'un être est précieuse et tout le pouvoir qu'on peut y puiser, ça aussi, c'était inscrit dans le livre. Il s'agenouilla et posa ses mains dans le liquide brûlant. Les flancs de l'animal se soulevèrent une dernière fois avant de s'immobiliser définitivement. La forêt, témoin silencieux de ce drame, semblait retenir son souffle.

Et cela se produisit. La bête cessa simplement d'exister. L'homme sentit une profonde jouissance l'envahir. Il était le maître des destins, capable d'effacer toute beauté de ce monde par sa propre et omnipotente volonté. La vie qu'il avait ôtée était comme un trophée, la preuve indéniable de sa puissance et de sa domination. Malheureusement, comme il était persuadé que les animaux n'avaient pas d'âme, il ne pouvait pas se repaître de son essence et il devrait se contenter de sa chair.

Il chercha sur le côté de sa ceinture et attrapa la garde de son couteau. La nuit était presque tombée, il lui faudrait rapidement découper le corps pour en récupérer le maximum. Il laisserait le reste pourrir dans les bois en offrande au Maître. Alors que sa lame transperçait le cuir du chevreuil pour trancher les muscles et les os, il pensa au gamin qu'il avait enfermé. Bientôt il serait prêt, lui aussi à être découpé.

17

Non loin de la gare de Bitche se dressait l'hôtel-restaurant *Le Relais des batailles*, une vieille bâtisse dont les murs de grès rose érodés par le temps étaient percés de fenêtres en arc encadrées d'ornements sculptés ne laissant deviner qu'une vague trace de leur splendeur passée. Max avait immédiatement adoré cet endroit dont le propriétaire – un certain Hans, arborant une épaisse moustache taillée à la Van Dyke – lui avait raconté l'histoire. Construit au milieu du XIXe siècle, l'édifice servait autrefois de logement aux officiers et leurs familles lorsqu'ils étaient affectés à la fameuse citadelle de Bitche. Une légende locale affirmait que ses sous-sols cachaient un réseau souterrain menant directement à la citadelle, mais Hans n'en avait jamais trouvé la trace.

Depuis l'immense verrière de la véranda où il prenait son petit déjeuner, Max Keller pouvait apercevoir les remparts émerger de la brume. Il avait passé toute la journée de la veille à enquêter sur la disparition du jeune Willem Gross. Le gamin habitait un foyer d'apprentis à Wimmenau. Il avait visité sa chambre, discuté avec ses camarades et découvert l'existence d'une jeune fille, une certaine Charlotte Hoffman, originaire du village de Reipertswiller. Il l'avait dénichée dans la boulangerie locale où elle tenait la caisse et il s'était retrouvé dans l'obligation de lui apprendre la mauvaise nouvelle. Son joli visage juvénile s'était transformé en un masque d'angoisse et elle lui avait pleuré dans les bras une bonne demi-heure sans pouvoir prononcer un mot. Visiblement, les deux adolescents s'étaient vus pour la dernière fois le dimanche soir dans un bar du coin avant de se quitter sur la route qui reliait les deux villages. La disparition de Willem ayant été constatée le lendemain matin, il y avait fort à parier que la mauvaise rencontre s'était déroulée lors de son retour par les bois.

Max était allé sur place pour inspecter les lieux, une série de virages entre des pans de forêts où il était facile de tendre une embuscade et de s'évanouir dans la nature. Il s'était ensuite rendu au bar *Le Feu* où le patron, un certain John-Claude, s'était montré plutôt discret sur l'identité de ses clients. À peine avait-il admis avoir servi les deux adolescents – une bière et une caïpi – et aperçu quelques motards dont il ne connaissait pas le nom. Lorsque Max lui avait demandé s'il n'avait pas vu des têtes inhabituelles ou remarqué des comportements étranges, il avait souri en lui répondant : « Ici y a que des gens étranges… »

Le portable de Willem avait été trouvé dans son appartement, il ne l'avait pas emporté au rendez-vous et ses appels ne montraient rien de suspect. La piste des motards semblait difficile à suivre : la bande avait passé la frontière dans la nuit et retrouver leur trace nécessiterait des semaines de paperasseries avec les autorités allemandes qu'il n'engagerait qu'en étant certain de son coup. Il s'était donc retourné vers des moyens de recherche plus sommaires pour constater sans trop de surprises qu'aucun axe n'était couvert par de la vidéosurveillance si ce n'était l'entrée du centre-ville de Reipertswiller où une agence bancaire avait placé une petite caméra pour capter les environs de son DAB. Un coup de téléphone de Suzie plus tard, le directeur de l'agence avait remis les enregistrements nocturnes du dimanche – un miracle qu'ils existent puisque généralement ce genre d'installation n'était là que pour dissuader les fraudeurs –, et on y apercevait le passage de quelques véhicules, dont seulement deux après vingt-trois heures : un break noir de marque Volkswagen et un vieux 4 × 4 Cherokee bien déglingué. Les plaques étaient à peine visibles vu l'angle de la caméra, mais il ne doutait pas que Suzie réussirait à les exploiter pour lui fournir des identités. C'était mince, mais en l'absence d'autres pistes, c'était déjà ça.

Après une journée complète d'enquête sur le terrain, il était rentré à Bitche l'esprit en effervescence et le cœur serré par l'urgence de la situation. Max connaissait parfaitement les statistiques : dans ce type de disparition inquiétante, le temps jouait contre lui et faisait fondre ses chances de retrouver l'adolescent vivant. Il s'était posé dans sa chambre sans prendre la peine de dîner et s'était endormi comme une souche jusqu'au petit matin.

Son téléphone portable sonna au moment où il quittait l'hôtel pour rejoindre sa voiture dont le pare-brise s'était couvert d'une épaisse couche de givre durant la nuit.

— Ça va, mon grand ? Bien dormi dans ton trou paumé ? questionna Suzie, un sourire dans la voix.

— Meilleure nuit depuis des années, répondit Max, étonné de constater à quel point cela était vrai.

— C'est peut-être ça qu'il te faut. Partir vivre à la campagne, couper du bois pour l'hiver, porter des chemises à carreaux…

— Peut-être. T'es bien matinale, dis donc.

— Parce que moi je bosse. Par exemple là, je suis en train de lire les notes que j'ai prises en consultant le SIV[1]…

— Et alors ?

— Le break Volkswagen, c'est mort… la plaque est trafiquée. Aucune correspondance. Le mec n'a pas envie de se faire flasher sur l'autoroute. Par contre l'autre, j'ai un nom… Pierre Martignas, la bagnole est immatriculée à Bordeaux. J'ai une adresse aussi à Blaye. Tu veux que j'appelle les collègues ?

— Laisse tomber, je sais qui c'est. Il habite dans le coin.

— Ah ouais. Tu m'expliques ?

— Dès que je lui aurai parlé, dit-il en esquivant la question. T'as pas de neuf pour l'identité du second corps ?

— J'ai mis un pote sur le coup. Mais c'est pas évident d'interroger tous les cassos de la ville. J'te tiens au jus de toute façon.

— OK. Merci.

— Et, Max… Fais gaffe à toi. Je ne déconne pas, c'est un ordre !

Max hocha la tête, inspira profondément l'air glacé de l'hiver et raccrocha, déterminé à poursuivre son enquête.

---

1. Système d'immatriculation des véhicules.

18

Mary Hilton Lane se tenait sur une estrade face à un pupitre sur lequel on avait déposé une sorte de bol chromé. Elle avait une quinzaine d'années de moins mais la même élégance dans sa robe noire impeccable. À côté d'elle, un homme un peu plus âgé portant de minces lunettes, une chemise rose et un costume clair se penchait pour parler au micro. La photo avait été prise en 2012 pour la remise du prix ACM Turing, considéré comme le « prix Nobel de l'informatique » et doté cette année-là d'une bourse d'un million de dollars.

Pierre n'en croyait pas ses yeux. Lorsqu'il avait tapé son nom dans Google, il était tombé sur des centaines de milliers de références. Sa page Wikipédia indiquait qu'elle était née à Londres, avait grandi à Toronto où elle avait rencontré son mari Pierre-Yves Beaulieu, lui aussi ingénieur en informatique. Ensemble ils s'étaient spécialisés dans l'intelligence artificielle et avaient fondé la société DeepAI basée à San Francisco à laquelle on devait un certain nombre de brevets majeurs dans le domaine. Elle était considérée comme une des références mondiales en matière de *deep learning*, cette technologie permettant aux ordinateurs d'imiter la manière dont le cerveau humain fonctionne.

« J'ai des moyens et des informations à vous offrir que ne possède pas la police. » C'étaient les mots précis que Mary Lane avait prononcés pour tenter de le convaincre de se joindre à elle dans cette enquête. La proposition ressemblait à un véritable contrat faustien. Pourquoi l'avait-elle choisi, lui ? Si elle avait inventé quelques machines ou algorithmes capables de retrouver des corps en pleine forêt, pourquoi ne pas simplement en parler à la police ? Qu'est-ce qu'il avait de si particulier ? Et puis que faisait-elle dans cette forêt des Vosges ? Ces quelques heures passées en sa compagnie avant que son majordome indien ne le raccompagne lui faisaient l'effet d'un mirage. Malgré l'étrangeté et le mystère qui l'entouraient, Pierre se sentait profondément attiré par le magnétisme et l'intelligence de cette femme. Mary Lane avait été mariée, d'après Internet elle avait même un fils, pourtant elle était venue s'installer seule dans cet incroyable manoir victorien perdu au milieu d'une réserve écologique.

Pierre se laissa aller contre le dossier de sa chaise. L'écran de son portable illuminait son visage d'une lueur froide. Il releva les yeux pour observer la fenêtre en face de lui. Les flocons de neige tombaient encore, mais plus doucement, comme si la nature avait décidé de se calmer après la tempête de la veille. Un sentiment de solitude l'envahit soudain. Pourquoi n'avait-il pas immédiatement accepté son offre ? Qu'est-ce qu'il y avait de si incroyable à vivre seul dans ce chalet au lieu de se confronter à la réalité du monde ? *Tu fuis, c'est pour ça que tu es là, pour échapper à toi-même.* Cette idée lui avait souvent traversé l'esprit et pourtant il savait parfaitement à quel point on emportait ses bagages avec soi. Les kilomètres, la solitude et l'isolement n'empêcheraient pas ses erreurs de le hanter. La solution se trouvait ailleurs, il avait un chemin à parcourir, un chemin intime qui passait par la rédemption. Un chemin que Mary Lane venait peut-être de lui offrir.

Il y eut un bruit de moteur à l'extérieur et il bondit presque de sa chaise, imaginant que le majordome avait lu dans ses pensées et allait lui proposer de le ramener au manoir. Mais ce n'était pas lui. La voiture s'arrêta et la silhouette d'un homme emmitouflé dans un manteau en laine noire apparut. Il était grand, fin et se déplaçait sans difficulté dans la neige, le corps voûté en avant. En venant l'accueillir à la porte du chalet, Pierre fut immédiatement frappé par ses yeux. Ce n'était pas la couleur ou la forme mais la sensation qu'ils procurèrent en se posant sur lui. Il se sentit disséqué aussi sûrement que par le scalpel du légiste.

— Commandant Max Keller, brigade criminelle. C'est moi qui m'occupe de l'affaire du bois de Mouterhouse. L'adjudant Lutz m'a donné votre adresse.

Il le fit entrer et lui proposa une tasse de café, ce que l'homme accepta avec joie. Pendant tout le temps que dura leur conversation, Pierre eut la désagréable impression que chacun de ses mots était précautionneusement jaugé. Keller l'interrogea sur sa visite à la salle d'autopsie, son rapport avec la gendarmerie de Lemberg et les déductions qu'il avait pu établir à la suite de l'observation des corps. Pierre lui parla des différentes symboliques attachées aux « trois points dans un triangle » tout en précisant qu'à ce stade cela n'avait aucune valeur pour l'enquête, ce qui parut lui plaire. Ce n'est qu'après cette entrée en matière que Keller en vint à la réelle raison de sa présence.

— Où étiez-vous la nuit de dimanche dernier, docteur ?

— Ici pour la plus grande partie. Au bar de John-Claude pour la fin de la nuit…

Keller fronça les sourcils et esquissa un sourire difficile à interpréter.

— Vous allez souvent là-bas ?

— À chaque fois que je n'ai plus d'alcool. C'est-à-dire rarement. Disons que généralement je prends mes précautions pour ne pas en manquer.

Autant jouer franc-jeu avec ce gars. Son expérience d'expert auprès de la police et de la gendarmerie lui avait déjà fait croiser la route de ce genre de limier. Inutile de leur mentir, ils finissaient toujours par découvrir la vérité. Keller n'insista pas sur son addiction, il avait certainement déjà noté la bouteille de JB qui traînait sur le bureau et l'autre dans la corbeille.

— Vous n'avez rien remarqué de spécial ce soir-là ? À l'intérieur ou à l'extérieur du bar ?

— Il y avait les habitués, plus quelques motards, et un couple de gamins aussi.

— Vous pourriez me décrire ces gamins ?

Pierre comprit aussitôt. Il s'était passé quelque chose depuis la découverte des corps.

— Lui devait avoir la vingtaine, brun, le visage long, plutôt fluet. Elle avait à peu près le même âge mais avec la morphologie d'une fille du coin. Une jolie blonde, je pense l'avoir déjà croisée, peut-être à Reipertswiller.

En réalité, Pierre savait parfaitement qu'il s'agissait de la caissière de l'unique boulangerie du village mais il se dit qu'il valait mieux éviter de donner l'impression à ce policier qu'il faisait son travail. Keller ne nota rien, il savait probablement tout ça et sans doute beaucoup plus.

— Vers quelle heure diriez-vous qu'ils sont partis du bar ?
— Minuit… Minuit quinze… pas plus tard.
— Et vous ?
— À la fermeture… c'est-à-dire vers deux heures.
— Et les motards ?
— Ils sont restés là toute la soirée.
— Tous ?
— A priori, oui. En tout cas tous ceux que j'ai vus en arrivant. Il s'est passé quelque chose, commandant ? Ces jeunes vont bien ?
— Le garçon a disparu, répondit-il d'une voix neutre.

Pierre ne parvint pas à déterminer s'il était encore suspect. Le flic ne trahissait rien de ses émotions.

— Si j'ai bien compris vous avez déjà travaillé avec la police, docteur.
— Oui, dans le cadre d'enquêtes criminelles, mais c'était une autre vie.
— Et ici ? Avec la gendarmerie ?
— Rien de sérieux. Je pense que l'adjudant m'aime bien. C'est un type jovial qui a grandi dans le coin. Vous savez sans doute qu'il prend bientôt sa retraite.
— J'aimerais autant que vous ne participiez pas à cette enquête, même si l'adjudant Lutz vous le demande. Vous comprenez.

Il n'y avait aucune animosité dans le ton de sa voix, mais Pierre sentit le poids des mots peser comme un avertissement.

— Bien sûr. Je suis un citoyen lambda, j'essaie juste d'écrire mon livre.

— Bien. Vous n'avez rien d'autre à me dire ? Rien qui ait un rapport avec l'enquête ?

L'image de Singh dans sa voiture de luxe se superposa à celles du manoir, de Mary Lane, du prix Turing et bien entendu des coordonnées GPS dont elle était l'auteur. Elle lui avait bien précisé avant de le quitter : « Il est préférable que vous ne mentionniez pas notre rencontre à la police. Cela annulerait toute proposition de collaboration de ma part. »

Pierre fit de son mieux pour masquer ses pensées et sourit au commandant Keller avant de lui répondre.

— Non. Rien de particulier.

Si c'était bien le diable qui lui avait offert un pacte, il venait tout juste de le signer.

19

Astaroth sortit de sa voiture, récupéra son sac dans le coffre et se dirigea vers le fond de l'allée dont les pavés étaient couverts de neige. Son pavillon se dressait tout au bout, modeste édifice sans prétention. Le bruit de la scierie résonnait encore dans ses oreilles, la mélodie cacophonique des machines, le grincement strident de la lame. Là-bas, il était un homme parmi les hommes, un simple ouvrier. Il portait le masque du quotidien, contraint de travailler pour gagner sa vie. Pourtant, chaque conversation, chaque sourire forcé, chaque poignée de main était une imposture. Ils ne voyaient que la façade, mais sous les apparences, Astaroth n'était pas comme eux, il ne pouvait pas l'être. Un loup déguisé en mouton, il était le prédateur parmi les proies. Chaque jour depuis sa rencontre avec le Maître et son éveil, il devait endurer cette mascarade, cette comédie humaine qui le répugnait. Mais bientôt, tout cela prendrait fin dans un règne éternel de flammes et de terreur, c'était écrit dans le livre.

Cette certitude, aussi sombre soit-elle, le réconfortait, car il se sentait loin des regards et des jugements, conscient de sa véritable nature. Il pensa au jeune garçon qu'il avait abandonné dans le froid abyssal de la forêt en lui laissant juste de quoi survivre pour une journée supplémentaire. Le Maître avait bien insisté dessus, il ne fallait pas abîmer l'offrande, mais la dégraisser peu à peu et instiller la peur dans chaque parcelle de son âme. Ce n'est qu'au prix de cet effort qu'elle développerait le goût bien particulier nécessaire au rituel. Cela prendrait le temps qu'il fallait, mais c'était crucial.

Astaroth n'était pas encore initié à tous les arcanes, il se contentait d'agir et cela ne le dérangeait pas. Être un outil dans une main glorieuse n'avait rien d'avilissant. Bien au contraire, c'était son privilège. La porte grinça légèrement quand il l'ouvrit et il retrouva la torpeur froide de son antre. Ici l'air refusait de se chauffer. L'entrée était étroite, presque oppressante avec ses murs tapissés de papier peint défraîchi aux motifs géométriques répétitifs. Dans le salon, aucun cadre, aucune photo, aucun bibelot ne venait égayer la pièce occupée par un canapé aux coussins défoncés face à une antique télévision. Une ampoule pendue au plafond diffusait sa lumière lugubre sur le sol recouvert d'une moquette tellement usée qu'il était difficile d'en définir la couleur initiale. Un silence pesant régnait, uniquement troublé par le tic-tac monotone d'une horloge posée dans un coin.

Il s'affala dans le canapé, perdu dans ses rêves de gloire future, quand une senteur délicate et florale lui titilla les narines. Les battements de son cœur s'accélérèrent et il se leva brusquement, tous les sens en éveil. Il n'était pas seul. Il se dirigea vers la cuisine, à l'affût du moindre bruit, de la moindre anomalie, mais il n'y avait rien. Juste le ronronnement du réfrigérateur. Il fouilla dans un tiroir et saisit un long couteau dont il sera le manche si fort que les articulations de ses doigts commencèrent à blanchir. Astaroth connaissait des dizaines de manières de donner la mort à l'aide d'une arme blanche. Si un gamin du coin s'était amusé à venir visiter son antre, il l'étriperait comme un cochon et se débarrasserait de son corps dans le broyeur à végétaux qu'il stockait au garage. Tant pis si c'était risqué et qu'il était obligé de nettoyer la machine lame après lame, ce serait son petit plaisir du soir.

Il monta les escaliers deux à deux, ouvrit lentement la porte de la chambre, mais elle était vide, plongée dans une pénombre rassurante. Il refit le tour de la maison plusieurs fois, examinant chaque pièce, cherchant l'intrus invisible qui avait osé profaner son temple. Pas un signe, pas une trace, pas une ombre suspecte. Rien. Pourtant l'odeur de camomille persistait, flottant dans l'air comme un spectre, omniprésente.

Presque déçu, il retourna à la cuisine pour prendre une bière dans le frigo et laissa son arme sur le plan de travail avant de rejoindre le canapé du salon. Demain la météo annonçait une accalmie, il en profiterait pour poser un jour de RTT et se rendrait au chevet du gamin pour changer ses bandages et vérifier son état de santé général. Se soumettre aux coutumes ridicules des humains et garder à l'esprit les directives du Maître, c'était primordial pour que son destin se réalise. Il alluma la télé et l'écran éclaira la pièce de sa lumière artificielle. Une émission de télé-réalité montrait deux bimbos en maillot de bain rampant dans le sable sous une corde. Le cadreur insistait sur leurs corps tendus par l'effort afin de ne pas manquer le moindre repli des fesses, le moindre bout de téton pointant sous la toile. Il sentit monter une petite érection qu'il refréna immédiatement. « La chair est faible, elle te détournera de ta mission », le Maître l'avait dit et Astaroth savait parfaitement à quel point il avait raison.

Il se sentit pris d'une violente envie d'uriner et se rendit aux toilettes situées à côté de sa chambre. Il vida sa vessie, fixant le mur blanc dont la peinture s'écaillait à cause de l'humidité suintant du toit. C'est alors qu'il perçut une présence derrière lui. Dans un mouvement d'une rapidité martiale exemplaire, il pivota sur lui-même, son sexe flasque encore dans les mains. La peur lui remplit les yeux, élargissant ses pupilles jusqu'à les rendre entièrement noires et dans un sursaut de terreur il essaya de hurler. Mais aucun son ne sortit de sa bouche entrouverte.

20

Pierre avait pris sa décision quelques heures après le passage du flic. Il s'était douché, avait rassemblé dans un sac quelques affaires, son ordinateur portable et ses livres de chevet avant de rouler vers le hameau de Sturzelbronn. Il n'avait croisé personne sur la route et en quittant l'asphalte pour emprunter le chemin de terre menant à la biosphère, il avait hésité plusieurs fois sur la direction. Bien qu'il ne soit que dix-neuf heures, la nuit commençait déjà à s'installer. Autour de lui, les lourdes branches des sapins, courbées sous le poids de la neige, semblaient vouloir engloutir sa voiture. Parfois, les phares attrapaient l'éclat fugitif d'une paire d'yeux luisant comme deux étoiles perdues dans l'obscurité. Un chevreuil, un sanglier ou un loup, il savait que la réserve regorgeait de vie. À mesure que l'essieu de son 4 × 4 rebondissait sur les creux et les bosses de la piste, il se rappelait la facilité avec laquelle Singh manœuvrait sa berline. Cet homme était un mystère à lui seul. Ses manières distinguées, son élégance et la souplesse féline avec laquelle il se déplaçait dégageaient une sorte de force tranquille.

Les arbres s'écartèrent soudain devant Pierre pour révéler la vaste clairière où le manoir se dressait sur un tapis de velours blanc. Les phares éclairèrent bientôt la façade dont la plupart des volets étaient déjà clos. Pierre coupa le moteur, laissant le silence de la forêt reprendre ses droits. Les flocons de neige continuaient leur danse délicate dans le faisceau des phares toujours allumés. Il resta un instant assis, les mains crispées sur le volant, les yeux perdus dans les méandres des ombres projetées par les tourelles et les corniches de cette étrange demeure. Il était encore temps de faire demi-tour, de rentrer dans son chalet en oubliant le chemin que lui proposait Miss Lane. Après tout, rien ne le forçait à accepter ce marché. Il se pencha vers la boîte à gants et attrapa une petite flasque de rhum dont il s'envoya une rasade pour se donner du courage. *Non mon gars, maintenant que tu es ici, tu vas de l'avant, tu ne recules pas devant l'obstacle. Ça fait beaucoup trop longtemps que tu fuis !*

Il sortit de la voiture et avança dans l'allée, la neige crissant sous ses bottes. Le vent siffla doucement à mesure qu'il approchait de la lourde porte du manoir. Il n'avait aucun moyen d'enclencher le système de sécurité que Singh avait manipulé avec aisance, il se contenta donc de frapper trois coups secs. Il attendit, le cœur battant, le souffle visible dans l'air glacé, guettant le moindre signe de vie. Les secondes s'écoulèrent, puis il y eut un son de glissement métallique et la porte s'ouvrit enfin. Personne pour l'accueillir à part la lumière tamisée de l'entrée, la serrure devait être automatisée. Il s'aventura de quelques pas sur le sol en mosaïque avant de sentir une présence dans son dos. Singh se tenait droit et immobile, son costume impeccable et ses cheveux argentés brillant sous la faible lueur des chandeliers muraux.

— Bonsoir, docteur, dit-il d'une voix douce et posée. J'espère que vous n'avez pas eu trop de difficultés à retrouver le chemin du manoir.

— Je me suis débrouillé.

— Miss Lane vous attendait, votre chambre est prête.

— Elle m'attendait ? Vous voulez dire ce soir ?

— Miss Lane a un don pour sonder le cœur des gens. Elle se doutait que vous alliez accepter son hospitalité.

Il lui fit un signe de la main et se mit en marche d'un pas sûr vers un étroit couloir conduisant à un hall aux murs ornés de tableaux de paysages bucoliques et des portraits de personnages austères. Le vieux parquet en chêne massif grinça sous son poids alors qu'il suivait le majordome jusqu'à un escalier en spirale doté d'une somptueuse rampe en fer forgé. Au-dessus d'eux, un lustre en cristal pendait, ses innombrables facettes captant la lumière pour la diffuser en milliers d'éclats scintillants. Pierre ne put s'empêcher d'admirer la finesse avec laquelle ce lieu avait été restauré. Singh sembla le remarquer et ralentit l'allure.

— Miss Lane a fait d'importants travaux pour rendre cette demeure habitable. L'étage s'était effondré, tout comme la plus grande partie du toit. Le manoir a subi plusieurs bombardements pendant la dernière guerre.

— Je n'ose pas imaginer le prix que tout ça a dû lui coûter.

— L'argent n'est pas un problème pour Miss Lane. Ce qui lui tient à cœur, c'est l'âme des lieux.

Pierre acquiesça. Il n'avait pas de mal à croire que « l'argent n'était pas un problème » étant donné le nombre de brevets que sa société avait déposés. Ils grimpèrent l'escalier pour rejoindre un palier desservant un long couloir. Le plafond voûté, peint d'un bleu profond, était parsemé de petites lumières blanches évoquant un ciel étoilé. De part et d'autre se succédaient des portes en chêne massif, chacune portant le nom d'une constellation gravé dans une plaque de cuivre patiné. De discrets écrans tactiles étaient intégrés sur le côté, rappelant à Pierre que, malgré son apparence historique, le manoir était une œuvre hautement technologique. À l'extrémité du couloir, une large baie vitrée offrait une vue panoramique sur la forêt enneigée. Le contraste avec l'extérieur était saisissant et il ressentit l'étrange impression d'être suspendu entre deux mondes.

Singh s'arrêta devant l'une des portes dont Pierre lut la plaque : *Phénix*. Était-ce une manière subtile de lui suggérer sa propre quête de rédemption ?

— Le code correspond à votre date de naissance. Je vous laisse le composer.

Pierre s'exécuta et les chiffres s'illuminèrent sous ses doigts. Il y eut un cliquetis et la porte s'ouvrit lentement. La chambre, ou plutôt la suite, était une pure merveille. Dans un coin de la pièce, une cheminée en marbre au-dessus de laquelle était accroché un grand miroir horizontal – « La télévision », fit remarquer Singh. Contre le mur opposé, un immense lit à baldaquin dont la structure massive supportait des rideaux en soie d'un bleu profond piqué de broderies dorées, chacune représentant une étoile de la constellation du Phénix. À côté, une table de chevet en verre trempé et un discret panneau de contrôle permettant de régler l'éclairage, la température et même la fermeté du matelas. L'ensemble de la pièce était baigné dans une lumière douce et Pierre resta un instant silencieux, admirant la vue depuis les grandes fenêtres entre lesquelles un bureau était disposé.

— J'espère que votre chambre vous convient ? questionna le majordome en s'inclinant légèrement.

— Il faudrait être difficile.

— Dans ce cas, Miss Lane m'a chargé de vous transmettre un message. Elle vous attend à vingt heures précises dans la salle à manger qui se situe au rez-de-chaussée. Vous trouverez votre chemin ?

— Certainement.

Et Singh s'éclipsa. Seul dans la pièce, Pierre se sentit soudain étrangement vulnérable. Avait-il fait le bon choix ? Il se laissa tomber dans le fauteuil en face de la cheminée, son regard se perdant dans les flammes. Il était ici pour une bonne raison, et malgré le doute qui le rongeait, il était temps de faire face.

21

— Je ne pensais pas que vous alliez accepter mon invitation, j'en étais certaine, lança-t-elle avec une assurance déconcertante.

Mary Hilton Lane se trouvait au bout de la table, vêtue d'une robe longue couleur d'ébène contrastant magnifiquement avec sa peau de porcelaine. Elle avait défait son chignon pour laisser tomber ses cheveux auburn sur les épaules. Ses yeux pétillants le fixèrent comme si elle attendait une réponse.

— Vous avez un don pour prévoir l'avenir, dit Pierre en prenant son verre de vin. Et une passion pour l'astronomie ?

— Oh oui, vous aimez votre chambre ?

— Elle est superbe. Mais pourquoi le Phénix ?

— J'ai imaginé que cela pourrait vous correspondre.

— Ah oui ? Je vous en prie, éclairez-moi.

— La constellation du Phénix n'est visible que dans l'hémisphère Sud et à peine perceptible de notre côté du monde. Et vous êtes un homme qui n'a pas peur d'aller au-delà de ce qui est facilement discernable pour explorer des zones d'ombre et y trouver la lumière. Je me trompe ?

— C'est très joliment imagé, mais en ce moment, je suis plutôt un homme qui s'est retiré de la lumière.

Pierre sentait le vin – un grand cru de Bourgogne – glisser lentement le long de sa gorge, laissant une traînée de chaleur réconfortante. L'alcool lui monta à la tête, mais d'une manière agréable, comme une brume douce enveloppant ses pensées.

— Mais vous allez avoir l'occasion d'y retourner, docteur. Votre talent est unique et il me sera particulièrement utile.

— Mon talent ? J'ai bien peur de ne pas vraiment savoir de quoi vous parlez.

— Vous vous sous-estimez une fois encore. J'ai lu l'ensemble de vos publications et certaines m'ont semblé très pertinentes.

— Ah oui ? Vous pensez à quoi exactement ?

— Votre définition du meurtre totémique par exemple : un acte commis par un ou plusieurs membres d'un culte, c'est-à-dire un groupe portant une dévotion excessive aux idées, aux objets ou aux personnes. Culte dont les objectifs premiers sont généralement le sexe, le pouvoir et l'argent…

— Vous avez appris ça par cœur ?

— Non, j'ai une excellente mémoire. Je retiens à peu près tout ce que je lis. Cela m'a été très utile dans ma carrière.

— J'imagine…

— J'aimerais beaucoup que vous me parliez de ce concept de meurtre totémique.

Miss Lane le fixa soudain un peu plus intensément. Sa beauté sereine et son charme pénétrant firent monter en lui une confiance inhabituelle.

— Eh bien, dans le cas de meurtres totémiques, les victimes sont généralement sélectionnées au hasard même si l'on retrouve fréquemment des proches des adeptes. Elles sont souvent multiples et les scènes de crime contiennent des artifices symboliques. Le ou les meurtriers utilisent tout type d'armes, parfois en vue de mutiler les corps. Les leaders ont des antécédents criminels et fabriquent un message leur donnant une dimension religieuse, ou folklorique, voire métaphysique. En tout cas ce message est toujours à l'intention du public.

— Est-ce que cela pourrait s'appliquer aux cadavres retrouvés dans la forêt ?

— Seulement partiellement. Dans le cas d'une tuerie d'ordre totémique, les criminels laissent une grande quantité de preuves menant facilement à leur identification. Il n'y a pas de réelle mise en scène comme c'est le cas pour d'autres typologies de tueurs. Ici j'ai l'impression que l'auteur n'avait aucune envie d'être découvert et qu'il a simplement posé sa marque. D'ailleurs, excusez-moi de vous interroger à mon tour, mais comment avez-vous pu obtenir la localisation précise des corps ?

— Nous y viendrons.

Cette manière d'éluder la question l'agaça, mais il n'était pas vraiment en mesure de la forcer à répondre.

— Connaissez-vous des exemples de meurtres semblables ?

— Je peux vous citer de mémoire ceux commis en lien avec la « Langue sanglante »… une sorte de culte obscur qui a sévi dans le Harlem new-yorkais des années 1920. Ses adeptes sacrifiaient leurs victimes au nom d'une entité folklorique qu'ils appelaient le Chakota. Ils étaient organisés comme une mafia et n'avaient aucune intention d'être découverts. Ils ont pourtant tous terminé sur la chaise électrique de Sing Sing.

— Et de manière plus récente ?

— Rien ne me vient en tête immédiatement, il faudrait que je fasse des recherches. Mais qu'est-ce qui vous fait penser qu'il s'agit de meurtres totémiques ? À moins que je me trompe, vous n'avez pas vu la scène de crime et encore moins les corps.

— Je n'ai pas vu « ces » corps, précisa son hôtesse avec une légère émotion dans la voix.

— Vous voulez dire qu'il y en a eu d'autres ?

À cet instant, une ombre traversa le visage de Mary Hilton Lane. Son sourire assuré se figea, son regard jusque-là lumineux s'emplit d'une réserve hésitante.

— Il y en a eu d'autres, oui. Beaucoup d'autres.

— Vraiment ? Pourtant ce type de crime reste rarement à l'abri de la médiatisation. J'en aurais forcément entendu parler.

— Ça ne s'est pas passé en France, docteur... et pas récemment. Je sais que mes affirmations vous laissent plein de questions sans réponses, mais je vous demande pour l'instant de me croire. Ça s'est déjà produit aux États-Unis, en Californie plus précisément. Plusieurs jeunes gens ont disparu et ont été mis à mort de façon totémique par ce que je pense être une sorte de secte ou de société secrète. C'était il y a une dizaine d'années.

— Je n'ai aucune intention de vous contredire, mais il y a suffisamment de timbrés sur cette terre pour que vos meurtres californiens n'aient aucun rapport avec ceux qui viennent de se dérouler dans le massif des Vosges.

— J'ai vu de mes propres yeux le corps d'une des victimes. On l'avait découpée pour lui prélever ses reins, ses poumons et son cœur... et il portait une marque sur l'épaule. Trois points noirs au milieu d'un triangle.

Pierre eut soudain l'impression qu'une vague de froid s'était invitée dans la salle à manger du manoir. Des images effroyables se mirent à défiler dans sa tête à mesure qu'il se laissait convaincre par la gravité et la détermination de son hôte.

— Excusez cette question... mais pour quelle raison vous intéressez-vous à ces meurtres ? A priori, c'est très loin de vos travaux.

— Détrompez-vous, docteur. Cette affaire a servi de base à mon travail pendant des années. C'est même grâce à elle que j'ai pu développer un des projets les plus ambitieux de ma compagnie et trouver les financements nécessaires pour le faire.

— Je ne comprends pas.

— Je vous expliquerai tout cela en temps voulu. En attendant, sachez juste que la résolution de cette enquête est un enjeu financier majeur et la raison exclusive de ma présence dans votre beau pays.

— Et vous avez une idée de l'identité du tueur pour l'avoir suivi jusqu'ici ?

— Qui vous dit qu'il n'y en a qu'un ?

22

L'adjudant Lutz pestait tous les diables sous le regard étonné du jeune gendarme Vignot. Même depuis son bureau situé à l'écart, il était difficile pour Max Keller de ne pas l'entendre. Lorsqu'il raccrocha son téléphone, il y eut un long silence suivi de quelques bruits de pas et Lutz arriva, le visage empourpré par la colère.

— Ils ont promis de venir dans la matinée... Je ne peux pas faire mieux, désolé commandant.

— Il n'y a pas mort d'homme, plaisanta Max pour le détendre.

— Non, mais ça ne va pas tarder, répondit l'adjudant en se frottant les mains.

Effectivement, la chaudière du poste de gendarmerie de Lemberg était tombée en rade la veille et même avec son manteau bouclé jusqu'au cou, le froid s'était immiscé dans chaque recoin, se logeant sous ses vêtements, picotant ses doigts à chaque fois qu'il tournait une page.

Il avait relu dix fois le rapport d'autopsie et s'était renseigné sur un éventuel trafic d'organes dans la région. Rien ne transparaissait des dernières affaires d'un côté comme de l'autre de la frontière. Pourtant le légiste avait précisé que les prélèvements avaient très certainement été réalisés par un professionnel. C'est en tout cas ce que suggéraient les incisions internes. En revanche, les sutures semblaient faites rapidement, sans précautions esthétiques ou physiologiques. Pour Max, cela voulait dire que le chirurgien était forcément au courant du destin tragique qui attendait ses patients. Il n'avait donc aucun égard pour eux et les considérait comme de la chair morte. Mais alors, pourquoi les rafistoler en les laissant souffrir et en les affamant avant de venir prélever leur cœur dans un second temps ?

Le gros radiateur en fonte situé en face de son bureau émit un grincement guttural au rythme du liquide circulant difficilement à travers ses tuyaux rouillés. Une odeur chaude et terreuse émanait de la cafetière et Max quitta son siège pour aller se servir une tasse. Dans la pièce principale, l'adjudant consultait son ordinateur tandis que le gendarme était sorti attendre les réparateurs au niveau du garage où se trouvait l'appareil défectueux.

— Vous ne croyez pas qu'on devrait déclencher le plan épervier ? questionna Lutz en le voyant se rapprocher.

— Je ne pense pas. Cela ne ferait qu'attirer l'attention des médias et la zone est trop dense à couvrir de toute façon.

— Oui, mais ce pauvre gamin a disparu depuis deux jours !

— Je suis comme vous, je le sens mal… mais on n'a pas le choix. Il faut continuer à fouiller dans ce qu'on a et chercher de nouvelles pistes. C'est comme ça que ça marche, vous le savez comme moi.

Lutz acquiesça et un épais nuage de fumée blanche sortit de sa bouche alors qu'il soupirait.

— À votre avis, commandant... on a une bête qui chasse dans la commune ?

— C'est ça oui... une bête. C'est comme ça que je le vois aussi.

Max absorba une gorgée de café brûlant avant de continuer.

— Votre enquête de voisinage à Wimmenau, ça n'a rien donné ?

— Non... Les gens du village croisaient régulièrement Willem lorsqu'il rentrait de l'atelier. Un gamin poli et respectueux... rien de plus. J'ai eu sa famille. Vous imaginez dans quel état ils sont.

— J'imagine oui...

— C'est vraiment moche tout ça. Qu'il existe des tarés capables de faire des choses pareilles à des enfants.

— Oui, adjudant, c'est moche. Mais on va arrêter cette bête, je vous le promets, dit Max en lui posant une main sur l'épaule.

Une vibration dans la poche de son manteau le fit s'isoler dans la pièce voisine et il se colla à la fenêtre en décrochant.

— Salut, Max, j'ai du nouveau.

La voix de Suzie était étrangement grave, sa jovialité habituelle avait disparu si bien qu'il sut immédiatement que c'était du sérieux.

— La pêche aux infos a fonctionné, deux zonards du centre-ville ont reconnu la photo du deuxième cadavre. Il s'appelle Romain Guitton, un chien de la casse d'à peine dix-huit ans. J'ai retrouvé son dossier à l'EPM[1] de Meyzieu où il a passé quelques mois

---

1. Établissement pénitentiaire spécialisé pour mineurs.

pour une histoire de stups. Depuis il avait disparu des radars. Violences, famille d'accueil et tout le tralala, il n'a pas eu une vie facile, le gamin…

Et une mort encore plus terrible, pensa Max en observant la rue, s'accrochant aux détails comme si le monde extérieur pouvait lui offrir une échappatoire à l'horreur de cette enquête.

— Mais c'est pas tout, Max. Les types l'ont vu discuter avec un gars. Genre armoire à glace en treillis militaire qui passait parfois le prendre en caisse. Ils supposaient qu'il faisait le tapin. Devine la marque de sa voiture…

— Un break Volkswagen ?

— Bingo. Même modèle et même couleur que sur les bandes vidéo.

Son souffle s'accéléra tandis qu'une fureur froide commençait à monter en lui contre cette réalité qui le frappait de plein fouet et confirmait sa pire hypothèse. L'homme qui avait torturé et massacré Gaspard Baumann et Romain Guitton était le même que celui qui venait d'enlever l'apprenti de Wimmenau.

— Dis-moi que t'as des infos sur cette caisse.

— La plaque volée, c'est mort. Mais j'ai fait le tri des cartes grises dans le SIV et il y a moins d'une vingtaine de personnes avec un break de ce modèle dans la région. La liste est dans ton mail. Tu vas pouvoir te mettre en chasse.

— Merci, Suzie, rappelle-moi de t'apporter des fleurs en rentrant.

— Rapporte plutôt une bonne bouteille de vin… et Max… coince cette ordure.

23

Keller avait passé deux heures à éplucher la liste de Suzie. Avec l'aide de l'adjudant Lutz, ils avaient écarté bon nombre de noms. Certains étaient des retraités bien connus des gendarmes, d'autres avaient déménagé, d'autres enfin avaient mis aux clous leurs véhicules depuis longtemps. Restaient cinq suspects potentiels dont deux seulement habitaient à moins d'une trentaine de minutes de la scène de crime et du lieu supposé de l'enlèvement du jeune Willem.

Aucun n'avait un quelconque casier judiciaire, mais l'un d'eux présentait un profil concordant. Patrick Bernard, quarante-trois ans, résidant rue des Comtes-de-Linange à Oberbronn. D'abord il avait un passé militaire – Max ne perdait pas de vue le « treillis » signalé par Suzie –, et surtout, il travaillait à la scierie Bauwen, c'est-à-dire celle qui exploitait la forêt de Mouterhouse où l'on avait retrouvé les corps des adolescents. Lutz avait proposé de demander l'aide du PSIG[1] pour procéder à l'interpellation, mais Max lui avait expliqué qu'il préférait faire une reconnaissance avant de lancer les grandes manœuvres.

---

1. Peloton de surveillance et d'intervention de la gendarmerie.

Ils prirent donc la voiture de Max pour éviter d'éveiller les soupçons. La route jusqu'à la petite ville était rapide et en quittant le centre-ville d'Oberbronn, ils arrivèrent dans une allée traversant un alignement de pavillons de deux étages aux toits en tuiles couverts de neige. À l'avant de chaque maison se trouvait un parking ouvert, à l'arrière un jardin non cloisonné. Une rue bien tranquille en apparence, encadrée de collines boisées comme il y en avait partout dans la région.

Lutz vérifia les attaches de son gilet pare-balles alors que Max se concentrait sur la marche à suivre. Il demanda à l'adjudant de rester en retrait pour « couvrir ses arrières », il se chargerait de prendre les risques. Le gendarme acquiesça sans poser de questions, sa main tremblant légèrement en ajustant le col de sa veste.

Ils avancèrent vers le numéro 4 situé tout au bout d'une allée qui revenait en boucle vers la rue principale. Un break Volkswagen correspondant au signalement était garé en face et ils échangèrent un regard entendu. Quelques pas plus loin, Max frappa trois coups rapides et fermes contre une porte défraîchie. Le son creux se répercuta à l'intérieur alors qu'il pouvait sentir l'atmosphère lourde qui émanait de ce lieu, renforcé par la clarté glaciale de cet après-midi d'hiver. Aucune réponse. Il frappa de nouveau, cette fois plus fort, mais sans plus de succès. Lutz lui lança un regard anxieux et Max tendit la main et tourna la poignée. La porte s'ouvrit sans résistance, révélant l'obscurité qui s'étendait dans l'entrée. Une odeur florale mélangée à quelque chose de beaucoup plus ferreux s'échappa vers la rue.

Max sortit son arme et pénétra dans la maison. Le couloir était étroit, peuplé d'ombres que la lumière du dehors n'arrivait pas à dissiper. Il progressa prudemment, poussant chaque porte avec une lenteur calculée. Le salon était étrangement dépouillé, un canapé placé au milieu de la pièce et une télévision allumée. L'écran diffusait des images indistinctes projetant des ombres mouvantes sur les murs. Le son, réduit à un murmure à peine audible, renvoyait une cascade de mots sans signification se fondant dans le silence inquiétant de la maison.

Max fouilla les moindres recoins de la pièce, ses yeux s'adaptant progressivement à la pénombre avant de passer à la suivante. Il franchit le seuil de la cuisine et fut aussitôt saisi par une odeur de sang. Un frisson lui parcourut l'échine et il se retourna avec la rapidité d'un chat pour constater que l'adjudant Lutz se tenait derrière lui, son arme pointée vers le sol. Le gendarme était venu en soutien au cas où les choses tournent mal. La pièce en elle-même semblait normale mis à part le réfrigérateur dont l'habitacle entrebâillé laissait échapper une lueur sinistre. Le bac à congélation vomissait un flux d'eau rougeâtre se répandant sur le carrelage si bien que les deux hommes n'eurent d'autre choix que de fouler cette mare ignoble. Max s'avança lentement dans un crissement poisseux et tendit la main pour ouvrir complètement la porte. À l'intérieur se trouvaient plusieurs sacs plastique transparents remplis de chair. L'un d'entre eux était percé et du sang s'en écoulait. L'ampoule du plafonnier lançait des reflets vermeils, donnant l'illusion d'une chose vivante.

Une terreur glaciale s'insinua dans les veines de Max tandis qu'il était assailli par des flashs des organes que le tueur avait prélevés. Un simple échange de regard avec Lutz lui prouva qu'il devait penser la même chose. Ils restèrent silencieux et se détournèrent de cette horreur pour se diriger vers l'escalier menant à l'étage. Les marches grincèrent sous leur poids, ajoutant une tension supplémentaire à l'atmosphère déjà surchargée. L'air semblait plus épais à mesure qu'ils montaient, l'odeur du sang était toujours là, persistante, mais maintenant accompagnée par des relents de pourriture qui leur donnait des haut-le-cœur.

Et puis, à peine arrivé sur le palier, Max aperçut une tache sombre et indistincte dans l'obscurité : le corps d'un homme. Il était nu, sa peau blanche couverte de sang coagulé en croûtes sombre. Des traces de violences étaient visibles à divers endroits, mais leur regard fut immédiatement aspiré par son entrejambe où ne se trouvait plus qu'un amas de chair mise à vif. Les deux policiers observèrent ce spectacle d'une brutalité crue, dont ils savaient que l'image s'incrusterait dans leurs mémoires pour toujours. Lutz leva une main vers le visage de l'homme aux traits crispés en une expression de surprise et d'horreur, les yeux exorbités fixant un point du plafond.

— Il a quelque chose dans la bouche, dit-il difficilement, avalant sa salive pour lutter contre sa répulsion.

Max se rapprocha du corps pour se placer bien au-dessus de l'orifice grand ouvert et alors que son esprit recomposait avec effroi ce qu'on avait enfoncé dans la gorge de cet homme, il aperçut la marque qu'il portait à l'emplacement du cœur. Un triangle noir à la base duquel se trouvait un unique point.

24

Lorsque Pierre ouvrit les yeux, une lumière pâle filtrait entre les rideaux de sa chambre. Il émergea de son sommeil avec une sensation de bien-être qu'il n'avait pas ressentie depuis des années. Était-ce la relative sobriété de ce dîner avec Mary Lane ou la perspective des découvertes qui l'attendaient ?

Il s'étira, posa ses pieds nus sur le sol, sentant les fibres épaisses du tapis, puis se dirigea vers une des fenêtres pour observer la majesté du paysage. Le ciel s'était un peu éclairci et seuls quelques flocons dansaient encore à la lisière de la forêt. Une légère brume matinale grimpait jusqu'à la porte du manoir, ajoutant une touche onirique à ce lieu qui l'était déjà tant. Pierre enfila rapidement ses vêtements et dévala l'escalier en spirale, dont les volutes de fer forgé soutenaient une rampe en bois sombre qu'il caressa des doigts.

Lorsqu'il atteignit le rez-de-chaussée, une agréable odeur de café l'accueillit et le guida vers la salle à manger où un somptueux petit déjeuner l'attendait. Il s'approcha de la table et apprécia l'attention portée à chaque détail. La nappe d'un blanc immaculé, les couverts en argent, les fruits et les viennoiseries dans des assiettes en porcelaine précieuse. Pierre se demanda comment le majordome pouvait gérer l'intendance de cette demeure à lui seul. Il se servit une tasse de café dans un silence aussi profond et serein que la brume entourant le manoir. Il n'avait pour compagnie que l'écho de ses propres mouvements et le léger tic-tac d'une horloge. Il savoura ce calme ainsi qu'un croissant qui semblait tout droit sorti du four et décida de se mettre en quête de son hôtesse. En dehors du salon et de la salle à manger, il n'avait encore rien exploré de ce lieu et même s'il hésitait à le faire de sa propre initiative, la curiosité le poussa à quitter la pièce.

Il se leva, ses pas résonnant sur le parquet, et s'engagea dans un couloir menant à une cuisine. Vaste et bien équipée, elle offrait comme le reste de la demeure, un mélange d'ancien et de moderne, une juxtaposition dont l'harmonie ne cessait de l'étonner. Une porte entrebâillée attira son regard. Au-delà, une volée de marches en pierre s'enfonçait dans les entrailles du manoir. Pierre s'approcha pour mieux voir. Une ampoule projetait des ombres sur les murs en brique de cet escalier qui conduisait probablement à un cellier. Un léger courant d'air porteur d'effluves de terre fraîche et de bois lui parvint. Il hésita quelques instants avant de s'engager avec prudence.

La température diminua peu et à peu et une sensation d'humidité l'envahit. Sa descente s'acheva dans une salle ancienne dont les voûtes s'ornaient de magnifiques sculptures évoquant des animaux de la forêt. Les murs de pierre brute étaient parsemés de moisissures et on y avait aménagé toute une série d'étagères en chêne sur lesquelles il aperçut une collection d'objets brillants sous la lumière tamisée des plafonniers. Des fioles aux formes extravagantes, des globes renfermant de minuscules paysages enneigés, des figurines représentant des personnages mythologiques, des cloches abritant des papillons aux ailes diaphanes, leur beauté figée dans le temps. Au centre de la cave, sur un piédestal, reposait une maquette d'une exquise précision. Une réplique du manoir créée entièrement en verre soufflé. Les toits en pente étaient taillés dans un cristal clair, les fenêtres formées de vitraux. L'intérieur révélait une multitude de petites pièces disposées en étages. Les chambres, la salle à manger, la bibliothèque, tout était là, chaque détail ayant été capturé avec une minutie époustouflante.

— Fascinant, n'est-ce pas ?

La voix de Miss Lane le fit sursauter alors qu'elle apparaissait dans son dos. Était-elle présente avec lui tout ce temps, dissimulée dans les ombres ?

— Vraiment oui, répondit-il en tentant de reprendre un peu d'assurance. Excusez ma curiosité, Miss Lane, je n'ai pas pu résister à l'envie de venir explorer cet endroit.

— C'est bien naturel, docteur. La curiosité est une qualité fondamentale de l'être humain et je comptais bien l'éveiller en laissant cette porte ouverte. Justement, que pensez-vous de mon « cabinet de curiosités » ?

— Fascinant, comme vous le dites. Toutes ces pièces ont l'air exceptionnelles.

— Elles le sont, j'y ai mis le prix croyez-moi. C'est ma façon de rendre hommage au premier propriétaire des lieux, Édouard de Laroche. Je vous ai expliqué qu'il possédait des mines de quartz, tous ces objets en cristal de roche viennent de ses ateliers. Les retrouver n'a pas été simple, en faire l'acquisition encore moins.

Pierre n'arrivait pas à quitter des yeux la maquette du manoir. Les éclats sur ses innombrables facettes la faisaient scintiller comme un joyau.

— Cette maquette est sans nul doute la pièce maîtresse de la collection. Il l'a réalisée lui-même d'après la légende.

— Vraiment incroyable…

— Le cristal est, à bien des égards, comme l'âme humaine, docteur. Regardez comment la lumière danse à l'intérieur. Comment elle se réfracte et se reflète en créant une multitude de nuances. Comme le cristal, chaque âme est unique, avec ses propres imperfections et ses propres éclats. Elle porte en elle une lumière, un potentiel qui ne demande qu'à être révélé. C'est ce qui nous rend si spéciaux… si précieux, dit-elle d'une voix douce.

Pierre tourna son regard vers elle, ses mots résonnant dans son esprit. Il était sous le charme de cette femme dont l'intelligence et la sensibilité le touchaient profondément.

— Accepteriez-vous de me suivre, docteur ? Il y a une autre pièce que j'aimerais vous montrer.

— Cet endroit est décidément plein de surprises.

— Oui… et il est temps que je vous révèle son plus grand secret…

25

Miss Lane l'accompagna à travers les couloirs du manoir jusqu'à une vaste pièce éclairée par le scintillement de plusieurs écrans. Contrairement à la décoration du reste de la demeure, ce lieu était dépouillé, n'exhibant que l'essentiel : un bureau en verre épais, une chaise pivotante, quelques étagères contenant des livres soigneusement rangés et un mur dédié à une série de moniteurs. Dominant l'espace, un ordinateur d'apparence futuriste capta immédiatement l'attention de Pierre. Une lueur particulière émanait de cette tour métallique, des diodes vertes et bleues dansaient sur le boîtier comme le pouls d'une créature synthétique.

— Voici mon assistant personnel et mon partenaire de travail le plus précieux, confia son hôtesse avec un sourire.

Pierre la regarda alors qu'elle s'installait devant la machine. Sa main glissa sur le clavier, composant un mot de passe que Pierre ne put distinguer. À l'instant où elle pressa la touche « Entrée », un ballet de lumière s'anima. L'écran principal se teinta d'une lueur bleutée, des lignes de code y défilèrent en un flux incessant. D'un geste, Mary Lane pianota une combinaison de lettres et activa l'ensemble des moniteurs qui tapissaient le mur du bureau. Ils s'allumèrent simultanément, conférant à la pièce un éclat électrique.

Sur l'un, Pierre reconnut un plan topographique de la région où plusieurs localisations clignotaient, formant des lignes complexes. Un second affichait une liste sans fin de courriels, de requêtes et de notes personnelles. Plusieurs autres montraient des flux d'informations provenant de diverses sources : journaux, émissions télévisées, articles de presse, réseaux sociaux, des graphiques et des courbes indéchiffrables pour l'œil non averti. Mary Lane tapa de nouvelles lettres et l'écran central se figea sur un schéma complexe, comme une arborescence de données dans un plan en trois dimensions.

Le bureau était plongé dans une atmosphère presque irréelle, seul le murmure des ventilateurs de cette incroyable machine brisait le silence. Elle se retourna vers lui et prononça avec fierté.

— Je vous présente Prométhée.

Devant le regard interrogateur de Pierre, elle se mit à sourire doucement.

— Vous connaissez certainement l'histoire de Prométhée, le Titan qui a défié les dieux de l'Olympe pour apporter le feu aux humains ?

Il hocha la tête, l'invitant à poursuivre.

— J'ai toujours été fascinée par ce personnage, son audace, son esprit de transgression. Pour moi, il représente la volonté de transmettre la connaissance, la technologie au service de tous. C'est un symbole puissant, n'est-ce pas ?

Elle fit une pause, sondant le visage de Pierre avant de reprendre la parole avec une note de défi dans la voix.

— Cette intelligence artificielle, c'est mon Prométhée à moi. Un feu volé aux dieux de notre époque, un outil que j'utilise pour franchir les limites de notre compréhension, pour percer les secrets de l'univers. Un outil qui, je l'espère, nous permettra d'élucider cette affaire.

Pierre haussa un sourcil, la surprise dessinant des sillons de perplexité sur son front. Il fit un geste englobant l'étendue des écrans.

— Excusez-moi de vous interrompre, j'ai bien conscience que vous êtes une spécialiste dans ce type de technologie et je ne doute pas de son efficacité. Mais alors pourquoi est-ce que vous avez besoin de moi ?

— Pour répondre à cette question, je dois vous parler de mon travail, Pierre. Êtes-vous familier avec le concept de *deep learning* ?

— J'en sais autant que tout le monde. C'est une forme d'intelligence artificielle qui tente de simuler notre processus d'apprentissage.

— Oui... Imaginez un médecin, comme vous. Vous étudiez des centaines de cas, de pathologies, de comportements. Avec le temps, vous commencez à reconnaître des schémas. Vous développez même une intuition, une capacité à anticiper, à comprendre des choses qui ne sont pas explicitement dites ou montrées.

Elle tourna légèrement sa tête vers les écrans.

— C'est essentiellement ce que fait le *deep learning*. Il utilise des algorithmes pour analyser une immense quantité de données, à la recherche de motifs, d'indications, d'associations. Au fil du temps, il apprend et améliore sa capacité à faire des prédictions ou à comprendre de manière plus précise.

Elle se tut un instant avant de reprendre.

— Mais malgré toutes ses compétences, Prométhée a ses limites. Il peut identifier des tendances, faire des corrélations, mais il lui manque l'intuition, cette aptitude unique à saisir les nuances subtiles, les émotions, l'instinct. Votre rôle, Pierre, est de combler cette lacune. Vous apportez à notre collaboration ce que Prométhée est incapable de faire : une compréhension profonde et sincère de l'âme humaine dans toute sa complexité.

Miss Lane avait le visage figé dans une expression de vulnérabilité qu'il ne lui avait jamais vue jusque-là. Ses yeux reflétaient la lumière scintillante des multiples écrans vers lesquels elle s'approcha avant de reprendre, la voix remplie de convictions.

— Il aura beau analyser des milliers de dossiers de police, de photos de scène de crime, de rapports d'autopsie, il ne pourra pas appréhender pleinement ce qui motive ces meurtriers, et à quoi correspondent ces totems qu'ils essaient de communiquer. Vous pouvez voir les schémas que Prométhée ne peut pas voir. Ensemble, nous allons combiner nos efforts pour résoudre ces crimes.

Pierre sentit l'excitation lui nouer l'estomac. Il avait passé sa vie à décrypter le comportement des tueurs en série, il était un expert dans son domaine, respecté par ses pairs, mais ici, face à Mary Hilton Lane et son IA, il avait l'impression d'être de nouveau un étudiant inexpérimenté. Et pourtant, il mourait d'envie de commencer à travailler avec elle.

— Pour vous donner mon accord définitif, j'ai besoin que vous répondiez à une question importante, Miss Lane. Et que cette réponse soit précise...

Comment avez-vous pu savoir où étaient enterrés les corps de ces jeunes ? Cela me semble bien au-delà des capacités de votre machine, aussi puissante soit-elle.

— Permettez-moi de remonter le temps, dit-elle les yeux plongés dans les siens. Il y a une dizaine d'années, en Californie, une série de meurtres similaires a eu lieu. Des adolescents, à peine plus que des enfants, disparus et retrouvés dans des lieux isolés, marqués de manière terrible dans leurs corps. Prométhée était une IA naissante, mais même alors, il était capable de repérer des schémas dans les données qu'aucun analyste humain n'aurait pu déceler. J'ai donc proposé mon aide à la police, à la fois pour tester les capacités de Prométhée et pour lui permettre d'obtenir une légitimité immédiate sur le marché qui, comme vous le savez, est extrêmement concurrentiel. Et cela a fonctionné, du moins dans un premier temps, car Prométhée a rapidement mis en évidence un suspect, James Marshall, un prédicateur itinérant comme il en existe beaucoup aux États-Unis.

Elle s'arrêta un moment, prenant une profonde inspiration.

— Malheureusement, je ne disposais pas de preuves suffisantes et nous étions en 2016, la puissance de l'IA n'était pas encore assez reconnue pour permettre de déclencher une procédure légale. La police l'a interrogé, mais ils n'ont rien trouvé contre lui et ma collaboration a pris fin.

— Mais vous avez continué vos recherches… pour ne pas perdre vos financements.

— Je me suis contentée de le suivre *via* ses données et les prédictions de Prométhée. Pendant un certain temps, il ne s'est plus rien passé, et puis il y a cinq ans, Marshall a disparu, sans laisser la moindre trace. Il a cessé toute activité numérique et est tombé dans l'obscurité. C'est alors que j'ai remarqué un comportement inhabituel. Juste avant son black-out, Marshall avait établi contact avec un homme, en France. Un dénommé Patrick Bernard. Leurs communications étaient cryptées, presque indéchiffrables, mais Prométhée a pu les décoder. Ils faisaient tous les deux référence à un « plan » comme s'ils étaient en train de s'associer, sans en révéler cependant le contenu. C'est ainsi que j'ai décidé de venir m'installer ici, pour suivre cet homme. Dans le cas de Patrick Bernard, Prométhée a pu facilement récupérer la plupart de ses données numériques. E-mails, messages, historiques de navigation, transactions et ses déplacements physiques *via* son téléphone. En les comparant avec d'autres données officieuses comme celles de la police, il a mis en évidence un schéma : les déplacements de Bernard coïncidaient avec la disparition d'un adolescent à Strasbourg, un certain Gaspard Baumann. Ses coordonnées GPS nous ont conduits dans la forêt de Mouterhouse, où les corps ont été découverts. Je ne me doutais pas qu'il y en aurait deux…

Elle le regarda avec un air de tristesse et de détermination.

— Vous voyez, Pierre, je vous ai tout dit. Nous ne pouvons pas permettre que cela continue. Nous devons les arrêter. Est-ce que vous m'aiderez ?

26

Max était rentré à son hôtel après avoir assisté au déploiement des hommes du TIC. Le pavillon de Patrick Bernard avait beau être de taille modeste, il leur faudrait plusieurs jours pour le passer au crible à la recherche d'indices. Concernant les sacs sanguinolents retrouvés dans le frigo, la viande était celle d'un chevreuil fraîchement braconné dont les gendarmes avaient découvert une partie de la carcasse dans une poubelle du garage.

Son break était bien évidemment un autre élément important dans l'enquête et Max avait demandé qu'on l'analyse en priorité en insistant pour récupérer un maximum d'informations dès le lendemain matin.

Mais dans l'immédiat, c'est quelque chose de beaucoup plus urgent qui l'empêchait de fermer l'œil, à savoir le rapport d'autopsie provisoire réalisé par le docteur Bénézech. La mort de Patrick Bernard avait une double origine. D'abord l'hémorragie massive causée par « l'arrachement » – le terme était explicitement utilisé par le légiste – de ses organes génitaux. Ensuite une asphyxie par obstruction complète de sa trachée par les organes en question. En clair, on l'avait étouffé en lui fourrant son propre phallus au fond de la gorge. Au-delà des images terribles de ce supplice, c'était la détermination froide et la rage induites par cet acte barbare qui le hantait et anéantissait tout espoir de prendre les trois heures de repos qu'il s'était fixées. Il avait donc absorbé quelques amphétamines et terminé sa nuit en essayant d'imaginer quel type de tueur avait les épaules suffisamment larges pour s'attaquer à un vieux chien de guerre comme Bernard, et surtout de cette manière.

La piste d'un règlement de comptes au sein d'un réseau mafieux semblait la plus évidente et confirmait l'hypothèse du trafic d'organe. Il fallait de fortes sommes en jeu pour en arriver là. Bernard se chargeait-il d'enlever les gamins qui passaient ensuite sous le bistouri d'autres criminels ? Avait-il détourné de l'argent ou était-il sur le point de tout balancer ? Rien ne le prouvait à cette étape. Et puis, quelque chose d'étrange venait encore complexifier ses réflexions. Le légiste avait mentionné la présence de plusieurs fleurs jaunes séchées dans la bouche et le nez de la victime. A priori de la camomille. Elles avaient forcément été rajoutées post mortem et conféraient à ce meurtre une dimension ritualisée qui ne collait absolument pas avec les habitudes du milieu.

Six heures du matin, le soleil n'était pas près de se lever et le silence enveloppait la ville de Bitche, amplifiant le craquement des pas de Max sur la fine couche de neige fraîche alors qu'il rejoignait sa voiture. La citadelle détachait sa silhouette sombre et imposante sur l'horizon et les rues étroites ne laissaient entrevoir aucun signe de vie. Un froid terrible le mordit jusqu'aux os lorsqu'il retira son manteau pour prendre le volant. Le poste de gendarmerie était encore fermé, mais il avait demandé à Lutz de lui mettre une clé à l'abri. Avec un peu de chance, la chaudière serait à nouveau en marche, et il se réchaufferait en attendant de récupérer les premiers comptes rendus d'analyse.

La route serpentait entre les collines plantées de sapins en rangs serrés, leurs branchages enneigés brillant légèrement au passage des phares. Il émergea dans une vaste étendue de champs dénudés dont le manteau blanc semblait s'étirer à perte de vue. Pas une voiture, pas un tracteur à l'horizon, il n'y avait que lui et la nature sauvage.

Max sentit l'effervescence chimique de ses amphétamines s'estomper quand son cerveau commença à perdre de sa lucidité artificielle pour se laisser gagner par l'épuisement. Lorsque le poste de gendarmerie de Lemberg apparut enfin, il fouilla la gouttière indiquée par l'adjudant pour récupérer les clés et pénétra dans le local de la brigade. Il y régnait un froid glacial et il posa la main sur un radiateur pour constater qu'il était tout aussi gelé que la veille. Les lumières étaient éteintes et il avança dans l'obscurité jusqu'à son bureau où l'on avait laissé une épaisse enveloppe à son attention avec un mot : *Découvert par les techniciens sous une latte du plancher, j'ai pensé que ça pourrait vous intéresser... Lutz. PS : Désolé pour le chauffage !*

Max sourit intérieurement, il aimait bien ce Lutz. Une vague de fatigue le fit bâiller et il se décida à vider le restant de sa plaquette. Les amphétamines frappèrent son système comme une décharge électrique, balayant la lourdeur du sommeil. Chaque particule de son être vibra d'une intensité brutale. Ses pensées se précipitèrent, se bousculant dans un flot ininterrompu. Les images de la scène de crime, le sang, la chair, l'odeur de la mort, toutes ces impressions morbides gravées dans sa mémoire et stimulées par la chimie. Et parmi ces flashs macabres, d'autres idées émergeraient bientôt.

Toutefois, malgré cette effervescence intellectuelle, une ombre planait sur lui. *Ça va te tuer Max.* Les mots de Suzie résonnaient dans ses oreilles comme une vérité indéniable. Depuis toujours, la lucidité artificielle des amphétamines ne faisait qu'exacerber ses inquiétudes, ses frustrations, son impuissance face à cette suite ininterrompue d'horreurs qu'il essayait désespérément d'arrêter. Il savait que chaque minute éveillée l'enfonçait dans une spirale d'obsession et d'épuisement. Mais pour l'heure, il avait choisi de taire cette réalité.

Il ouvrit donc l'enveloppe et en sortit un sac à scellés étiqueté par les gars du TIC. À l'intérieur se trouvaient un livre à la couverture en cuir et une carte IGN soigneusement pliée. Il enfila les gants qu'il gardait toujours avec lui pour manipuler ce genre de pièces et prit délicatement le livre qu'il déposa sur son bureau. La couverture était froide, presque glaciale et d'un blanc laiteux. Il n'y avait aucune inscription, aucun titre dessus. Elle avait une texture inhabituelle, comme du cuir, mais avec une étrange douceur que Max n'avait jamais rencontrée auparavant. Il l'approcha de son visage pour mieux l'observer et remarqua des aspérités, semblables à des pores. Lorsqu'il comprit de quoi il s'agissait, une nausée sourde monta en lui, rétractant son estomac heureusement vide. La réalité de ce qu'il tenait entre ses mains était abominable. Il devrait le faire vérifier par le légiste, mais, pour lui, cette couverture était en peau humaine.

Il ouvrit le livre avec réticence, ses doigts effleurant à peine la reliure. Les pages craquèrent légèrement, dévoilant des feuillets jaunis par le temps. L'écriture qui s'étendait en colonnes serrées semblait être en latin et calligraphiée à la main avec une régularité saisissante. Il aperçut des signes et des symboles étranges ainsi que plusieurs illustrations de créatures monstrueuses ressemblant à des démons. Par endroits, il découvrit des annotations, griffonnées en français dans la marge avec une précision presque maniaque. Une sensation d'inconfort l'envahit et il déposa le livre sur sa table pour déplier la carte. C'était un guide de randonnée classique de la région présentant les détails topographiques, les courbes de niveau des collines et des vallées. Plusieurs points alignés y étaient marqués au feutre rouge, comme des gouttes de sang. Une terreur froide le submergea. Quelque chose de terrible s'était produit à l'emplacement de ces points. Il le sentait aussi concrètement que la peau humaine sous ses doigts.

Quelque chose qu'il fallait découvrir de toute urgence.

27

Depuis combien de temps était-il accroché dans cette cave infâme ? Des jours ? Des semaines ? Willem n'avait rien pour se repérer hormis l'étroit faisceau de lumière qui suintait d'une microscopique lucarne au plafond. Il se tenait prostré sur lui-même, luttant pour garder le peu de chaleur que son corps réussissait encore à produire. Son estomac ne cessait de gargouiller. L'homme n'était pas venu lui apporter à manger depuis longtemps. Trop longtemps. Son esprit divaguait, mélangeant souvenirs et rêves dans une torpeur causée par la fatigue et la faiblesse.

Il y eut comme un éclair et il se réveilla lentement, la tête bourdonnante. L'odeur acide de la moisissure et de ses propres déjections lui fit monter les larmes aux yeux. Chaque respiration était devenue une tâche laborieuse et lui brûlait les poumons. L'écho des gouttes tombant du plafond résonnait comme une torture sans fin. Il tenta de bouger, mais ses membres protestèrent, engourdis et entravés par les chaînes dont l'acier meurtrissait sa peau à chaque mouvement. Il concentra ses forces et rampa de quelques mètres entre les détritus pour rejoindre une flaque d'eau croupie où il enfouit le visage. Malgré son dégoût, il n'avait d'autre choix que de laper ce liquide au goût rance. Un animal, voilà ce qu'il était devenu. Un animal qui luttait pour survivre au cœur d'une nuit éternelle.

Il essaya de se rappeler ce qui l'avait mené là, mais ses souvenirs étaient flous, voilés par une brume de terreur et de confusion. Le visage malsain de l'homme, son air de satisfaction lorsqu'il le marquait au fer rouge lui revinrent en mémoire et il serra les poings de rage. La chair de son épaule ne le faisait plus souffrir, mais il s'en dégageait une odeur de pourriture inquiétante. Quand il se contorsionna pour prendre une position moins douloureuse, ses doigts rencontrèrent quelque chose de dur dans l'eau glacée. Il ramassa l'objet, le palpant pour en définir les contours. C'était un clou immense, sans doute comme ceux utilisés par les charpentiers. Il était tordu mais suffisamment solide pour allumer un espoir que Willem pensait perdu depuis longtemps.

Il se traîna laborieusement vers le mur, sa découverte dans la main. La serrure qui retenait ses chaînes était aussi rouillée que le clou, le froid intense du cachot ayant infiltré le métal. Il y inséra la pointe et essaya de faire levier. Chaque tentative était une lutte contre la douleur, ses muscles se contractant jusqu'à la crampe. Le mécanisme résista, mais la pression constante commença lentement à affaiblir le cadenas. Une bataille silencieuse de patience et d'acharnement s'engagea entre lui et son entrave. Il n'avait pas le choix. Il devait se libérer ou mourir ici, dans l'oubli et le désespoir.

Et puis le miracle se produisit sous la forme d'un simple clic. Les chaînes tombèrent lourdement au sol.

Il avait réussi. Il se redressa prudemment, balayant des yeux l'obscurité environnante. Sa tête tourna légèrement et il se figea un instant pour reprendre son souffle. Des parois en béton brut se dressaient face à lui dans toutes les directions. Il avança à tâtons, traînant ses chaînes et sentit les flaques glacées sous ses pieds. Au loin, une ombre plus profonde parmi les ombres, un couloir étroit et bas. Willem plaqua une main contre le mur, balayant l'air avec l'autre pour se guider. Chacun de ses pas résonnait d'un écho se perdant dans l'obscurité de sa prison. Bientôt il arriva à une intersection. Un autre couloir s'ouvrit sur sa droite. Quelle direction prendre dans ce labyrinthe ? L'angoisse qui avait commencé à s'apaiser dans sa poitrine se ralluma, plus vive. Il fallait qu'il trouve la sortie de cet enfer. Il continua.

La structure sembla se désintégrer autour de lui, comme si le temps et l'abandon avaient érodé chaque pierre, chaque bloc de béton. Il avança encore, trébuchant sur les entrailles de ce lieu maudit, heurtant ses pieds contre les gravats, l'acier rouillé et tranchant, les débris de verre. Une faible odeur d'humus se mêla à celle de la moisissure et il eut l'impression que l'air devenait plus frais. Puis il y eut une lueur. Pas celle d'une lampe ou d'une ampoule, mais une lumière douce et naturelle. Une lumière qui promettait la liberté. Il cligna des yeux, éblouis après tant d'heures dans la pénombre, et l'espoir revint. Plus loin dans le couloir se dressait une sortie d'où s'échappait ce halo providentiel.

Il se précipita, blessant ses pieds contre les débris. Plus rien n'avait d'importance si ce n'est cette lumière qui l'appelait depuis l'extérieur. Mais une porte en fer massif lui barra le passage. Il la poussa de toutes ses forces sans parvenir à la bouger. Il devait y avoir un verrou de l'autre côté, bien plus solide que celui qu'il avait réussi à briser. Il hurla tout l'air que ses poumons pouvaient contenir, frappant la paroi. Ses coups résonnèrent dans le couloir, chacun d'entre eux le vidant un peu plus de ses forces. Ses poings se couvrirent d'hématomes, sa poitrine le brûla et il sentit ses jambes fléchir. La porte était un obstacle infranchissable et cette triste réalité s'installa dans son esprit, réduisant en lambeaux l'espoir qui l'avait animé.

Il était pris au piège dans ce dédale de béton. Toute sa volonté, sa détermination ne suffiraient pas à défaire le verrou de son tombeau. Une résignation froide et cruelle s'empara de lui. Willem se laissa glisser, le dos contre l'acier, et un flot de larmes commença à jaillir. Il pleura pour lui-même, pour sa vie volée, pour l'horreur qu'il avait vécue et pour celle qui l'attendait encore...

28

— Ça ne va pas être une partie de plaisir, y en a partout de ces saloperies de casemates. Planquées dans les sous-bois, enterrées au milieu de nulle part... Va falloir des dizaines d'hommes.

L'adjudant Lutz souffla en fixant la carte déployée sur le bureau de Max. Une série de points y étaient indiqués à travers les forêts et montagnes longeant la frontière.

— En tout cas il n'y a aucun doute, ça ressemble à la ligne Maginot, murmura-t-il en suivant les marques.

Max acquiesça. Il n'était pas un spécialiste de la région, mais il connaissait l'existence de cet édifice défensif complexe conçu pour protéger la France d'une éventuelle invasion allemande après la Première Guerre mondiale. Prouesse d'ingénierie à l'époque, elle intégrait des fortifications profondément enracinées dans le paysage, des installations souterraines, des réseaux de tunnels, des bunkers, casemates et tourelles d'artillerie lourdement blindées. Chaque ouvrage était une petite citadelle en soi, équipée pour soutenir un siège prolongé avec son propre ravitaillement, sa production d'électricité et son système de ventilation. Malgré son ingéniosité, la ligne n'avait pas atteint son objectif de dissuasion et l'armée allemande avait évité la majorité des défenses. Aujourd'hui, la plupart des structures tombaient en ruine, avalées par la nature. Quelques associations restauraient les édifices les plus accessibles aux touristes, mais il n'existait aucun recensement fiable de leur nombre et encore moins de leurs localisations.

— Nous devons organiser les fouilles et vérifier ces emplacements un par un. Et nous devons le faire vite, dit Max, le visage durci par la détermination. De combien d'hommes peut-on disposer ?

— Je vais contacter la communauté de brigade. Entre Volmunster, Bitche et Lemberg, on doit pouvoir compter sur une vingtaine de gendarmes et on aura moyen de rameuter des gens du coin.

— Il faut absolument éviter de communiquer sur Willem. Si la presse apprend que c'est lui qu'on recherche, ils vont nous tomber dessus et il va falloir gérer toutes les conséquences administratives que ça aura.

— Ça va être compliqué de ne rien dire…

— Faites passer le message, adjudant. Si on veut le retrouver vivant, on n'a pas de temps à perdre avec ça. Croyez-moi.

Lutz acquiesça, son regard fixé sur la carte.

— Je vais rassembler les hommes. On va couvrir chaque centimètre de cette foutue forêt si nécessaire ! Il va me falloir quelques heures pour rameuter la troupe et coordonner nos actions.

L'adjudant se mit immédiatement au travail, bien conscient de l'urgence de sa mission. Max se concentra alors sur la liste des pièces à conviction consignées par les techniciens du TIC. Un assortiment de couteaux, des cordes, des armes de chasse, de la chaux vive, une paire de menottes… Toute une série d'objets confirmant que Patrick Bernard était sans aucun doute le ravisseur de Willem. Encore plus parlant, les prélèvements dans le coffre de sa voiture révélaient la présence d'une petite quantité de sang correspondant précisément au groupe de l'apprenti. En attendant le comparatif ADN, cela permettait de justifier la mise en place des grands moyens pour tenter de le retrouver vivant. Autre point intéressant, l'armoire à pharmacie du vétéran était bourrée de boîtes de Carvédilol, un médicament prescrit pour traiter l'insuffisance cardiaque et l'hypertension. Le tueur avait le cœur fragile, c'était d'ailleurs pour cela que l'armée avait fini par le remercier d'après les éléments que Max avait découverts dans son dossier militaire.

Il imagina la psychologie d'un barbouze dans son genre, obligé de rendre les armes à tout juste trente ans. Était-ce cet événement qui l'avait plongé dans la haine et mené vers autant de violence ? Ou cela avait toujours été là, comme une gangrène prête à le dévorer ?

Son téléphone portable vibra et il lut le SMS envoyé par Suzie : *Colis reçu, je m'en occupe. C'est bien dégueulasse ton truc !* Effectivement, Max lui avait confié le livre en peau humaine avec pour mission de trouver un spécialiste capable de le traduire et d'en déterminer l'origine. Il lui avait également demandé de se renseigner sur la symbolique du triangle. Pourquoi Patrick Bernard portait-il la même marque que celle des victimes, à la différence près qu'il n'avait qu'un seul point ? Il y avait un lien encore invisible entre les meurtres et ce livre de chair, Max pouvait le sentir.

Mais ce n'étaient pas tous ces sombres mystères qui retenaient le plus son attention pour le moment. Les boîtes de Carvédilol qui apparaissaient sur la photo présentaient un détail étonnant. Elles portaient toutes une étiquette blanche indiquant qu'elles n'avaient pas été achetées en pharmacie. Il demanda à l'aspirant Vignot s'il avait une loupe. Le jeune gendarme acquiesça et fouilla dans un tiroir avant de lui tendre l'objet.

— On la garde au cas où... L'adjudant l'utilise parfois, ajouta-t-il en souriant légèrement.

Max la saisit et observa le flacon, révélant le nom d'un laboratoire.

— Biolab à Windstein, ça vous dit quelque chose ?

— Windstein, c'est pas très loin, il faut prendre la D853.

Max se retourna vers Lutz qui se tenait droit derrière son bureau, le téléphone collé à l'oreille, concentré sur l'urgence de sa mission.

— Prévenez-moi dès que vous êtes prêt à partir, lança-t-il en griffonnant quelques mots sur un bout de papier avant de se lever pour rejoindre l'entrée de la brigade.

— Où est-ce que vous allez, commandant ? interrogea Vignot du bout des lèvres.

— Suivre mon instinct...

29

Pierre avait mis un certain temps à maîtriser le logiciel servant d'interface à l'IA. Miss Lane lui avait expliqué qu'il s'agissait d'un *chatbot* de conversation simple, semblable à des modèles de langage proposés il y a quelques années au public sous le nom de ChatGPT, à la différence près que ce dernier ne comprenait pas réellement les informations qu'il produisait et se contentait de prédire quelle suite de mots était la plus probable en fonction des données fournies.

Dans le cas de Prométhée, l'IA était désormais bien supérieure en compréhension, en personnalisation des réponses, et permettait un traitement multimodal, c'est-à-dire intégrant des images, du son et des vidéos et une analyse largement approfondie des sujets abordés.

Mary Lane lui avait demandé de s'en servir pour ses recherches, car selon elle, Prométhée serait l'assistant le plus efficace qu'il ait jamais eu. Pierre était maintenant seul face à tous ces écrans lui renvoyant leur lumière froide. Le curseur clignotait sur la ligne de dialogue, invitation silencieuse à entrer en contact. Sa première question lui parut totalement insignifiante, mais il ne résista pas à la poser :

— Connais-tu Pierre Martignas ?
— @ Oui.
— Peux-tu me résumer sa vie ?

Les écrans sur les murs s'allumèrent et il vit apparaître des images. Photos, vidéos, enregistrements de sa voix, pléthore de souvenirs capturés, des instantanés de son existence défilèrent à une vitesse vertigineuse. Prométhée ayant visiblement accès à toutes les sources possibles, depuis ses albums photo numériques sur les réseaux sociaux, mais aussi sur son cloud personnel, à ses dossiers médicaux en passant par son parcours universitaire, il était en train de synthétiser les moments les plus marquants pour lui livrer un clip saisissant qu'il regarda, spectateur de sa propre existence. Il apparut enfant sur un vélo dans les Landes, courant dans la forêt proche de sa maison à Contis. Il entendit les éclats de rire de ses parents sur une vidéo le montrant à sa première fête foraine. Puis ce furent ses années de formation à la fac de Bordeaux. Son portrait souriant alors qu'il se tenait au comptoir du *Repaire de Bacchus* où il enlaçait son premier amour. Arriva la période studieuse des heures passées à étudier les esprits les plus torturés de l'humanité, sa spécialisation en psychiatrie criminelle, les visages de certains collègues avec lesquels il travaillait dans son cabinet, puis la une des journaux mentionnant « l'Affaire Vidal ». Le regard triste d'Éloïse lui donna des sueurs froides et lorsque surgirent les images d'un reportage BFM filmant la maison landaise en cendres, l'intensité de l'expérience le déborda presque et il sentit les larmes monter. Vinrent ensuite les clichés de l'annonce immobilière qu'il avait consultée pour la location de son chalet dans les Vosges et les photos qu'il avait prises en découvrant le coin de forêt paumé où il habitait désormais. Une dernière image, captée par une caméra de surveillance, le montrait dînant avec Mary Lane au manoir. La boucle était bouclée. Il resta un moment submergé par tous ces souvenirs, impressionné par la rapidité, la précision et l'exhaustivité avec lesquelles Prométhée avait résumé sa vie. Alors que les moniteurs étaient redevenus silencieux, une nouvelle ligne de dialogue apparut.

— @ J'espère que cela vous convient, Pierre. N'hésitez pas à me demander plus de détails.

Il se pencha en arrière dans son siège, quittant l'écran du regard. À l'émerveillement initial se superposa un sentiment d'inquiétude à mesure qu'il réalisait l'ampleur des informations auxquelles Prométhée avait accès et la vitesse à laquelle il était capable de les traiter.

Le silence retomba dans la pièce, uniquement interrompu par le doux bourdonnement des serveurs. Pierre prit une profonde inspiration. Cet ordinateur et son IA étaient une chance incroyable, un outil d'analyse sans précédent pour résoudre cette enquête. Les informations qu'il pourrait obtenir, les connexions qu'il pourrait faire, les modèles qu'il pourrait reconnaître... tout cela dépassait de loin ce qu'un esprit humain, même le plus brillant serait capable d'accomplir en un temps record. Mais comme le lui avait expliqué Miss Lane, il devait d'abord le nourrir de ses propres connaissances afin que Prométhée puisse « penser comme lui ». En l'éduquant de cette manière et en lui posant les bonnes questions, il avait une chance d'arrêter l'horreur criminelle qui sévissait en ce moment dans la région.

Une nouvelle énergie s'empara de lui. Il sentit une montée d'excitation le parcourir. Il retourna à l'écran principal et mit ses mains sur le clavier. Malgré l'ampleur de la tâche à venir, il avait maintenant un allié inestimable à ses côtés.

— Prométhée, nous avons une affaire à résoudre.

— @ Je vous écoute, Pierre. Que désirez-vous que je fasse ?

— Sais-tu ce qu'est un meurtre totémique ?

30

L'après-midi était arrivé sans apporter la moindre clarté, le ciel plombé jetant un éclat pâle sur l'épaisse couche de neige d'où n'émergeaient que les silhouettes noirâtres des arbres, leurs branches lourdes tendues vers le sol. Les hommes progressaient lentement, leurs souffles se cristallisant dans l'air gelé. Les chiens, anxieux, humaient dans toutes les directions, narines fumantes, yeux scrutant le moindre signe, la moindre empreinte, à la recherche d'une piste. Max était parmi eux, regard acéré fouillant le paysage, sa concentration dopée par les amphétamines ne faiblissant pas malgré le froid qui s'insinuait sous ses vêtements et engourdissait ses membres.

Plus tôt dans la journée, il avait fait le chemin jusqu'à Windstein où se trouvait le centre Biolab. Il y avait découvert une petite unité de pharmacologie spécialisée dans le traitement des troubles de la tension. On l'avait conduit dans les réserves où il avait pu consulter le registre des stocks. Les boîtes de Carvédilol utilisées par Patrick Bernard venaient bien du labo, mais elles correspondaient à un lot manquant et impossible de retrouver une quelconque prescription et encore moins d'identifier la personne à son origine.

Si on avait volé ces médicaments, c'est que Bernard possédait peut-être un complice, ou au moins un dealer dans la place. Max avait donc demandé la liste du personnel.

Pour l'instant, l'urgence était de sauver le jeune Willem. L'adjudant Lutz avait organisé la battue en un temps record et ils fouillaient les sous-bois depuis maintenant plusieurs heures, incapables de retrouver le moindre bunker malgré les emplacements indiqués sur la carte. Il y avait bien des ruines envahies par la végétation, mais la plupart effondrées ou en si mauvais état qu'il était impossible d'y pénétrer. La forêt gardait jalousement ses secrets. Max sentait la frustration grandir à mesure que le soleil tombait, sonnant le glas de leurs recherches. C'est alors que le talkie d'un gendarme grésilla devant lui : « On a trouvé quelque chose au nord, juste après l'étang. »

Une bouffée d'adrénaline lui redonna de la vigueur et on lui indiqua une direction dans laquelle il s'engagea d'un bon pas. L'étang en question se dévoila bientôt, étendue gelée qu'il valait mieux ne pas se risquer à traverser. Il le contourna le plus rapidement possible, l'air glacé rendant chaque inspiration pénible, pour rejoindre une colline qu'il gravit dans la foulée. Une fois au sommet, il avait une vue claire sur la forêt en contrebas et n'eut aucune difficulté à repérer le petit groupe d'hommes réunis à l'entrée d'un épais taillis. Parmi eux, la silhouette familière de l'adjudant Lutz, son talkie à la main. Tous étaient rassemblés non loin d'un muret en béton, leur attention rivée sur une porte en fer. L'estomac de Max se serra alors qu'il dévalait la pente pour les rejoindre.

— C'est pas vraiment dans la zone de la carte, fit remarquer Lutz, mais y a quand même quelque chose d'étrange.

Il pointa du doigt la serrure gangrenée par la rouille. On y avait placé un cadenas flambant neuf.

— Ça peut être une planque de chasse, ou quelqu'un qui s'en sert pour entreposer son matériel de pêche. Mais dans le doute, j'ai envoyé Vignot trouver des pinces.

— Vous avez bien fait, adjudant.

— De toute façon, il va falloir arrêter les recherches pour aujourd'hui. Avec ce ciel, la nuit sera tellement noire qu'on va avoir du mal à rentrer.

Le gendarme Vignot arriva bientôt au pas de course, essoufflé, les joues rougies par l'effort et la morsure du froid. Sans perdre de temps, il s'agenouilla près de la serrure, positionna les mâchoires de la pince et serra de toutes ses forces. Le cadenas céda et tomba sur le sol dans un bruit sourd. Max fit un pas en avant, sa main effleurant la surface gelée du métal. La porte grinça en pivotant sur ses gonds, s'ouvrant sur un passage sombre et étroit. Il prit une longue inspiration et s'engouffra à l'intérieur, suivi par l'adjudant et ses hommes.

Ils avancèrent avec précaution dans l'obscurité malsaine du bunker. Il y régnait une odeur de moisissure rance et un silence à peine brisé par le bruit de leurs bottes. Max se tenait en tête, le faisceau de sa Maglite tranchant les ombres mouvantes qui l'entouraient. Ils parvinrent finalement à une vaste pièce, presque entièrement vide. Quatre murs de béton froid fissurés par des décennies d'hivers rigoureux. Les hommes se dispersèrent pour fouiller les lieux et Max fixa son attention sur la paroi la plus éloignée du couloir. Un anneau métallique y était accroché. Un anneau où pendaient quelques maillons d'une lourde chaîne. Il y eut un courant d'air et elle se balança avec un grincement sinistre. Max frissonna d'effroi alors que son esprit recomposait les images d'un gamin couché dans l'eau stagnante, abandonné au fond de cette ruine lugubre.

— Il était là, dit-il au gendarme d'une voix grave.

Oui. Willem avait bien été emprisonné ici. Et il n'y était plus. Mais alors, où ?

31

Pierre serra entre ses mains le carnet de notes dont il avait noirci les pages à mesure de ses discussions avec Prométhée. Ses pensées tourbillonnèrent alors qu'il tentait de se concentrer pour organiser la masse d'informations collectées. Dans le grand salon du manoir, Miss Lane était installée dans un fauteuil non loin de la cheminée où crépitait un feu réconfortant. Elle le questionna de ses yeux vifs, avide d'entendre ce qu'il avait à lui dire après avoir passé presque une journée entière enfermé dans son bureau.

— Je dois reconnaître que votre création est vraiment impressionnante, Miss Lane.

Elle ne répondit pas et se contenta de lui sourire en inclinant légèrement la tête.

— J'ai commencé par expliquer précisément à Prométhée le type d'affaire qui nous intéressait en lui indiquant un certain nombre de livres, ainsi que la totalité de ma production. Tous ces ouvrages sont numérisés sur les serveurs de l'université de Bordeaux, il n'a eu aucun mal à les récupérer. J'avoue que la rapidité avec laquelle il a ingurgité ces connaissances m'a stupéfié. Et sa capacité à se référer à n'importe quelle information de ces livres encore plus. Ensuite, je lui ai donné tous les détails sur les crimes de la forêt de Mouterhouse. Et là, j'ai été étonné de constater qu'il en possédait déjà la plupart. Dois-je en conclure que c'est vous qui les lui avez fournis ?

— Concluez simplement que certaines failles de sécurité lui ont permis de récupérer ces informations directement à leur source…

— Sur les serveurs de l'hôpital où travaille le légiste ?

— Par exemple.

— On parle d'une intrusion illégale.

— Toute cette démarche est illégale, docteur. En tant que citoyens, nous ne sommes pas habilités à enquêter sur ce type d'affaire. Encore moins en utilisant un prototype d'intelligence artificielle financé par des fonds étrangers. Mais parfois, il faut savoir prendre des risques pour découvrir la vérité, vous ne pensez pas ? lança-t-elle avec une telle détermination que Pierre hésita quelques secondes avant de continuer.

— Une fois cette première étape complétée, j'ai fixé les limites de la recherche : des affaires survenues sur le continent nord-américain entre 1970 et 2020, portant des marqueurs identiques à la nôtre, c'est-à-dire traces de rituels avec symboles répétitifs, dissimulation des corps et ablation d'organes réalisée par un professionnel. Je lui ai demandé de tenir compte du profil criminel en se référant à mon analyse des meurtres totémiques et de filtrer tous les cas déjà élucidés…

— Et…, répondit Miss Lane avec une tension palpable.

— L'unique affaire correspondant aux critères est celle du « boucher de Salton Sea » en 2016. Tout a commencé par la découverte du corps d'un adolescent dont les organes avaient été prélevés. Des « sources extérieures » ont permis d'aboutir à l'arrestation d'un homme qui a avoué et décrit non pas un mais six meurtres d'ados, tout en laissant penser qu'il avait au moins un complice. Malheureusement, l'enquête n'est pas allée plus loin, car il s'est donné la mort en prison. J'imagine, Miss Lane, que vous êtes la source extérieure mentionnée par les articles.

— Effectivement, docteur. Vous ne m'apprenez rien. C'était Juan Carlos Lopez, un simple homme de main, sans doute à la solde de James Marshall. Mais en aucun cas la tête pensante de cette organisation criminelle.

— Vous voulez parler du prédicateur que vous avez suivi jusqu'ici ?

— Exactement. Je vous l'ai dit, Marshall agit avec des sous-fifres. Il les recrute, il leur retourne le cerveau d'une manière ou d'une autre, et il les utilise pour réaliser ces atrocités… C'est tout ce que Prométhée vous a permis de découvrir ? C'est un peu décevant.

— Attendez… Laissez-moi ménager un minimum mes effets. Étant donné le peu de résultats, j'ai élargi ma recherche aux pays d'Amérique du Sud et, là, je suis tombé sur quelque chose d'intéressant. Une série de crimes atroces a eu lieu au Brésil dans la municipalité d'Altamira, bien plus tôt, entre 1989 et 1993. Ils ont impliqué de pauvres gamins âgés de huit à seize ans qui ont été enlevés, sauvagement mutilés et tués. Souhaitez-vous que j'aille plus dans les détails ?

— Je pense que vous êtes ici pour ça, répondit Miss Lane sans aucune hésitation.

— Toutes les victimes étaient des garçons, la police les a retrouvés nus, castrés, portant des signes de violences, des brûlures. Certains avaient les yeux arrachés, d'autres étaient vidés de leurs organes. Les enquêteurs ont aussi constaté des inscriptions rituelles sur leurs corps qu'ils ont consignées comme des traces de « rites sataniques et de magie noire ».

Il y eut un soudain craquement dans la cheminée quand une bûche se fendit et roula sur le côté. Pour la première fois, Pierre eut l'impression que son hôtesse perdait son flegme. Elle serrait machinalement les poings, ses doigts frottant le tissu de sa robe.

— L'enquête initiale concernait une série de disparitions inquiétantes, apparemment sans aucun lien. C'est la découverte fortuite de deux corps enterrés côte à côte qui a permis de réellement faire progresser l'affaire en délimitant une zone d'excavation. Le travail de la police a conduit à l'exhumation de quatorze cadavres et à l'arrestation d'un chirurgien soupçonné d'appartenir à une secte nommée « Superior Universal Lineage », organisation mystique qui contestait l'existence de Dieu. Je n'ai pas réussi à trouver beaucoup d'informations sur leurs croyances, mais il semblerait qu'ils suivaient les préceptes d'un livre, sorte d'évangile apocalyptique dans lequel les enfants, en particulier les garçons, étaient désignés comme cibles privilégiées. Sur la base de ces éléments, l'homme a été inculpé et condamné à trente ans de prison, la peine maximum au Brésil, mais il y a eu un coup de théâtre inattendu. En 2008, la police a arrêté un tueur en série qui a revendiqué quarante-deux meurtres commis contre des enfants, dont quinze à Altamira, ce qui a permis à l'avocat du chirurgien d'exiger la révision de son procès, et pour finir d'obtenir sa relaxe.

— Mais cet homme, ce chirurgien, où est-il aujourd'hui ?

— Je n'en sais rien, mais c'est une bonne base de recherche. J'imagine qu'il n'a pas été difficile pour lui de quitter le Brésil pour les États-Unis, et pourquoi pas la Californie ? En tout cas, il y a de fortes similitudes entre les crimes brésiliens, ceux du boucher de Salton Sea et ceux qui nous préoccupent ici même en France. Retrouver la trace de cet homme est pour moi une priorité absolue.

— Vous avez son nom ?

— Oui, Joaquim Baretto, mais Prométhée n'a rien à son sujet après 2008. Il a dû changer d'identité. Ce qui nous amène à votre propre enquête, Miss Lane. Ce prédicateur que vous avez suivi jusqu'en France... James Marshall.

— Le chirurgien et Marshall pourraient être la même personne ?

— C'est possible, les dates sont proches.

— Est-ce que vous avez la possibilité d'établir un lien entre le chirurgien et le prédicateur ? Ou d'en savoir plus sur cette secte ? questionna Miss Lane, plongeant son regard plein d'espoir dans celui de Pierre.

— Je ne vois pas très bien comment aller plus loin, même avec l'aide de Prométhée.

Elle l'observa un moment avant de continuer, la voix plus déterminée que jamais.

— Je connais quelqu'un qui pourrait nous être utile. Un homme qui m'a soutenue dans mes recherches.

— Souhaitez-vous que je le contacte ?

Miss Lane secoua la tête.

— Non, il ne répondra pas. Il n'y a qu'un seul moyen de lui parler.

Elle fit une pause, une lueur brilla dans ses yeux.

— Il va falloir vous rendre sur place…

32

L'hôtel de police de Strasbourg situé rue de l'Hôpital ressemblait à un immense paquebot aux murs blancs flanqués d'étroites baies vitrées le long de ses quatre étages. « Le Titanic », comme certains optimistes l'appelaient, regroupait la plupart des services de l'agglomération, dont la PJ où Max avait son camp de base. Espace ouvert parsemé de bureaux, de plans de la ville et de tableaux couverts de notes manuscrites, ils étaient six officiers à y travailler sous le commandement de Suzie, cheffe de groupe.

Elle se tenait face à lui, les fesses posées sur son desk, une tasse de café brûlant à la main. Ses cheveux blonds, courts et désordonnés encadraient son visage carré. Ses yeux bleu acier, perçants et vifs brillaient derrière de fines lunettes à monture métallique. Elle portait un jean délavé, une de ses nombreuses chemises à carreaux aux manches retroussées et des bretelles noires ajoutant un zeste d'originalité.

Max l'avait rencontrée dès sa prise de poste à Strasbourg et ils avaient immédiatement matché. Quelque chose dans son attitude décontractée, dans son regard franc et direct, l'avait touché. Malgré toutes ses qualités, elle ne cherchait jamais à s'imposer, elle était simplement elle-même, authentique et sans prétention. Ils avaient eu rapidement l'occasion de travailler ensemble sur une affaire complexe et au fil des mois, ils avaient développé une relation basée sur le respect et la confiance mutuelle. Max était impressionné par son intuition et sa détermination inébranlable. Elle avait une façon unique d'aborder les problèmes, une créativité qui avait permis de résoudre bon nombre d'enquêtes. Mais c'était avant tout sur le plan humain qu'ils s'étaient reconnus. Suzie avait la capacité d'apporter la lumière dans les moments les plus sombres, de remonter le moral des troupes pour rendre leur quotidien de flics plus supportable. Elle était devenue une véritable amie, une partenaire pour laquelle il ressentait une affection profonde qui, même s'il ne se l'avouait pas totalement, allait bien au-delà de leur relation professionnelle.

Pour l'instant, Suzie regardait les photos prises par les techniciens dans le bunker au cœur de la forêt. Chaque détail se détachait avec une précision presque cruelle : la chaîne, l'anneau, les murs décrépis où l'on apercevait des marques d'ongles et des traces de sang séché. En fouillant dans un recoin, les gendarmes avaient retrouvé des restes de repas et une canette de bière partis à l'analyse. Sur la porte, de nombreuses éraflures au niveau de la serrure suggéraient une tentative d'évasion infructueuse. Chaque cliché était un témoignage muet de l'horreur qui s'était déroulée dans ce tombeau de béton. Elle posa les photos et se retourna vers Max en soupirant.

— Ils ont dû le déplacer... Il est peut-être encore en vie.

— Ouais, c'est ce que je me dis… mais pour combien de temps ?

— On va de l'avant, Max, et on évite de penser à ce qu'on trouvera au bout du chemin, on a toujours fonctionné comme ça.

Il savait à quel point elle avait raison. À quel point ce métier de dingue consistait à suivre des pistes menant le plus souvent à l'horreur, avec de temps en temps, la satisfaction d'y avoir mis un terme.

— Concentre-toi là-dessus, dit-elle en déposant une liasse de documents sur son bureau. C'est une note que j'ai réussi à obtenir auprès d'un expert de l'institut linguistique après lui avoir montré ta cochonnerie…

Elle avala une gorgée de café avant de reprendre.

— J'ai d'abord fait passer le livre au service médico-légal et ils ont confirmé que la couverture était en peau humaine. J'ai appris au passage que cette pratique s'appelle la bibliopégie anthropodermique et qu'elle serait née dans certains cercles médicaux au début du XVIIIe siècle. À l'époque, on récupérait la peau des condamnés à mort, en particulier celle des tatoués. Certains bouquins se sont arrachés des millions aux enchères. En 2020, un exemplaire d'un ouvrage de Sade relié en peau humaine a été mis en vente à Drouot, t'imagines ça !

— Tu veux dire qu'on a affaire à une antiquité ?

— Pas du tout, et c'est là que ça devient vraiment glauque. D'abord, la peau est récente, pas plus d'une cinquantaine d'années d'après les analyses. Et il s'agirait a priori du derme d'un gamin assez jeune, dans les treize ans.

Max sentit son estomac se serrer et une violente envie de déglutir. Imaginer le calvaire de cet enfant était bien au-dessus de ses forces, mais il ne pouvait s'empêcher de le faire.

— Ensuite il y a le contenu du livre... C'est du latin tracé à la plume avec de l'encre noire riche en charbon et en bois de suif, comme celle utilisée pour les tatouages. Mais y a un truc étrange. D'après l'expert, le texte est bourré de fautes, comme s'il avait été écrit par une personne ne maîtrisant pas la langue. Et il y a des annotations aussi, un peu partout. Certaines sont en espagnol, d'autres en anglais. Les plus récentes sont en français.

— De la main de Patrick Bernard ?

— Je ne sais pas encore, mais j'ai envoyé tout ça à la graphologue.

— Et le contenu du bouquin ?

— Un gros délire... Je t'ai imprimé la retranscription. Une histoire de démons qui se réincarnent pour assurer la venue et le règne d'une entité qu'ils appellent « le Maître ». Un trio complémentaire œuvrant dans l'ombre. Astaroth, le guerrier infernal et bras armé de la confrérie, Bélial, le prince des enfers portant la parole du Maître, et Lucifer, la tête pensante et le guide de cette société secrète. Il y a tout un chapitre sur les enfants, c'est leurs cibles privilégiées et ils disent se nourrir de leurs souffrances. Ça fout vraiment les jetons. Surtout quand on sait à quel endroit on a trouvé ce bouquin. Et puis il y a ça aussi...

Elle lui tendit une photo de la couverture intérieure du livre. Max y aperçut le triangle et les trois points noirs.

— Marqué directement sur la peau... avec un fer chauffé à blanc. Y a plus aucun doute sur l'origine de nos meurtres...

— Tu penses qu'on peut avoir affaire à une secte ?

— Ça en a l'air. En tout cas, il faudrait être sûr qu'il n'y a pas un dossier en cours. Je vais contacter le ministère...

Max hocha la tête en parcourant des yeux la transcription du linguiste. Il avait hâte de s'y plonger.

— Moi, j'ai récupéré une liste de noms de gens bossant dans le laboratoire où Bernard se faisait prescrire ses médocs. J'aimerais vérifier toutes les identités.

— Toi, tu vas surtout aller te reposer, Max. Ça fait combien de temps que t'as pas dormi ? Deux, trois jours ? Tu ne peux pas continuer comme ça.

— On n'a pas le temps.

— C'est pas une proposition, c'est un ordre. Donne-moi ta liste et va te coucher.

Elle lui lança ce regard qu'il ne connaissait que trop bien. Inutile de discuter. Après tout, quelques heures de sommeil ne pourraient pas lui faire de mal.

33

Une lune d'argent brillait sur la peau craquelée du cargo. Tel un monstre marin fossilisé, il était échoué sur le sable et de son flanc se répandaient ses entrailles corrodées par le temps et les embruns. Max se tenait là, ses bottes martelant la tôle qui gondolait sous son poids, créant un son métallique discordant. Il avança dans cette carcasse en décomposition dont les parois longues et déformées s'étiraient autour de lui. L'odeur de rouille et de sel lui emplissait les narines et il serra son arme pour apaiser sa peur.

Il avait bien conscience que tout cela n'était qu'un cauchemar, et il savait, pour l'avoir déjà fait de nombreuses fois, comment ça allait se terminer. Pourtant, un sentiment d'imminence fit battre son cœur et il fut incapable de le contrôler. Il progressa le long d'un étroit couloir dont les murs de métal se refermaient autour de lui comme s'ils voulaient l'engloutir. L'air devint plus dense, la chaleur plus suffocante. Face à lui, un escalier abrupt s'enfonçait dans les entrailles du cargo. Il y avait peu de lumière, seulement une pulsation rougeâtre émanant du fond, battant à un rythme lent, presque hypnotique. Le cœur malade du navire gémissait encore malgré la mort.

Il se rappela l'affaire qui l'avait amené dans ce lieu lorsqu'il travaillait à Calais sur une série de disparitions inquiétantes dans les camps de Coquelles et Sangatte. Principalement des enfants dont on perdait toute trace du jour au lendemain. Aucun de ses collègues ne désirait se charger de ce type de dossier, traitant les réfugiés comme des ombres. Max aimait les ombres, il avait parfois l'impression d'en être une lui-même, et il s'était accroché pour remonter la piste jusqu'à cet endroit.

Il prit chaque marche avec une appréhension grandissante à mesure qu'il rentrait dans la gueule brûlante de l'épave. La peau de son front perla de sueur et il serra encore plus fort la crosse de son revolver. La descente s'arrêta devant une porte massive qui lui fit penser à celle du bunker. Sa surface grignotée par la corrosion, ses rivets surdimensionnés évoquant des yeux d'insectes, son cadran de verrouillage lourd et solide. Des bruits d'eau résonnèrent contre les parois comme le murmure d'une âme en peine. Il se dégageait de cet endroit une odeur d'huile rance et de charbon mélangée aux embruns. Figé par une terreur inexprimable, Max déglutit, la gorge sèche. Il savait qu'il devait franchir le seuil et affronter ce qui se trouvait de l'autre côté.

Il posa la main sur la surface froide et rugueuse, sentant la morsure du métal sous ses doigts, et prit une profonde inspiration avant d'avancer. La porte s'ouvrit avec un grincement lugubre. Il pénétra dans une salle dont le sol était recouvert d'une couche visqueuse de vieille huile de moteur et d'eau salée formant une mare stagnante. Dans la pénombre, les silhouettes de machines se dressèrent, leur métal rouillé reflétant la lumière de la lune à travers une vaste déchirure dans la coque du navire. Max eut l'impression de franchir le seuil d'un autre monde. Ce lieu avait quelque chose de primitif et sauvage qui lui contracta encore un peu plus les entrailles.

Une baignoire remplie à ras bord d'un liquide noirâtre trônait là, bête repoussante dont le sang se répandait sur le sol en épaisses couches de ténèbres. Il ne voulait pas s'en approcher, pourtant il sentit un fil invisible le tirer inexorablement vers la suite de son cauchemar. À chaque pas, l'odeur devenait plus forte. Il pencha son visage, imaginant que la surface bouillonnante lui renverrait une réflexion monstrueuse de lui-même. Mais il ne vit que la lune, simple disque pâle prisonnier de cette eau. Il plongea la main dans l'huile. Elle était froide et colla à sa peau, imbibant ses vêtements d'une mélasse presque vivante. Ses doigts tâtonnèrent aveuglément à travers la viscosité à la recherche d'un bouchon. Il devait arrêter cette hémorragie, faire cesser le flot des horreurs s'échappant de ce puits infernal. Il toucha enfin un morceau de métal et tira de toutes ses forces, son cœur battant à tout rompre.

C'est alors qu'il fut transporté ailleurs. Autre temps, autre lieu. Il avait treize ans, il se trouvait dans la petite ville de banlieue parisienne où il avait grandi. Il rentrait de l'école. De sa voix d'enfant, il appelait sa mère, sans réponse. En haut des escaliers, la porte de la salle de bains était entrouverte et il s'en échappait une lumière douce. L'été était là, les vacances également. Bientôt ils partiraient en famille sur les plages du sud de la France, ou peut-être en Espagne, il ne savait pas trop. En s'approchant de la porte, il remarquait l'eau sur le parquet, une eau rouge. Il rentrait dans la pièce, le tombeau où sa mère s'était donné la mort. Lame de rasoir, veines tranchées, eaux souillées et ce corps nu flottant, le visage immergé. Sa vie avait basculé ce jour-là, Max le savait. La culpabilité avait peu à peu pris le dessus sur l'incompréhension et lui avait façonné une carapace de protecteur pour atténuer ce sentiment d'impuissance face au cadavre de sa mère. Combien de fois avait-il fait ce foutu cauchemar qui le ramenait à cet instant terrible de son existence ?

Retour dans la salle des machines. La baignoire se vidait avec lenteur, créant un sillage noirâtre tournoyant vers le siphon. Une forme émergea de son cocon obscur. Un corps recroquevillé sur lui-même. Sa peau pâle imbibée d'huile luisant sous la lune. C'était un jeune homme. Le cœur de Max se serra en découvrant les traits de Willem. Il ne l'avait vu qu'en photo, mais il le reconnaissait. Ses cheveux noirs collaient à son front, ses yeux étaient fermés comme s'il dormait paisiblement, mais les ecchymoses racontaient une tout autre histoire. Juste au niveau de l'épaule, le fer rouge avait gravé un symbole indélébile. Le triangle entouré de trois points. Le signe de la secte. Une bouffée de colère et de dégoût lui noua la gorge. Il serra les dents, les poings crispés.

C'est alors qu'il pensa à la marque que portait Patrick Bernard. Un seul point dans le triangle. Cette variation signifiait forcément quelque chose. Trois points, trois démons. Patrick Bernard, l'ancien militaire, était-il Astaroth, le guerrier infernal ? L'espace sembla se rétrécir autour de lui, les murs commencèrent à suinter de la rouille en se rapprochant, comme pour l'emprisonner. Trois points ? Peut-être que leur nombre indiquait leur statut. Un point pour chaque dirigeant, trois pour les nouveaux initiés, ou les sacrifiés. Ou peut-être était-ce une sorte de chronologie, les points s'ajoutant à mesure que l'on s'enfonçait dans les abysses de cette secte.

Max sentit soudain une présence. Il se redressa et tourna lentement sur lui-même, scrutant chaque recoin de la salle. Aucun mouvement, aucun signe de vie. Pourtant une sensation glaciale s'empara de lui. Elle était si forte, si tangible qu'un frisson de terreur lui parcourut le corps. *IL est ici.* Les mots s'étaient formés dans sa tête et ils étaient prononcés par un enfant de treize ans face au cadavre de sa mère. *Qui est là ? … Le Maître, il est venu pour toi.* Max sentit des yeux invisibles le dévisager, comme s'ils pouvaient lire dans ses pensées, ses craintes, ses secrets les plus enfouis. L'odeur de l'huile et du charbon se mélangea à quelque chose de plus âpre, de plus bestial. Dans un effort colossal pour lutter contre son effroi, il rassembla son courage pour hurler : « Montrez-vous ! » Sa voix résonna étrangement et il n'eut pas de réponse. Il resta debout, le regard fixé sur l'obscurité, le canon de son pistolet pointant dans toutes les directions. Il savait que cette chose était là, quelque part. Il tira plusieurs fois, les détonations se répercutant en un écho assourdissant. Mais rien ne se produisit.

Max serra un peu plus son arme, le métal froid lui mordit la paume, sa gorge se contracta. Il était impuissant, ce sentiment écrasant qu'il fuyait depuis le suicide de sa mère commença à le submerger, le noyant dans une mer de désespoir. Cette lutte était vaine, un combat perdu d'avance. *IL* était là, les épaules tremblantes, la respiration difficile, la présence l'observait toujours, il le savait. Il ne pouvait ni la voir ni la toucher, mais il la sentait. Elle se moquait de lui dans un ricanement insidieux, une risée silencieuse s'enroulant autour de son âme comme une écharpe d'ombre.

Il se nourrit de ma peur, il dévore mon désespoir…

Sa mâchoire se serra et malgré tout, il ne baissa pas les yeux. Malgré la peur, malgré la colère il ne céderait jamais. Il resta là, défiant l'inconnu, déterminé à l'affronter, quel qu'il soit.

Et cela dura toute la nuit.

34

Max se réveilla avec le goût ferreux du sang dans la gorge. Il avait dormi presque douze heures, mais il se sentait comme s'il n'avait pas fermé l'œil de la nuit. Il s'assit au bord du lit, se frottant les tempes pour apaiser le martèlement à l'intérieur de son crâne. Son esprit repassait sans cesse les images du cauchemar. La sensation d'huile épaisse et visqueuse sur sa peau, l'odeur nauséabonde, le corps sans vie du jeune Willem recroquevillé dans sa baignoire, tout semblait si réel, si tangible.

Il se dirigea vers la salle de bains et fixa son visage. Les cernes sombres sous ses yeux lui firent l'effet d'avoir pris dix ans. Sa mâchoire carrée, habituellement lisse, était ornée d'une barbe lui donnant un air négligé. Il y avait une dureté dans son regard, une détermination froide qui avait grandi au fil du temps. Il s'habilla rapidement pour rejoindre l'hôtel de police où Suzie l'attendait déjà. Elle avait passé une partie de la nuit à documenter les noms sur la liste qu'il lui avait fournie.

La plupart des employés de Biolab étaient des chercheurs ou des étudiants qui terminaient leurs doctorats et il était difficile de les relier à l'affaire. Une petite dizaine de personnes occupaient des postes de secrétariat, de maintenance ou de logistique. Suzie avait détaillé chacun d'entre eux en vérifiant leur présence dans les fichiers de la police et aucun n'avait le moindre signalement. Pourtant l'armoire à pharmacie de Patrick Bernard contenait de nombreux flacons volés dans les réserves du labo. À moins de s'y être rendu lui-même, ce qui était peu probable, il avait forcément un contact à l'intérieur.

Max passa donc la matinée à traquer les employés sur les réseaux sociaux. Il en écarta d'office la plupart et remarqua que deux d'entre eux n'avaient pas d'existence en ligne. Une certaine Marie Joffrin, proche de l'âge de la retraite, responsable du service comptable, ne possédait qu'une adresse e-mail générique qu'elle utilisait pour son travail. Un autre gars, Marc Müller, simplement mentionné comme agent d'entretien, lui parut beaucoup plus suspect. Aucun profil Facebook, Instagram ou LinkedIn, aucune évocation de lui sur les moteurs de recherche, et plus étrange encore, il ne trouva aucun e-mail à son nom dans la liste de Suzie. Quelle qu'en soit la raison, cet homme essayait d'effacer ses traces ou d'en laisser le moins possible.

Max décida de focaliser ses efforts sur ce Müller. Son dossier administratif fournissait le contact d'une société d'intérim avec laquelle il travaillait. Max composa le numéro et tomba sur la directrice d'agence qui prit très à cœur de lui donner toutes les informations en sa possession. Comme tous les intérimaires, Müller avait rempli une fiche précisant ses coordonnées, adresse postale et téléphone, et elle lui confia également la liste de ses dernières missions. Il bossait pour bon nombre d'établissements médicaux et de cliniques privées de la région, mais Max nota un contrat à mi-temps à l'hôpital civil de Strasbourg. Après avoir poireauté trente minutes sur le répondeur du standard, il décida de s'y rendre directement, après tout ce n'était pas si loin du bureau.

Suzie, de son côté, avait harcelé le laboratoire de police scientifique pour qu'ils accélèrent la procédure d'identification ADN, et les résultats des prélèvements effectués dans le coffre de voiture de Patrick Bernard étaient sans appel : on y avait décelé la présence de trois profils différents du sien, dont celui de Willem Gross et Gaspard Baumann. Il y avait fort à parier que le troisième appartenait à Romain Guitton. Bernard était bien coupable des enlèvements, séquestrations et meurtres des adolescents de la forêt de Mouterhouse et quelqu'un avait décidé de le supprimer.

— Tu penses que ses complices ont eu peur qu'il parle ? Il était malade à en juger par tous ces médocs. Il a pu craquer et la secte a voulu l'empêcher de tout balancer, proposa Suzie alors qu'il quittait son bureau pour se diriger vers la porte.

— Ça se tient. En tout cas, ce n'était pas qu'un simple homme de main. Il avait lu ce foutu bouquin, il devait y croire lui aussi… Et le triangle sur sa poitrine, ça prouve qu'il était actif, peut-être même un de ces démons dont parle le livre. Et puis il y a un autre truc qui m'étonne… les fleurs qu'on a retrouvées dans sa bouche.

— La camomille ?

— Oui… À quoi ça peut correspondre ? Je ne l'ai vu nulle part dans les notes du linguiste. Leur évangile ne le mentionne pas.

— Va savoir. Encore une de leurs croyances à la con. Ces mecs sont dingues.

— T'as eu des nouvelles de la Miviludes[1] ?

— Oui… Ils ne peuvent pas nous aider. Aucune secte ou église déviante dans le genre n'a été signalée. Ils m'ont juste expliqué ce qu'on sait. Ça ressemble à des rites satanistes ou lucifériens. Ils pensent qu'il faut prendre ça très au sérieux.

— Y a déjà deux cadavres et un enlèvement, ils s'imaginaient quoi ? Qu'on allait s'en foutre ?

— Chacun voit midi à sa porte, c'est ce que disait ma grand-mère.

— Elle aurait dû être flic, ta grand-mère.

— Tu ne l'as pas connue, mais elle aurait fait un bon CRS. J'ai encore mal aux fesses tellement elle avait la main lourde.

Max sourit à la plaisanterie et lui fit un signe de tête en enfilant son manteau. Il était temps de retrouver le froid de cet hiver interminable pour se rendre place de l'Hôpital. Marc Müller était sans doute une fausse piste, mais il n'avait les moyens d'en négliger aucune.

---

[1]. Mission interministérielle de vigilance et de lutte contre les dérives sectaires.

35

L'infirmière, une jeune femme aux cheveux blonds tirés en queue-de-cheval, pointa une série de noms sur l'écran de son ordinateur.

— Marc Müller... oui, il travaille bien ici en tant qu'agent d'entretien.
— À quel service exactement ?
— Néphrologie. C'est au troisième étage, les ascenseurs sont à droite, dit-elle en se penchant pour lui indiquer la direction.
— Il est présent actuellement ?
— Je ne sais absolument pas. Désolée.

Max la remercia et se dirigea vers le fond du hall pour rejoindre l'ascenseur. Néphrologie ? Il n'avait pas d'idée précise sur l'étendue de cette discipline si ce n'est que ça avait à voir avec les reins. À vrai dire, Max détestait les hôpitaux et s'y rendait le moins souvent possible, pour lui-même ou pour les autres. Après une consultation obligatoire à la suite d'une mission difficile, la psy du service lui avait fait comprendre qu'il avait un problème avec la mort et qu'il y associait toute sorte de symboles limitant sa liberté d'action. Elle lui avait expliqué que cette peur aussi connue sous le nom de thanatophobie était un état d'anxiété que beaucoup de flics expérimentaient avec des symptômes plus ou moins envahissants : pensées obsessives, stratégies d'évitements de lieux ou de personnes, panique dans certaines situations, troubles de l'humeur. Pour Max, ça se traduisait par une répulsion immédiate envers les milieux hospitaliers, un sommeil difficile et un certain isolement social. En gros, elle lui avait dit qu'il n'aimait pas trop s'attacher aux gens de risque de les perdre, et il fallait bien avouer qu'elle n'avait pas vraiment tort. En même temps, quand à treize ans on découvre sa mère les veines tranchées dans sa baignoire, on a des circonstances atténuantes. Il aurait pu travailler sur ce traumatisme, essayer de faire reculer les cauchemars par la parole et une thérapie longue, mais Max avait opté pour une solution plus rapide. Se perdre dans les problèmes des autres à travers sa vie de flic et noyer ses angoisses dans la chimie de ses amphétamines. *Ça va te tuer Max.*

Il arriva dans un couloir étroit indiquant deux directions : Urologie-Néphrologie. Au bout, une petite salle d'attente organisée en quelques rangées de sièges. Personne à droite ni à gauche, un bouton sur le comptoir vide permettait d'avertir l'infirmière de garde. Il appuya et tourna en rond quelques instants.

Sur le côté, une brochure explicative à l'attention des patients. Il la parcourut rapidement. La néphrologie était effectivement une discipline médicale visant à prévenir, diagnostiquer et soigner les maladies du rein. C'était visiblement une spécialité du nouvel hôpital civil qui était également un des rares établissements de la région à être habilité à fournir des services de transplantation. Il y eut comme un flash dans la tête de Max et il vit les corps blafards des deux gamins, leur peau laiteuse couverte de rivières pourpres, leurs cicatrices gonflées. Transplantation... D'après ce dépliant, ce service gérait le suivi d'une cohorte de mille quatre cents patients transplantés et de quatre cents en attente de greffe. Il y avait un fichier ici... un fichier qui valait de l'or pour un réseau criminel spécialisé dans le trafic d'organes.

Max sonna de nouveau et une femme en blouse blanche arriva avec un air renfrogné. Il demanda à voir son suspect et elle lui indiqua la direction d'un autre couloir où se trouvait le bureau médical et, juste après, un local technique où elle avait aperçu Marc Müller récupérer son matériel ce matin.

Max fonça dans ce couloir désert, le silence seulement interrompu par le lointain bip d'un appareil. Arrivé à un croisement, il vit un homme de taille moyenne au visage pâle encadré de cheveux en désordre. Il devait avoir la cinquantaine, portait des lunettes sur le bout du nez et se tenait voûté sur le balai-brosse avec lequel il nettoyait le sol. L'homme tourna la tête et échangea un regard avec Max. Un éclair de panique le traversa et il se figea un instant, comme un animal pris par les phares. Cet instant de surprise fut suivi d'une action étonnamment rapide. Müller – car il n'y avait pas de doute, c'était bien lui – se retourna brusquement et partit en courant dans la direction opposée.

Max se lança à sa poursuite, prenant garde de ne pas glisser sur le sol mouillé. Les accès des salles passèrent en flou à la périphérie de sa vision tellement il se concentrait sur sa cible. Il hurla « Müller, STOP ! », mais l'homme continua sa fuite sans faiblir. Il traversa le couloir d'un pas rapide et ouvrit une porte de service qui claqua contre le mur. Max bondit derrière lui et découvrit une cage d'escalier dans laquelle il s'engouffra. Ses pieds effleurèrent à peine les marches alors qu'il tentait d'apercevoir la silhouette en contrebas. Il eut juste le temps de se jeter sur le côté. Müller avait sorti une arme et venait de tirer dans sa direction. Le bruit assourdissant de la détonation rebondit sur les murs et un éclat de béton lui frôla la joue.

Max dégaina son pistolet avec une rapidité réflexe et il se plaqua à la paroi. Son instinct lui criait de riposter pour mettre fin à la menace, mais il résista à cette impulsion. Il le voulait vivant et en état de parler. La vie de Willem en dépendait. Des bruits de pas lui indiquèrent que l'homme avait repris sa descente et il en fit de même. Son rythme cardiaque s'accéléra en même temps que sa course. Müller tira plusieurs fois, incapable de le mettre en joue depuis sa position en contrebas. Puis le silence, plus de détonation, juste le déclic sec et distinct d'un chargeur vide.

Sans hésiter, Max se jeta dans la cage d'escalier, dévalant les marches restantes en un bond. Il atterrit souplement à côté de Müller qui, pris par surprise, tenta de se défendre en le frappant avec son arme. Max l'esquiva d'un geste vif et utilisa la force de son élan pour le jeter contre le mur. Les yeux de Müller s'écarquillèrent de douleur lorsque Max lui décocha un violent uppercut qui l'atteignit à la pointe du menton. Il le maîtrisa avec une efficacité brutale, se débarrassant du flingue qui valdingua sur le sol et lui faisant une clé de bras.

— Bouge pas ! gronda-t-il, souffle haletant, son regard ne quittant pas celui de Müller.

Il renforça encore sa prise et l'homme cessa de lutter. Max avait réussi.

36

Cela faisait presque trois heures que l'homme était assis face au bureau de Suzie. On lui avait stipulé sa mise en garde à vue, on avait fait venir un médecin pour constater son état, on lui avait proposé de passer un coup de téléphone à un proche – sans succès –, et il n'avait pas émis le souhait de contacter un avocat ni accepté le commis d'office. Une stratégie simple et assez classique : le silence.

Pourtant les faits étaient particulièrement graves et vaudraient à Müller une comparution immédiate devant le juge, et sans aucun doute une détention provisoire le temps de continuer l'enquête et de procéder au jugement définitif. D'abord, il avait tiré sur un flic avec intention de tuer, Max avait d'ailleurs envoyé son calibre à la balistique pour tenter d'en tracer la source. Ensuite, il était suspecté d'appartenir à un réseau criminel ayant entraîné la mort de deux adolescents, et l'enlèvement et la séquestration d'un troisième. S'ils parvenaient à le relier à Patrick Bernard, ils pourraient même lui coller son assassinat sur le dos. Mais ce n'était pas ça qui inquiétait Max. Ce qu'il désirait plus que tout, c'était qu'on lui donne des réponses et qu'on lui indique où se trouvait le jeune Willem. Et pour ça, il avait maximum quarante-huit heures avant que Müller ne parte dans les rouages de la justice.

Suzie sortit quelques minutes du bureau pour venir le rejoindre, elle avait le visage des mauvais jours et ce petit air ombrageux qui lui faisait froncer les sourcils en permanence.

— Ça va être compliqué.

— Toujours rien ?

— J'ai attaqué direct en balançant les grosses cartouches. Je lui ai montré tout ce qu'on avait contre lui, mais rien, aucune réaction, j'ai l'impression qu'il n'est pas là. On dirait un putain de zombie.

— J'peux essayer ?

Elle hocha la tête et lui fit signe d'entrer. Max alla s'asseoir en face de Müller. Son visage était penché, son regard tourné vers le sol. Sur le côté, Pascal, le procédurier du groupe, tapait le procès-verbal sur le clavier de son ordinateur.

— Tu me regardes, s'il te plaît.

L'homme se redressa et planta ses yeux dans ceux de Max. Il y sentit une grande intensité et une détermination farouche.

— Pourquoi tu m'as tiré dessus dans l'escalier ? Tu t'attendais à ce que la police vienne t'arrêter ?

Aucune réponse.

— Je ne vais pas te mentir, c'est mal barré. Je ne pense pas que tu rentres chez toi avant très longtemps. T'as pas idée du merdier qu'on va te coller sur le dos.

Max scruta son regard, sa posture, à la recherche d'un signe de faiblesse, mais rien ne transpirait. Müller semblait être en contrôle total de ses émotions.

— Après y a peut-être une solution. Je ne dis pas que tu vas échapper à la taule, ça s'est clairement impossible. Mais dans certaines conditions, le juge peut être plus clément. Mais pour ça il faut que tu nous aides un minimum en nous expliquant où se trouve le petit Willem...

Müller eut un long soupir d'exaspération et s'inclina vers l'avant en tournant sa tête de droite à gauche, comme s'il s'étirait les cervicales.

— Tu n'as pas l'air de te rendre compte de ce qui se passe. Toi et tes connards de potes vous êtes grillés. Votre secte à la con, les démons, Astaroth, Bélial, Lucifer... Tout ça, c'est terminé. Tu piges ?

Pour la première fois, Max eut l'impression qu'une lumière s'était allumée dans le regard de Müller. Il n'aimait pas qu'on parle de son « culte » et le flic décida de s'engouffrer dans la faille.

— C'est quoi ce bouquin qu'on a retrouvé chez Bernard ? Une sorte de guide ? On dirait que ça a été écrit par un gamin de six ans.

— La ferme.

Deux mots prononcés avec une extrême froideur. La cuirasse venait de se fendre.

— Explique-moi alors, parce que sincèrement, des démons réincarnés qui préparent l'arrivée du « Maître », c'est un mauvais scénario de film d'horreur ça, non ? Pas sûr que ça vaille le coup de passer le reste de sa vie en prison. Si ?

Müller soupira à nouveau, mais cette fois c'était un soupir de colère. Max savait très bien ce qui se déroulait dans sa tête à cet instant précis. Il avait envie de parler, de l'insulter, peut-être même de le tuer.

— Franchement, Müller. Si tu étais un démon, ou si tu avais quoi que ce soit qui fasse de toi quelqu'un de spécial, tu ne crois pas que tu aurais été foutu de m'abattre dans cet escalier ? Il faisait quoi ? Trois mètres de large. Non, moi je crois que t'es juste un pauvre assassin, aussi pathétique que les autres, et que tu vas terminer dans une cellule à ressasser tes prières en mauvais latin. Et comme t'es un tueur d'enfants et qu'on s'arrangera pour que ça se sache, tu vas manger sévère. Nous par contre, on va continuer de fouiller, trouver tes complices et quand vous serez tous en cage, on brûlera le livre et votre prophétie disparaîtra pour toujours.

— On verra si tu arrives à le sauver...

Müller avait parlé tout doucement, comme si les mots s'échappaient de ses lèvres contre sa volonté. Pascal leva la tête de son écran et fit un signe discret à Max.

— Qu'est-ce que tu dis ?

Silence. Max se redressa d'un bond et se rapprocha de lui jusqu'à coller son visage contre le sien.

— Répète-moi ça... espèce d'ordure.

Il le saisit par le col de sa chemise et le souleva de sa chaise avant de le plaquer violemment contre un mur. Puis, il écarta le tissu pour découvrir l'épaule gauche de l'homme où se trouvait marqué au fer rouge un triangle noir avec un point, côté opposé de celui de Bernard.

— Et ça, connard... ça veut dire quoi ? C'est quoi ce symbole à la con ?

Pascal arrêta de taper son rapport et la porte du bureau s'ouvrit. Suzie entra et lui demanda de quitter la pièce immédiatement. Le petit jeu du bon et du méchant flic prenait fin, Max était allé trop loin. Lorsqu'ils se retrouvèrent à l'extérieur, elle lui passa un savon.

— Qu'est-ce que tu fous, Max ? Tu pètes un câble ou quoi ?

— Ce type sait où est Willem, j'en suis persuadé.

— Moi aussi, mais tu crois que c'est comme ça qu'on va le faire parler ? Tout ce qu'on risque, c'est de se taper un baveux qui nous oblige à remplir encore plus de paperasserie.

— Il allait cracher le morceau...

— Et t'allais faire quoi pour qu'il avoue ? Le tabasser ? Reviens parmi nous un peu. On n'est pas comme ça, même si ce type est une ordure.

Il souffla un grand coup pour se calmer et reprit la parole d'un ton plus maîtrisé.

— D'accord... mais tu comptes faire quoi ?

— Mon job. Je vais continuer à l'interroger et toi tu vas sortir respirer. Après tu iras faire la perquise à son domicile, on a reçu l'autorisation en express. Espérons que tu trouves quelque chose d'utile.

— Il faudra plus que de l'espoir pour sauver Willem. J'ai déjà eu beaucoup de chance de tomber sur ce type...

— Je sais, mais c'est comme ça qu'on avance. On joue dans les règles ou on ne joue pas.

Max hocha la tête et sortit du bureau en évitant de croiser son regard. Suzie avait raison, comme toujours. Pourtant la colère ne le quittait pas et il sentait qu'à un moment ou un autre, il allait falloir qu'elle explose.

37

La cité de la Canardière alignait ses barres d'immeubles bétonnés sur les restes de l'ancien domaine Schulmeister au sud de Strasbourg, en bordure de la plaine des Bouchers. Ce symbole de l'urbanisme galopant des années 1960 était désormais tristement célèbre pour son insécurité, et les forces de l'ordre s'y rendaient en prenant le plus de précautions possible pour éviter les heurts.

L'appartement de Müller se trouvait au dixième étage d'une des tours les plus vétustes et les collègues du GIR[1] étaient venus en renfort au cas où la situation dégénère. Max fit un signe de la main et l'homme en tête de colonne défonça la serrure au bélier. Les policiers progressèrent rapidement, armes au poing, pour sécuriser le périmètre. D'emblée, une odeur âcre de renfermé les assaillit. Les murs, recouverts de papier peint jauni, déchiré par endroits, racontaient la précarité du lieu. Sur le sol, un linoléum usé crépitait sous leurs pas. La première pièce était une cuisine aux placards délabrés où Max aperçut des restes de repas éparpillés et un vieux frigo qui ronronnait fébrilement.

---

1. Groupement d'intervention régional.

La fenêtre, encrassée, offrait une vue morne sur les tours avoisinantes. Ils passèrent ensuite au salon où un canapé défoncé trônait, entouré de piles de journaux et de livres face à une télévision reposant sur un meuble branlant. Enfin, ils pénétrèrent prudemment dans la chambre, se heurtant au chaos indescriptible d'une marée de vêtements répandus partout sur le sol. Le lit, véritable champ de bataille, était poussé contre un mur, à côté d'une table de chevet débordant de papiers froissés, de vieilles tasses et de restes de nourriture.

L'un des hommes se fraya un passage jusqu'à la fenêtre qu'il ouvrit en grand dans l'espoir de dissiper l'odeur de transpiration qui régnait dans la pièce. Il échangea un regard d'incrédulité avec Max.

— Bonne chance pour la perq', commandant. Vous allez en avoir besoin.

Et ce ne fut effectivement pas une partie de plaisir. Trois heures à retourner le moindre détritus de ce taudis infâme. Max avait l'habitude de ce genre de procédure, mais ce lieu l'emplissait d'un sentiment de désolation. Comment pouvait-on habiter dans un endroit pareil ? Ce désordre omniprésent lui faisait l'effet de vies réduites en lambeaux. Celles de Gaspard Baumann et Romain Guitton, enterrés dans la forêt de Mouterhouse. Celle de Willem Gross qui devait croupir quelque part s'il n'était pas déjà mort.

Dans un petit carton planqué au fond d'une armoire, il découvrit une réserve de Carvédilol estampillé du logo Biolab. Bingo : Müller était bien le fournisseur de Patrick Bernard. Cela suffisait largement pour faire prolonger sa garde à vue, mais pas pour l'envoyer définitivement derrière les barreaux. Il suffirait à son avocat d'expliquer qu'il était « juste » le dealer pour semer la confusion. Non, ce que Max cherchait c'était une preuve irréfutable qui l'incrimine directement. D'autant plus qu'au vu de sa première audition, ils avaient peu de chance d'obtenir des aveux.

Pendant que ses collègues continuaient à fouiller la chambre, il se concentra sur le salon. Il s'installa prudemment sur le canapé. Ses yeux, habitués à scruter le moindre détail, se posèrent sur la pile de livres. Ce n'était pas une collection banale : de nombreux volumes, épais, recouverts de cuir vieilli, certains d'entre eux marqués de signes mystiques. Max en attrapa un, sentant sous ses doigts la rugosité d'un ouvrage ancien. Les pages jaunies parlaient d'ésotérisme, de rituels occultes, de symboles mystérieux. Il s'intéressa à un traité de kabbale portant sur l'arbre de vie dont les schémas complexes étaient entourés de commentaires écrits d'une main tremblante. Il poursuivit son inspection et parcourut plusieurs autres livres traitant d'alchimie, de transmutation des âmes, d'invocation des esprits. Des illustrations étranges, presque hypnotiques, les émaillaient, et Max se sentit plongé dans un monde à la frontière de la réalité. Quel délire spirituel pouvait mener un homme à tuer des gamins ? Il soupira et commença à empiler les livres dans un carton pour les apporter à la PJ.

C'est alors qu'il remarqua un sac de couleur grise posé sur une chaise. De prime abord, il ressemblait à un sac de sport ordinaire, mais en s'en rapprochant, il vit que le tissu était bien plus épais. Il le tira vers lui, dézippant prudemment la fermeture Éclair. À l'intérieur, protégé par des poches de gel réfrigérant, se trouvait un caisson médicalisé. Max sentit un frisson lui parcourir l'échine alors que les pièces du puzzle se rassemblaient. Müller travaillait à l'hôpital civil, il avait accès au fichier des transplantations. Et si tout ça ne masquait qu'un vulgaire trafic d'organes ? Patrick Bernard enlevait les enfants et faisait disparaître les corps, Müller contactait les acheteurs... Les doigts de Max tremblèrent imperceptiblement lorsqu'il approcha sa main de la poignée du caisson. Tout son être lui hurlait de ne pas ouvrir cette boîte. Il ferma les yeux un instant, prit une profonde inspiration, puis, avec une précaution extrême, souleva le couvercle. L'odeur métallique du sang lui picota les narines. Deux cœurs humains reposaient côte à côte, encore humides, leur surface luisante sous la faible lumière du salon.

Max recula brusquement, sa gorge se noua de dégoût. Il sentit la nausée monter, les images des deux cœurs martelant son esprit. Les murs de l'appartement se resserrèrent autour de lui. Ils n'étaient plus en béton, mais en métal rongé par la corrosion. Il avait quitté la cité pour rejoindre les entrailles du vieux cargo. Les battements de son cœur résonnèrent dans sa tête, chaque pulsation amplifiée en un écho assourdissant. Des images commencèrent à défiler devant ses yeux : une forêt sombre, des ombres dansant près d'un feu, des chants mélancoliques, des visages flous qu'il ne reconnaissait pas et enfin, les deux cœurs du caisson battant simultanément, leurs rythmes se synchronisant peu à peu. Sa respiration devint erratique, ses mains se crispèrent sur le rebord de la glacière.

Son esprit, submergé par ces visions, chercha désespérément à s'accrocher à quelque chose de tangible, de rassurant. Mais c'était comme si une force invisible l'emportait plus loin. *Le Maître... Tu le sens ?* chuchota la voix de Müller dans ses oreilles.

Tout à coup, une douleur aiguë lui transperça la tempe et le sol se déroba sous ses pieds. Ses jambes cédèrent et avant même qu'il comprenne ce qui se passait, le monde devint noir.

38

Pierre n'avait jamais voyagé en première. À son arrivée à l'aéroport de Paris-Charles-de-Gaulle, une hôtesse le conduisit dans un vestibule où on s'occupa de l'enregistrement de son unique bagage avant de l'accompagner dans un couloir lui permettant de passer les formalités de douane. Cette étape qui durait parfois des heures se boucla en cinq minutes. Au moment de l'embarquement, une berline estampillée « première » le déposa directement au pied de l'avion.

Il découvrit alors la cabine, composée d'un fauteuil pouvant se transformer en véritable lit, d'une longue console faisant office de bureau et d'une immense télévision. Le tout devait occuper l'espace de huit sièges « normaux ». Il n'était que deux passagers dans cette classe et son voisin – un gamin d'à peine une vingtaine d'années, écouteurs rivés sur les oreilles –, lui fit comprendre qu'il ne désirait pas de compagnie. Un cadeau l'attendait sur son fauteuil, une trousse en cuir contenant tout un nécessaire : brosse à dents, masque de sommeil, chaussettes, bouchons d'oreilles, produits cosmétiques et un flacon de parfum Chanel réservé aux meilleurs clients. On lui servit une coupe de champagne « grande cuvée » et il était déjà un peu grisé par l'alcool lorsque la vidéo de sécurité se lança sur son écran.

Après un décollage rapide, l'Airbus A350-900 s'éleva dans le ciel et une ravissante hôtesse vint délimiter son espace en tirant un rideau entre le gamin et lui. Sur un menu digne d'un grand restaurant, il opta pour du foie gras, des langoustines à la truffe et un dessert au nom imprononçable créé par un pâtissier de renom. Le champagne coula à flots et il choisit un château Margaux afin d'accompagner le plateau de fromages. Il se leva pour marcher un peu, déboutonnant sa ceinture dont la boucle lui rentrait dans le gras du ventre. L'hôtesse eut l'aimable idée de lui laisser la bouteille qu'il termina en regardant le début d'un film sur sa console personnelle. Le vol durant pas loin de onze heures, on l'aida à déployer son lit où il chercha le sommeil dans un roulis qui tenait plus de son degré d'alcoolémie que des réacteurs de l'avion.

Deux heures avant l'atterrissage, on le tira de sa somnolence pour lui proposer une petite collation qu'il eut bien du mal à finir. On lui annonça ensuite son arrivée prochaine à l'aéroport LAX de Los Angeles. Il se pencha à l'un de ses hublots – il en possédait quatre –, pour voir la cité des Anges s'étaler sous un soleil ardent. Pierre quitta l'avion avant tout le monde, presque à regret, avec toujours la pénible impression d'être un intrus dans cet univers de luxe.

Mary Hilton Lane s'était occupée de tout, lui réservant une voiture pour aller jusqu'à sa destination finale qui se trouvait à trois heures de route de Los Angeles. Son contact, un certain Robert Akando, avait ses habitudes dans la ville de Twentynine Palms située en plein désert à l'entrée du parc national de Joshua Tree. Avant son départ, Pierre avait tenté plusieurs fois de le joindre mais l'homme ne semblait pas disposé à parler au téléphone. Il lui avait fixé rendez-vous dans un bar.

En sortant de l'aéroport, Pierre fut frappé par la chaleur, pas loin de trente degrés, lui qui n'avait connu que le froid de l'hiver depuis des semaines. Il récupéra les clés d'un impressionnant 4 × 4 Dodge et prit la route. Il n'était jamais venu à Los Angeles, et les immenses avenues bordées de palmiers lui procurèrent immédiatement un agréable sentiment de dépaysement. Le parcours du GPS lui fit traverser le sud de la ville à travers les quartiers de Compton, Bellflower, Paramount jusqu'à Anaheim où il aperçut les décors du parc Disneyland, puis il finit par rejoindre l'Interstate 10 à Riverside pour s'enfoncer dans le désert. Le chaos urbain de la mégalopole commença à se désagréger en une multitude de centres commerciaux, stations-service et entrepôts de stockage avant de laisser la place à une étendue aride où s'élevaient des milliers d'éoliennes tournant au ralenti.

À mesure qu'il roulait, le relief se transforma et il contempla les montagnes de San Bernardino, majestueuses et teintées de bleu évoquant une frontière entre Los Angeles et la nature sauvage. L'air se fit plus sec, le soleil si intense qu'il augmenta la clim au maximum. Quelques yuccas et autres cactus pointèrent leur silhouette distinctive et les dernières collines s'aplatirent en une plaine immense. Il bifurqua vers le nord sur la Highway 62 où la beauté brute du désert s'affirma encore. Les Joshua Trees, arbres emblématiques de cette région ressemblant à des cactus géants, se dressaient fièrement à l'horizon sur un sable orangé. Le contraste entre leurs longues branches épineuses levées vers le ciel, le sable du désert et les montagnes en toile de fond lui parut à la fois austère et magnifique. Comme il approchait de la ville, le paysage se teinta de pourpre et de brun et la densité des cactus géants augmenta comme autant de sentinelles silencieuses veillant sur ce paysage désolé.

Enfin, il aperçut quelques bâtiments couverts de fresques et des enseignes lui indiquant qu'il était arrivé à destination. Tout ici portait la patine du temps et la morsure implacable du soleil. Un restaurant à l'allure de vieux saloon accrocha son regard sur la droite de la route. *Joshua Tree Saloon*, c'est là qu'il avait rendez-vous avec ce fameux informateur dont Mary Lane ne lui avait presque rien dit si ce n'est qu'il était « extrêmement compétent » et qu'il connaissait bien l'affaire. Pierre sortit de la *highway* pour aller se garer sur le parking désert en ce milieu d'après-midi. Il profita encore quelques secondes de l'air climatisé avant d'ouvrir la porte et de se jeter dans la fournaise. Juste en face de lui, plusieurs petites maisons en planches évoquaient un décor de western semblable à celui des films hollywoodiens de son enfance. Il y était, le grand Ouest américain, la terre mythique des pionniers où s'étaient côtoyés cow-boys, shérifs, chercheurs d'or, fermiers et implacables desperados. Un véritable rêve de gosse.

En se dirigeant vers la porte du saloon, il pensa à son chalet perdu dans la forêt vosgienne. Il l'avait quitté il y a moins d'une journée et il se trouvait déjà dans un autre monde.

39

En poussant la lourde porte du saloon, Pierre fut accueilli par une bouffée d'air frais revigorante. L'atmosphère à l'intérieur semblait figée à une époque où les pionniers se mélangeaient librement, partageant leurs histoires et espoirs autour d'un verre de whisky. Des murs en bois brut, patinés par le temps, sur lesquels il aperçut des photos sépia d'anciens habitants et de paysages désertiques. Des lanternes à huile, dans lesquelles on avait placé des ampoules, suspendues à des crochets, diffusaient une lumière douce et chaleureuse créant des ombres mouvantes sur le parquet. Un vieux comptoir en bois dominait la pièce principale avec derrière lui une immense étagère exhibant une collection de bouteilles impressionnante.

Pierre avança lentement, sentant les regards des habitués se poser sur lui. Il s'installa sur un tabouret et porta son attention sur l'étagère où le panel classique des alcools se mélangeait à des flacons vintage de bourbon ambré et de tequila. Le barman, un homme aux cheveux grisonnants et au visage buriné, le salua d'un signe de tête silencieux avant de le rejoindre.

— *Do you know Robert Akando?* questionna Pierre en s'appliquant pour effacer son accent français.

L'homme fronça ses sourcils broussailleux.
— *Who?*
— *Robert Akando.*
Ses traits s'éclairèrent d'un coup.
— *Bobby? Bobby Akando?*
Pierre acquiesça et l'homme pointa un doigt vers une série de tables entourées de banquettes en cuir au fond de la pièce. Dans un coin, un transistor passait un morceau de country classique tandis que sur le mur opposé, un immense écran plat diffusait silencieusement les images d'un match de basket-ball.
— *Thanks!* répondit Pierre en se dirigeant vers l'endroit indiqué.
Il dépassa quelques clients qui dévoraient leur déjeuner et nota l'un d'entre eux, chapeau de cow-boy et santiags en peau de croco occupé à tapoter sur son Smartphone. Il tenta d'attirer son attention, mais n'obtint qu'un vague regard d'animosité. C'est alors qu'il remarqua un homme sur la dernière banquette face à la salle. À vrai dire, il s'agissait plutôt d'un colosse. Même assis, sa stature imposait le respect. Il devait mesurer près de deux mètres et son torse large et puissant semblait prêt à faire éclater le tee-shirt qu'il portait sous sa veste. Il avait une peau tannée par le soleil du désert, des yeux sombres et profonds surmontés de sourcils épais. Ses cheveux noirs, très longs, étaient coiffés en arrière et retenus par un bandeau de cuir. Il portait autour du cou un magnifique pendentif en turquoise qui ne laissait que peu de doute sur ses origines amérindiennes.

Pierre se rapprocha et demanda timidement. « Robert Akando ? » L'homme le fixa. Malgré son allure imposante, il avait une douceur dans le regard, une sagesse qui apaisa ses craintes.

— Ici tout le monde m'appelle Bobby, répondit-il dans un français impeccable.

Il lui fit signe de s'asseoir et Pierre s'installa face au géant devant lequel se trouvait un verre de bière.

— Tu dois être Pierre Martignas ?
— C'est ça.
— Tu veux une bière ?

Pierre acquiesça et Bobby demanda au serveur, un jeune Mexicain aux bras couverts de tatouages, de leur apporter à boire.

— Vous parlez très bien le français, fit remarquer Pierre pour tenter d'engager la conversation.

— Ma mère est canadienne, mon père navajo, je suis né à Montréal avant de venir vivre ici. Mais j'ai rarement l'occasion de parler français. Tu es un ami de Mary ?

— Disons que nous travaillons ensemble. Je l'aide dans ses recherches.

Bobby hocha la tête comme s'il comprenait de quoi il pouvait s'agir et le serveur déposa un gobelet en plastique rempli à ras bord de mousse blanche. Malgré tout l'alcool que Pierre avait ingurgité depuis son départ de Paris, la fraîcheur de la boisson lui fit le plus grand bien.

— Je pensais qu'elle avait arrêté ses recherches justement, dit-il d'un ton grave. Que les fantômes l'abandonneraient en traversant la mer…

— Visiblement non. Et les meurtres ont recommencé là-bas en France. Elle m'a dit que vous aviez travaillé sur l'affaire autour du prédicateur... James Marshall.

— Oui. Mary et moi on s'est rencontrés il y a presque dix ans, c'est elle qui m'a contacté. À l'époque, je venais de lâcher le LAPD[1] pour monter mon agence de sécurité...

— Vous avez fait votre carrière dans la police de Los Angeles ?

Bobby prit une gorgée avant de répondre.

— C'est une longue histoire. J'ai grandi sur les terres navajos. Mon père voulait que je suive les traditions, mais j'ai toujours été attiré par la ville, par le bruit, par l'action. Le LAPD semblait l'endroit idéal.

— Ça n'a pas dû être simple.

— Non, ça ne l'a pas été. Être un Navajo au sein du LAPD m'a posé pas mal de défis. J'ai dû prouver ma valeur tous les jours, combattre le racisme et les préjugés. Mais ça m'a rendu plus fort. J'ai gravi les échelons et j'ai fini par intégrer les unités les plus prestigieuses du département. Après vingt ans de service, j'ai pourtant senti que j'avais fait le tour. J'ai décidé de monter ma propre boîte de sécurité pour des clients de haut niveau, surtout à LA et à San Francisco. C'est là que j'ai rencontré Mary, en 2016... À l'époque il y avait une sale affaire dans le coin de Palm Spring.

— Le boucher de Salton Sea...

— C'est ça... Les coyotes ont déterré un corps dans le désert. Un gamin auquel il manquait des organes. C'est comme ça que ça a commencé. La police patinait et personne n'avait l'air de s'y intéresser. Avec

---

[1]. Los Angeles Police Department.

l'aide de Mary et… (Il hésita sur les mots.) les moyens dont elle dispose.

— Vous voulez parler de son IA… Prométhée ?

— C'est ça… Avec cette machine, on a trouvé une piste qui nous a menés à Juan Carlos Lopez. Le type était lié au crime, ça, c'était sûr. Il a même parlé de cinq autres victimes sans dire où elles étaient enterrées. Mais on avait des doutes sur le fait qu'il soit la seule personne impliquée.

— Et c'est devenu l'unique coupable.

— Aux yeux du procureur, oui. Ils l'ont envoyé derrière les barreaux pour la fin de ses jours et même s'ils ont raconté qu'il s'était suicidé un an après, la vérité c'est qu'il s'est fait étriper. Les taulards n'ont pas beaucoup de principes ni de moralité, mais les tueurs d'enfants ça passe mal…

— Et ce James Marshall ?

— Une autre hypothèse mise à jour par la machine de Mary. Le gars était toujours au mauvais endroit, au mauvais moment, et on n'arrivait pas à tracer son parcours avant son installation en Californie. Et puis il a disparu… du jour au lendemain.

Pierre pencha la tête en arrière pour terminer son verre. Il connaissait le reste de l'histoire. Le changement d'identité, le départ pour la France et la suite…

— Donc il serait chez vous maintenant ? reprit Bobby.

— C'est ça, oui. Miss Lane… euh… Mary m'a dit que vous aviez peut-être des choses à m'apprendre qui pourraient m'aider.

— Ça se pourrait… Demain, je vous emmènerai quelque part. Mais avant ça, j'ai une question à vous poser. Vous savez pourquoi elle fait tout ça ? Je veux dire pourquoi elle dépense tout cet argent, toute cette énergie... Elle vous l'a dit ?

— Une question de business si j'ai bien compris...

— De business ? Vous n'avez pas l'air de savoir pour qui vous travaillez.

Pierre se sentit immédiatement mal à l'aise. Que Mary Hilton Lane ait pu lui mentir lui semblait invraisemblable.

— Avant cette affaire, Mary avait une vie... une société, un mariage, un couple, une famille... Elle a abandonné tout ça pour se lancer sur la piste de ce tueur. Vous comprenez où je veux en venir ?

Le visage de Bobby prit soudain un air grave.

— Son fils, Luke... Il fait partie des gamins disparus de 2016. Et on n'a jamais retrouvé son corps.

40

L'obscurité se changea lentement en un voile laiteux ponctué de taches lumineuses éphémères qui tourbillonnèrent autour de lui. Un bourdonnement lointain, semblable à l'écho d'une mer agitée monta crescendo. Les sons de la réalité se précisèrent peu à peu. Des voix, des bruits de pas, le ronronnement du moteur.

Max se réveilla dans le camion d'intervention du GIR. Les gars lui expliquèrent qu'il avait été pris d'une crise de convulsions avant de s'évanouir dans l'appartement de Müller. Ils avaient appelé une ambulance et elle était en chemin. Il essaya de se redresser avec difficulté. Les amphétamines avaient été purgées de son système, mais leur ombre planait encore, le rappelant à l'ordre à chaque tentative de mouvement, comme s'il avait couru un marathon sans préparation. Lorsque les médecins du SAMU arrivèrent à la cité de la Canardière, il les remercia pour leur déplacement, les rassura sur son état et réussit à s'en tirer sans aucun examen. Étant donné la manière dont chaque fibre de son corps le torturait, il ne se faisait pas trop d'illusions sur le résultat des analyses. La moindre trace d'amphétamine aurait de graves conséquences et l'éloignerait définitivement de son enquête, ce qu'il redoutait par-dessus tout.

À son retour à la PJ, Suzie lui passa un savon en règle et le força à jeter devant elle sa dernière plaquette dans la corbeille – peine perdue, car il en avait une réserve à son appartement. Il lui montra les photos des deux cœurs humains emprisonnés dans leur boîte de transplantation et elle resta un moment choquée par cette découverte.

— Quel monstre peut faire ça ? Voler le cœur de quelqu'un... Je veux dire, on savait qu'ils l'avaient fait... mais les voir, là. Ça fout quand même un coup.

Max ne répondit pas. Il se contenta de gérer la rage qui montait. Müller était encore dans leurs locaux. Il se reposait tranquillement dans une cellule de GAV pendant que Gaspard et Romain pourrissaient dans leurs tombes, vidés comme des poissons à l'étalage.

— Et puis des cœurs, ça se transplante vraiment ? Ça doit être hyper rare. Il doit y avoir des problèmes de compatibilité ou ce genre de trucs. Ça se trace tout ça, continua Suzie, les sourcils froncés en une expression de scepticisme profond.

— Pas si c'est fait de manière totalement *underground*. J'ai lu un rapport de l'OMS là-dessus. C'est généralement les reins qu'on transplante, parce que l'opération est plus simple et les risques des suites opératoires sont limités. Mais aussi les poumons, le foie et même le cœur... Si tu tombes entre les mains de ces bouchers, ils peuvent te revendre en pièces détachées, à l'unité ça rapporte plus.

Le regard de Suzie s'emplit de dégoût et elle lui rendit son téléphone portable du bout des doigts.

— Alors, c'est quoi ta théorie ?

Max soupira longuement, cherchant les bons mots, tout en triturant nerveusement l'angle du téléphone.

— Müller a accès au fichier de liste d'attente des receveurs, il devait les contacter lui-même ou passer par un réseau mafieux pour le faire. Patrick Bernard se chargeait d'enlever les gamins et de procurer les organes.

— C'est pas lui qui les a opérés en tout cas.

— Ça, c'est sûr. Ça peut être un chirurgien véreux qui bosse pour le crime organisé.

— OK, mais alors pourquoi les enlever ici ? demanda-t-elle en croisant les bras sur sa poitrine.

— C'est là où ça bloque. Généralement ce trafic marche en sens inverse. Les clients viennent d'Europe ou des États-Unis, en tout cas de pays riches, et les organes sont prélevés sur une population pauvre. En Inde ou au Brésil, on parle carrément de tourisme de transplantation.

— Le petit Romain Guitton était à la rue, mais les deux autres... Les mecs devaient bien se douter qu'il y aurait une enquête. Et puis le livre et les marques... Ça ne colle pas avec un trafic international organisé, qu'est-ce que t'en penses ?

— Je pense que tu as raison... Il y a forcément autre chose. Ou alors ils essayent de brouiller les pistes avec toutes ces conneries ésotériques.

Suzie soupira et se dirigea vers son bureau où elle pianota sur le clavier pour faire apparaître un fichier sur son ordinateur.

— En tout cas, j'ai demandé une concordance ADN rapide pour les cœurs. Si c'est bien ceux de

Romain Guitton et Gaspard Baumann, on aura bouclé le dossier Müller. Entre la tentative d'homicide et ça, il ne ressortira jamais.

Max, le visage tendu, se pencha vers le mur, son regard fixé sur les photos des victimes qu'ils avaient accrochées à un tableau.

— Et Willem ? (Sa voix se brisa légèrement.) On ne sait toujours pas où il est.

Un silence lourd les enveloppa. Suzie releva la tête de son écran, ses yeux exprimant une profonde inquiétude.

— Peu probable qu'il soit encore en vie... Ça fait quand même presque une semaine.

— Qu'il soit en vie ou pas ça ne change rien, il faut le retrouver, dit-il en serrant le poing pour contenir sa frustration.

— Et imagine qu'ils aient d'autres complices. Que le trafic continue comme si de rien n'était.

— Max, on l'a juste pour quelques heures. Après il va falloir organiser son transfert. Tu veux lui parler ?

— J'sais pas... J'ai peur de faire une connerie. Ce gars, c'est...

Ses mots se perdirent et elle ne tenta pas de lui demander de finir sa phrase. Elle se leva lentement pour venir le rejoindre et posa une main sur son épaule. Leurs regards se croisèrent, deux âmes luttant contre le chaos et les ombres d'un monde criminel.

— On y arrivera, Max. On trouvera un moyen.

Et alors que la nuit tombait dehors, plongeant la ville dans l'obscurité, la lumière du bureau sembla briller un peu plus fort.

41

Pierre décida de suivre les conseils de Bobby Akando et de passer la nuit dans un ecolodge situé en plein désert. L'endroit était plus éloigné qu'il ne l'avait imaginé. La route goudronnée au départ de Twentynine Palms s'enfonça le long d'une gigantesque ferme de panneaux solaires avant de céder la place à un chemin de terre chaotique. À son arrivée, il fut accueilli par une femme d'âge mûr, les cheveux retenus par un bandana, qui le salua brièvement et lui indiqua la direction de son habitation.

Il découvrit alors une imposante yourte posée au milieu du désert. L'intérieur était simple, mais d'une beauté rustique. Un plancher en lattes couvert de tapis aux motifs amérindiens, un lit king size entouré d'une moustiquaire et un poêle à bois pour assurer son confort pendant la nuit. Si la chaleur avoisinait les trente degrés en journée, les soirées pouvaient être glaciales. Luna – son hôtesse – lui montra comment alimenter le poêle et utilisa une cordelette pour relever le tissu masquant une fenêtre circulaire située au centre de la yourte. « *Observatory!* » dit-elle en souriant. Elle lui proposa un dîner autour du feu avec les quelques autres locataires, mais Pierre préféra rester se reposer et s'allongea sur le lit.

Le décalage horaire de neuf heures fit son œuvre et il s'endormit comme une souche pour se réveiller au milieu de la nuit. Il observa le ciel à travers l'ouverture du plafond. Le spectacle était à couper le souffle : un tapis d'étoiles, de galaxies, de constellations brillait de mille feux. Il se sentit transporté et songea à sa conversation avec Bobby, aux mystères encore non résolus et à l'incertitude de ce que l'avenir lui réservait. Cet instant coupé du monde à la lueur des astres lui sembla presque irréel. Ils avaient vu des millénaires passer, des civilisations naître et disparaître et leur lumière, si longue à nous parvenir, le réconforta. Ces pensées métaphysiques l'accompagnèrent une partie de la nuit et il finit par se rendormir, bercé par le ronronnement du poêle à bois.

Quand le matin arriva, Pierre se sentait reposé et il quitta les lieux avec une légère amertume pour retrouver Bobby sur le parking du saloon.

— Alors, cette nuit dans le désert ?

Il n'eut pas besoin de répondre, son sourire le fit pour lui. Bobby monta dans sa voiture et ils prirent la direction de Cactus City. À un moment, Bobby lui demanda de bifurquer sur la Highway 111 et ils s'enfoncèrent vers le sud. Un lac se dessina au loin, étincelant d'un bleu turquoise, contrastant avec les roches qui brillaient d'une teinte rougeoyante sous le soleil. Soudain, malgré la clim, une odeur âcre commença à titiller les narines de Pierre. Quelque chose de très désagréable, entre la décomposition et des effluves chimiques. À mesure qu'ils approchaient, l'image idyllique s'effaça, remplacée par un panorama de désolation. Des palmiers rabougris, une terre brûlée recouverte de cicatrices blanchâtres et surtout, les ossements. Des milliers de squelettes de poissons échoués le long des rives, formant une bande sinistre de mort et de pourriture.

— Bienvenue à Salton Sea. Ça n'a pas toujours été comme ça, tu sais, murmura Bobby en suivant le regard de Pierre. Quand j'étais gamin, c'était un endroit où les familles venaient pique-niquer, nager et passer du bon temps.

Pierre hocha la tête, peinant à imaginer ce paradis perdu.

— Ce que tu vois là n'est pas seulement un lac, c'est le témoin d'une époque révolue née d'une erreur.

Pierre tourna la tête vers Bobby.

— D'une erreur ?

— Ouais… Au début des années 1900, le barrage du fleuve Colorado a cédé, déversant des tonnes d'eau dans cette vallée désertique. C'est devenu le plus grand lac de Californie. Ça a changé la donne pour les agriculteurs qui ont pu développer leurs cultures.

— Alors, c'est un accident qui a donné naissance à tout ça ? répondit Pierre en fronçant les sourcils.

— Un accident, ouais… Dans les années 1950, c'était l'oasis de rêve où les gens du coin venaient se détendre le week-end.

— Et les poissons crevés ? !

— C'est là que ça devient intéressant. L'eau du lac est deux fois plus salée que celle du Pacifique. Alors on y a introduit des poissons qui ont prospéré pendant des décennies. C'était le paradis des pêcheurs. Et c'est pas tout... Des villes ont commencé à émerger de partout... Des motels, des terrains de camping, des golfs... Les gens venaient pour nager, bronzer, jouer dans cette eau où on flottait comme sur la mer Morte.

— Vraiment ? C'était populaire à ce point ? Difficile à croire quand on regarde ce désert...

Bobby acquiesça.

— Si, je te promets... Même des célébrités comme Frank Sinatra, Jerry Lewis ou les Marx Brothers sont passées ici. Hollywood organisait des fêtes mémorables à Salton Sea.

— C'est dingue, murmura Pierre. Et maintenant tout semble... abandonné.

— Le cauchemar a commencé dans les années 1970. L'eau s'est mise à s'évaporer, et le lac est devenu encore plus salé. Tous les poissons ont commencé à crever et à dégager cette odeur que tu sens encore...

Pierre aperçut la silhouette de plusieurs maisons le long des rives du lac. Une épave de voitures, les restes d'embarcations. Bobby continua.

— Mais c'est pas seulement le manque d'eau qui a fait fuir les gens. Avec son évaporation, tous les produits chimiques, les phosphates, les pesticides du fond du lac sont remontés à la surface. À chaque tempête, ils se dispersent dans la région...

— C'est dangereux ?

— Si t'as pas envie de choper un cancer, oui. Il y en a plus dans cette vallée que dans tout le reste des États-Unis.

— Mais des gens vivent encore ici ?

— Oh, il y en a quelques-uns... les plus pauvres, ceux qui n'ont pas pu partir. Les villes sont en ruine, les services publics les ont abandonnés. Ils survivent dans leurs caravanes en se débrouillant pour supporter cette satanée odeur. Mais l'été, ça devient l'enfer.

Les roues de la Dodge crissèrent sur l'asphalte fissuré par le soleil. Une ville se dessina lentement à l'horizon. Des structures en ruine bordaient la route. Anciennes stations-service, motels aux enseignes décolorées par le soleil, terrains vagues jonchés de carcasses de voitures entourées de palmiers desséchés et, partout, ce sel blanc et argent cristallisé d'ossements. Un vieux panneau qu'ils dépassèrent indiquait « Bombay Beach ».

— Pourquoi tu m'emmènes ici, Bobby ?

— On va continuer la route un peu plus loin jusqu'à Niland, puis on va entrer dans le désert.

— Qu'est-ce qu'il y a là-bas ?

— Un campement rempli de *homeless* qu'on appelle Slab City. Un endroit si paumé qu'il n'est sur aucune carte... Même ton GPS va avoir du mal à le situer précisément.

— Mais pourquoi là-bas ?

— On cherche un gars... un ancien médecin. C'est à lui que tu dois parler...

42

Ils sortirent de la *highway* au niveau de Niland, une petite ville qui semblait figée dans le temps, écrasée par le soleil et la pauvreté. Bobby lui expliqua qu'autrefois, elle était animée par le passage du chemin de fer, mais qu'avec les nouvelles lignes, il ne transitait plus que d'interminables wagons conteneurs qui ne marquaient même plus l'arrêt. Pierre aperçut un groupe d'hommes aux vêtements usés discutant à la sortie d'un *diner* délabré.

— Des Mexicains... des ouvriers agricoles. Ils doivent bosser dans les plantations d'orangers que tu as vues autour de Palm Spring.

La rue principale, bordée de maisons aux façades décolorées, de halls vides et de commerces aux devantures closes, lui donna l'impression de traverser une ville fantôme.

Après la voie ferrée, ils bifurquèrent vers l'ouest en suivant un panneau indiquant « Salvation Mountain ».

— Tu vois cette ville, dit Bobby en observant les alentours. Elle a peut-être vu des jours meilleurs, mais elle est encore debout. Même dans la désolation, il peut y avoir de la beauté cachée, non ?

— C'est vrai. La vie s'adapte, peu importent les circonstances, acquiesça Pierre.

Bobby sourit en le fixant avec ses lunettes noires.

— Attends la suite... tu n'as encore rien vu. On va faire un petit détour.

Quelques kilomètres plus loin, l'horizon commença à se teinter d'une myriade de couleurs vives et les tons ocre du désert cédèrent la place à un spectacle inattendu. Une haute montagne artificielle se dressa soudain devant eux. Elle semblait l'œuvre d'un artiste fou ayant laissé libre cours à son imagination.

— Bienvenue à Salvation Mountain.

Pierre contempla, bouche bée, le kaléidoscope de couleurs et de messages religieux qui recouvraient le monument. « *God is Love* », « *Jesus I'm a sinner, please come upon my body and into my heart* », des phrases entières peintes en lettres gigantesques, entourées de fleurs, d'oiseaux, de cœurs et d'autres symboles.

Ils se garèrent à proximité et furent accueillis par la mélodie de chants chrétiens provenant d'un petit groupe de personnes assises dans l'ombre de la montagne.

— C'est l'œuvre d'un certain Leonard Knight, un homme très pieux... Il a passé trente ans de sa vie à construire cet endroit, avec de l'argile et de la paille.

— Ici ? En plein désert ?

— Oui, il habitait dans un vieux camion, sans eau ni électricité. Mon père m'a souvent amené ici. Leonard Knight te faisait faire le tour, il rigolait avec les enfants, c'était un bon gars. Il est mort en 2014 je crois.

Sur le côté de la montagne, Pierre aperçut une structure ressemblant à une ville faite de petits bâtiments coniques. Des nuances de bleu, de rose, de jaune, des éclats de mosaïques et de toutes sortes de matériaux formant des chemins sinueux serpentant entre des abris colorés, des chapelles et des lieux de méditation couverts de messages d'amour. Quelques arbres rares décorés de rubans, de cloches dont le tintement inspirait la paix et la sérénité. Le bruit du vent soufflant doucement dans cet édifice étrange fit écho au murmure des prières.

Pierre hocha la tête, observant le groupe de visiteurs concentré dans leur chant.

— Pas mal de gens viennent ici pour se ressourcer spirituellement. Tu es croyant ?

— Non. Enfin pas en Dieu…

— En quoi alors ?

— Je suppose qu'il doit bien y avoir quelque chose qui existe quelque part pour donner un peu de sens à tout ça… Pas forcément un dieu, mais une force… difficile à définir.

Bobby esquissa un sourire, regardant le désert qui les entourait.

— Je vois ce que tu veux dire. Leonard pensait comme toi à mon avis. Il avait beau être un homme pieux, quand un pasteur ou un prêtre se pointait dans le coin et essayait de faire un sermon, il le chassait à coups de pied. Pour lui, Dieu se résumait en une seule phrase. Aimez-vous les uns les autres. Il a passé sa vie à construire ce lieu pour le montrer aux gens.

Il marqua une pause et se retourna vers la voiture.

— Viens, nous y sommes presque. Slab City est juste derrière.

Ils contournèrent Salvation Mountain et continuèrent sur une route qui s'enfonçait en ligne droite dans le désert. Pierre apprit que Slab City tenait son nom des *slabs*, des dalles de bétons éparpillés dans le paysage, derniers vestiges d'une base militaire laissée à l'abandon après la Seconde Guerre mondiale. Bobby lui expliqua que pendant bon nombre d'années cet endroit avait fait partie des lieux emblématiques du *RVing*, tradition américaine du camping. Chaque hiver, presque deux millions de *RVers* sillonnaient les routes pour se rendre en Arizona, la Mecque de cette activité, ou ici à Slab City. Des milliers, voire des dizaines de milliers de caravanes (les fameux RV), se retrouvaient alors disséminées dans ces espaces désertiques, créant une véritable fourmilière. Mais à la différence de l'Arizona où la migration était strictement encadrée par des Rangers, ici, les résidents prônaient l'absence totale de règles et la liberté absolue. Chacun pouvait choisir son emplacement et y rester le temps qu'il le désirait, certains pour leur vie entière. Ceux-là, on les appelait les *Slabbers*, les fondateurs, en opposition aux *Snowbirds*, qui venaient à Slab City uniquement l'hiver pour trouver un refuge au soleil.

La route se transforma en une piste ensablée et Pierre ralentit la voiture, l'atmosphère changeant à mesure qu'il pénétrait dans l'espace du camp. Il aperçut des restes de bus désossés et de caravanes carbonisées semblant presque fusionner avec les arbustes. La ferraille était omniprésente, s'entrelaçant de manière anarchique au milieu de détritus éparpillés à même le sol. La terre elle-même était marquée, souillée par des eaux noires que les résidents déversaient un peu partout. Pierre se pencha vers son compagnon.

— C'est pas très accueillant.

Bobby hocha la tête, ses yeux parcourant les abris recouverts d'immenses toiles de camouflage, parfois à l'effigie du drapeau américain.

— Les gens d'ici tiennent à leur intimité. Mieux vaut éviter de les déranger pour rien…

Un mouvement attira l'attention de Pierre sur le côté du chemin. Une silhouette sinueuse glissa rapidement sur le sol, se cachant entre deux souches de bois mort.

— Un serpent à sonnette, murmura Bobby, il y en a beaucoup ici. Et des chiens errants aussi. Les habitants du désert.

— C'est vraiment le paradis !

— Pour certains, oui…

Il fronça les sourcils en apercevant une structure composée par une série de caravanes et une estrade au-dessus de laquelle pendait une pancarte entre deux poteaux. On pouvait y lire l'inscription « The Range ».

— C'est la scène de spectacle du camp… Continue et tourne sur ta droite. Il doit être dans ce coin.

Ils roulèrent encore un peu et la silhouette rouillée d'un bus scolaire dont la plupart des vitres étaient obstruées par des planches apparut au milieu d'un champ de cailloux.

— On y est… C'est sa maison.

43

« L'été, la chaleur dépasse les 50 °C, alors sans le canal de Coachella on serait tous morts. J'y vais quoi, au moins cinq fois par jour. J'me baigne tout habillé pour conserver un peu de fraîcheur. Et la nuit, j'monte mon matelas sur le toit du bus pour capter le vent du désert, ça fait comme un ventilateur naturel, tu sais. Et puis à cause des serpents à sonnette aussi. Ces saloperies grimpent à l'intérieur du bus quand la lumière baisse, même avec les planches et la porte. »

Simon leur parlait sans discontinuer depuis qu'ils avaient franchi le seuil de son étrange habitation. Il devait avoir la cinquantaine, mais la peau de son visage, cuivrée par le soleil implacable de Slab City, était marquée de rides profondes. Ses cheveux gris avec de rares mèches encore sombres se cachaient sous un chapeau élimé et malgré une chemise ample d'un blanc douteux, on lui devinait un corps sec et noueux. Son antre n'avait plus rien d'un bus scolaire. Les fauteuils d'origine avaient été retirés pour faire de la place, et les fenêtres condamnées ou couvertes de rideaux épais en toile brute filtraient la lumière en un doux halo doré. Le sol, initialement métallique, était désormais composé de planches récupérées dans les débris d'une maison. Pas loin de l'entrée, il s'était installé une cuisine improvisée avec un vieux poêle et quelques étagères encombrées de conserves, d'épices et d'ustensiles de base. Plusieurs énormes bidons se trouvaient sous un évier dont l'écoulement se faisait directement dans le sable par un trou dans l'essieu. Au fond, une couchette juste assez large pour un homme et bordée de coussins dépareillés avec sur les murs quelques photos sépia, souvenirs de jours meilleurs.

« Ici, l'eau c'est ce qu'il y a de plus précieux, leur avait-il précisé. On a un système de taxi pour aller jusqu'à Niland, c'est le seul endroit où on a accès à l'eau potable. Mais ça fait loin. On se cotise pour l'essence… »

Ils étaient installés autour d'une petite table en bois, entourée de quelques chaises récupérées çà et là. C'est à cet endroit qu'il passait le plus clair de son temps, contemplant le paysage du désert à travers l'immense pare-brise du bus. Simon leur avait raconté son histoire. Il vivait ici depuis plus de dix ans. Il n'avait ni femme ni enfant. Pour lui, Slab City était le bout du chemin. Il n'irait nulle part ailleurs, il mourrait là. Pourtant rien ne le prédestinait à ça. Lui aussi était d'origine canadienne, comme Bobby – c'est d'ailleurs comme cela qu'il avait appris l'existence de Simon. Après ses études de médecine et quelques années d'exercice, le Canadien avait quitté son pays pour aller enseigner la biologie, sa spécialité, à New York, puis à Boston. Là le poids des désillusions s'était fait sentir un peu plus chaque jour. Le système américain ne le satisfaisait pas, son emploi non plus. Il avait choisi de démissionner pour trouver autre chose de plus stimulant. Et les problèmes s'étaient enchaînés. Chômage, baisse des revenus, difficultés à payer son loyer, jusqu'à la mise à la porte de son appartement. Il avait connu la rue, la drogue et l'alcool. Des pépins de santé avaient aggravé l'addition. Sur le point de rentrer dans son pays pour retrouver ses proches et demander leur aide, il ne l'avait pas fait. Par honte ? Par fierté ? Pour conserver cette fameuse liberté qu'il chérissait par-dessus tout ? Alors qu'il errait sur les routes de Californie, on lui avait parlé de cet endroit. Il s'y était installé et ne l'avait plus quitté. Ici, on effaçait le passé pour se concentrer sur le présent. La survie au jour le jour faisait disparaître le fardeau des regrets, des soucis, des responsabilités.

— C'est un peu comme traverser le désert, tu vois, tu vas toujours de l'avant en fixant la route, droit devant... et ce qu'il y a derrière, ça n'existe pas.

Pierre se dit que la vie aurait été meilleure si les choses étaient aussi simples. Il était bien placé pour savoir à quel point le passé ne s'effaçait pas si facilement.

— Tu sais pourquoi on est là, lança Bobby avec une soudaine gravité.

— Ouais... à cause des rumeurs... Les gens du coin ont du mal à la fermer. Ils ont bavé sur ce qu'ils croient savoir de ce que j'ai vu dans le désert...

— La dernière fois, t'as rien voulu me dire. Mais là, mon ami est venu de France spécialement pour t'écouter...

Simon hocha la tête comme si cette information l'impressionnait et jeta un œil en coin à Pierre.

— T'es un ancien flic, toi aussi ?

— Non, je suis docteur en psychiatrie... J'aide les victimes à surmonter leurs traumatismes.

— Tu sais, Bob, j'ai rien contre toi... c'est juste que cette histoire, elle m'a empêché de dormir pendant des années. J'ai pas trop envie de m'y replonger.

— Je ne sais pas ce que vous avez à nous dire, reprit Pierre, mais votre témoignage pourrait peut-être aider des gens qui souffrent eux aussi.

— Témoignage ? Aucune chance que je témoigne devant une cour... J'veux pas avoir de problèmes.

— T'inquiète pas. Le docteur ne travaille pas pour la justice, assura Bobby. Il est comme toi et moi, un simple citoyen.

Simon sembla réfléchir quelques instants et se dirigea vers l'évier pour se servir un verre d'eau avant de venir les rejoindre.

— Ça s'est passé y a longtemps, en 2016... À l'époque, je traînais pas mal à Bombay Beach pour trouver du matos de récup. Ici tout marche au système D, tu sais. J'étais dans une baraque de l'ancien centre-ville et j'ai entendu du bruit dans la rue principale. J'me suis pas montré parce que dans ce coin-là, on peut pas savoir sur qui on va tomber, mieux vaut être prudent, tu vois. Et c'est là qu'je l'ai vu. Un gamin qui courait, à poil. Il devait pas avoir plus de vingt ans. Il avait l'air d'avoir croisé le diable. D'abord il est remonté vers la *highway*, puis y a une voiture qui s'est arrêtée. Et là, j'l'ai vu détaler en sens inverse, vers moi, avec un type à ses trousses. À ce moment-là, franchement, j'ai pris peur. J'ai voulu changer de position pour pas me faire repérer mais j'ai fait un sacré boucan et j'suis resté planqué quelques minutes. Et quand j'ai sorti ma tête, y avait plus rien. Personne.

— Il ressemblait à quoi, ce gamin ? questionna Bobby.

— La vingtaine…, répondit Simon. Des cheveux blonds assez longs… C'est tout ce dont j'me souviens.

Sa voix dérailla au milieu de sa phrase, comme sous le coup d'une émotion trop forte, et Pierre lui jeta un regard étonné.

— Et vous ne l'avez pas signalé à la police ?

— Bien sûr que si. Le shérif passe une fois par mois. J'lui en ai parlé mais tu vois, c'est pas comme s'il avait les moyens de fouiller la ville de Bombay Beach, et puis pour dire la vérité je pense qu'il m'a pas cru, il me prend pour un poivrot, tous les flics sont pas comme Bobby…

Le Navajo lui fit un sourire et l'encouragea à continuer son récit.

— Après avoir vu ça, j'me sentais mal. J'ai passé la semaine à revenir dans la ville, à fouiller et à faire des planques au cas où quelqu'un viendrait. Et ça a fini par payer. Un type s'est pointé, le même que la première fois. Il est allé directement dans un des immeubles en ruine et il a passé la moitié de la journée à déménager des trucs. Du matos médical. J'en ai vu pas mal pendant mes études, je sais à quoi ça ressemble.

— Et ce type, tu l'as bien vu ? Tu pourrais le décrire ?

— J'ai pas eu de mal à le reconnaître vu que sa tête est passée à la télé un peu après. C'était Juan Carlos Lopez, le boucher de Salton Sea. Mais c'est pas la fin de l'histoire.

— Comment ça ?

— Longtemps après, peut-être deux trois ans, j'ai repéré un type qui sortait du même endroit, à l'aube. Je l'ai pas senti le type. Il avait une sale gueule et l'air de pas vouloir qu'on le voie. Coup de bol, j'avais mon vieil appareil photo ce jour-là.

Simon se leva alors de sa chaise pour rejoindre les abords du lit où se trouvait une petite tablette en bois lui servant de bureau. Il fouilla dans une boîte et sortit une série de clichés. On y apercevait la silhouette d'un homme se dirigeant vers une voiture.

L'image était floue, mal développée, le zoom forcé au maximum, mais le visage de cet homme figea Pierre d'effroi. Quelque chose d'étrange, comme un sentiment de malaise se dégageait de ses traits. Ses pommettes semblaient trop hautes, ses lèvres trop pleines, son nez trop fin et trop court pour son visage. Et le plus déstabilisant était ses yeux. D'un bleu si pâle, presque translucide qu'il ne semblait pas refléter la lumière mais la diffuser, donnant à ses pupilles un halo blanchâtre dépourvu de toute profondeur.

— Vous savez qui c'est ? demanda Pierre.

— Je pense qu'il s'agit du révérend James Marshall... dit Bobby. En tout cas, ce sont bien ses yeux.

— Comment ça ? s'étonna Pierre. Vous voulez dire que son visage ne correspond pas ?

— Non.

— Vous pensez qu'il aurait pu...

— Changer de visage, oui. Ça expliquerait ces boursouflures sur les tempes et sous la bouche. J'ai vu ça souvent quand je bossais au LAPD. Les narcotrafiquants font appel à des chirurgiens véreux quand ils veulent se mettre au vert.

Pierre réfléchit quelques secondes aux implications de cette découverte. Si James Marshall avait quitté les États-Unis en abandonnant son visage et son identité, comment réussir à le retrouver en France ?

— Et il y a autre chose, docteur Martignas...

Le visage de Bobby avait perdu toute sérénité et sa voix grave mais posée semblait tout d'un coup beaucoup plus fébrile.

— Le gamin que Simon vient de nous décrire, celui qui courait à poil dans les rues de Bombay Beach... Blond, les cheveux longs... Je pense qu'il s'agit du fils de Mary.

44

Ils l'avaient conduit sans ménagement dans une cellule de détention provisoire. Plusieurs fois, le flic au regard sombre, un certain commandant Keller, était venu l'interroger pour lui demander où se trouvait l'offrande qu'il appelait Willem, mais Bélial n'avait rien dit. Tout juste avait-il esquissé quelques sourires, pour provoquer sa colère. Il aimait sentir la frustration et la haine monter chez ses adversaires. Ils n'étaient que des proies, incapables de transformer leurs émotions en pouvoir, des moutons courant dans l'enclos pour éviter la lame qui finirait par leur trancher la gorge.

Ils avaient accumulé les charges et les preuves contre lui, affirmant qu'il ne sortirait jamais de prison. Ils l'avaient menacé de toutes les manières possibles en brandissant les principes de leur justice humaine. Ils ne pouvaient pas comprendre à quel point tout cela n'avait aucun sens pour lui. Depuis sa rencontre avec Lucifer et la lecture du livre de chair, depuis la révélation de son être profond et du rôle qu'il jouait pour le triangle noir, leur monde n'existait plus. Ils vivaient dans l'illusion, la trame pathétique d'une réalité mise en place par le Maître pour les tromper. Ils se débattaient dans une dimension imaginée pour les asservir aussi bien dans leurs corps que dans leurs esprits, pantins désarticulés, les yeux ouverts mais le regard éteint. Ils n'étaient qu'une race d'esclaves oubliés et maudits par leur créateur, donnés en pâture au Maître et à ceux qui acceptaient de le servir.

Bélial en faisait partie, il avait même une place de choix dans la trinité infernale. Lucifer lui avait expliqué que leur mission nécessitait la richesse et l'opulence des rois. C'est lui qui s'occupait de cette part de la prophétie. Chaque offrande qu'ils éviscéraient était comme une grappe de raisin se vidant peu à peu. Certains grains servaient à financer le plan, d'autres revenaient à Lucifer en personne. Il pensa aux deux cœurs que les flics avaient découverts dans son appartement. Si seulement il avait pu les cacher en lieu sûr. Perdre ces précieuses offrandes remettrait à plus tard la réalisation du rituel. Mais qu'était le temps aux yeux des initiés ?

Le matin même, on était venu le chercher pour lui expliquer qu'il allait être déplacé dans un centre pénitentiaire. On l'avait mené à un garage où l'attendait un fourgon conduit par deux hommes. Keller et la femme flic se trouvaient aussi là, brûlant d'impuissance. Bélial leur avait souri une dernière fois avant de grimper à l'intérieur du véhicule. Il était assis, menotté à un siège. Il n'aurait pas longtemps à patienter, la prison se situait dans le quartier de l'Elsau, au sud-ouest de Strasbourg. Le gardien qui l'accompagnait essayait régulièrement de croiser son regard mais Bélial gardait la tête penchée en avant, ses pensées étaient ailleurs, perdues dans les méandres d'un plan qui allait bien au-delà de sa simple incarcération.

Mais quelque chose d'inattendu se produisit. Les pneus du camion crissèrent sur le bitume et il sentit un changement subtil dans l'air. Un frisson parcourut sa colonne vertébrale, une sensation qu'il ne pouvait s'expliquer, un avertissement silencieux. Il tourna le visage vers la vitre dont les volets d'acier ne laissaient passer qu'une mince bande de lumière et ses yeux s'agrandirent. Tout se déroula en une fraction de seconde. Un bruit assourdissant remplit l'espace et une voiture heurta le flanc du camion avec une force brutale. Le monde se renversa dans une danse de métal tordu et de verre brisé. La collision fut si violente qu'elle le projeta contre une paroi où son poignet menotté se brisa sous l'impact, disloquant sa main dans un angle contre nature. Le véhicule continua de tourner pendant une éternité et il entendit les cris du policier étouffés par le chaos de la scène. Enfin, le camion s'immobilisa, couché sur le côté et le temps reprit son cours.

C'est là que la douleur commença à lui faire perdre son assurance intérieure et il hurla de toutes ses forces. Mais deux détonations sourdes, des tirs d'arme à feu de gros calibre, déchirèrent le silence à l'extérieur. Ce n'était pas un accident. Le fourgon avait été attaqué ! On venait le sauver. Bélial se réjouit à en oublier ses souffrances. Il était si important que Lucifer avait sans doute préparé quelque chose pour l'empêcher de croupir en prison. L'acier de la porte se tordit et finit par céder dans un grincement de ferraille. La silhouette d'un homme trapu se découpa dans l'ouverture aveuglante de lumière, le visage cagoulé. Il avança rapidement, une paire de pinces à la main, et vint couper les menottes qui le tenaient accroché à la carcasse du camion.

Un sentiment de gratitude et de joie enflamma l'esprit de Bélial alors qu'il s'apprêtait à suivre son sauveur vers la liberté. L'homme se pencha vers lui et son regard impitoyable croisa le sien. Pour la première fois depuis des années, la peur le submergea. Une douleur fulgurante lui traversa le crâne lorsque l'acier des pinces fit éclater l'os de sa tempe. Juste avant de sombrer dans l'inconscience, il eut le temps de sentir une odeur étrange… l'odeur de la camomille.

45

— Bordel, mais c'est pas possible. Il a fait ça pile à un endroit où il n'y a aucune caméra de surveillance.

Suzie avait les yeux fixés sur son moniteur où elle regardait consternée une vidéo YouTube parmi des dizaines montrant le corps nu de Müller pendu à un arbre.

— Mate celle-là, on l'a déjà partagée plus de dix mille fois. Tu sais ce que ça veut dire.

— Qu'on va avoir toutes les huiles sur le dos, répondit Max d'une voix éteinte par la frustration.

Le fourgon avait été percuté aux alentours de midi. Ils avaient deux gardiens de la paix blessés par balles à l'hôpital et un troisième – celui dans l'habitacle – qui souffrait de sérieuses commotions. Personne n'avait vu le visage de l'agresseur, mais d'après les premiers témoignages, il avait agi seul. La voiture bélier, abandonnée sur place, avait été volée quelques heures plus tôt dans une cité voisine. L'ADN qu'ils retrouveraient à l'intérieur correspondrait certainement à celui des propriétaires, aucune chance de ce côté-là. Après avoir percuté le véhicule et libéré Müller, le tueur l'avait traîné une centaine de mètres jusqu'à une boucle de l'Ill où se trouvait un parc longeant la rivière. Il l'avait déshabillé, pendu à une branche avec une corde en nylon, et il lui avait bourré la gorge de camomille. Tout ça en plein jour, sous les yeux des passants, et en moins d'une demi-heure.

— Il faut qu'on réquisitionne toutes les vidéos. Y a bien un gars qui a dû filmer ce salopard.

— Ouais... C'est sur TikTok qu'on va la voir arriver.

D'après les premiers témoignages, l'homme ne mesurait pas plus d'un mètre soixante-dix, il était trapu et suffisamment fort pour maîtriser Müller, lui passer la corde au cou et le soulever de terre. Ajouté à ça qu'il avait dû prendre des risques inconsidérés pour percuter une voiture de police et se débarrasser de trois agents – « Sans les tuer », fit remarquer Suzie.

— Pour moi, c'est un pro. Tout était millimétré. Il n'a pas pu improviser un truc pareil. Il savait exactement où frapper et à quel moment.

— Et il voulait qu'on le voie, répondit Max en détournant son regard de l'écran.

— Clairement. Avec Patrick Bernard il a pris son temps. Là, il est passé à la vitesse supérieure. Il a envoyé un message.

— OK, mais un message pour qui ?

— Je pense que t'avais raison, Max. Peut-être que le bouquin, les marques et toutes ces conneries, c'est que du décorum. En fait on est sur un gros trafic, peut-être même encore plus gros qu'on ne le croit. Y a peut-être beaucoup d'argent en jeu ou... je ne sais pas, ça pourrait impliquer des gens qui ne veulent pas de publicité.

— Et bah du coup, là, ils vont en avoir, de la publicité.

Comme pour lui donner raison, le téléphone de Suzie sonna et il vit sa bouche se pincer. Elle s'isola dans un coin pour parler, il ne se faisait aucune illusion sur l'identité de la personne à l'autre bout du fil.

— Bon, le préfet nous veut dans son bureau à quatorze heures. Et apporte une chemise, on va se taper une conférence de presse dans la foulée, dit-elle en raccrochant.

— Ouais, c'est pas ça qui va faire avancer l'enquête. Il faut tout reprendre, là.

— Je sais, mais pour l'instant, on doit gérer l'urgence. Le seul point positif, c'est qu'il va nous filer des renforts. Tous les groupes vont se mettre sur le coup.

— Tu as un retour sur l'arme de Müller ? Celle qu'il a utilisée pour essayer de me tuer. Elle vient d'où ?

Suzie fouilla une pile de papiers et en sortit les notes que lui avait envoyées la balistique.

— D'un club de tir dans le coin de Colmar où Müller avait une licence. Elle a été déclarée volée depuis six mois. Visiblement, il passait pas mal de temps là-bas depuis plusieurs années. Il a dû la chourer.

— Faut qu'on vérifie la liste de tous les licenciés. Il avait forcément d'autres complices. Sinon, pour qui ce type ferait un exemple ?

— Tu penses que Müller aurait pu les rencontrer dans ce club ?

— J'en sais rien. Mais Bernard a un passé militaire. Peut-être qu'il continuait à tirer des cartouches de temps en temps.

— Pas con. J'vais mettre quelqu'un sur le coup.

Max jeta un coup d'œil autour de lui et sentit que l'atmosphère du bureau avait changé. Certains de ses collègues avaient les visages rivés sur leurs écrans, cliquant frénétiquement sur leurs souris pour faire défiler des images de vidéosurveillance. D'autres étaient au téléphone, vérifiant les multiples témoignages. La PJ s'était transformée en ruche, chacun conscient que chaque minute comptait pour identifier cet homme. Peut-être le seul capable de leur donner une vision claire sur cette triste affaire. Et bien sûr, Max n'oubliait pas Willem…

— La camomille, t'en penses quoi ? questionna Suzie en lui montrant un cliché du corps pris quelques heures plus tôt par les techniciens qui l'avaient décroché de son arbre.

— Franchement, aucune idée précise. Ça participe au message ? Ça a un rapport avec leur délire ésotérique ?

— J'ai lu la traduction du bouquin qu'on a retrouvé chez Bernard. J'ai rien vu là-dessus.

— Ah ouais… Tu as tout décortiqué ?

— Tu me connais. J'avoue, j'ai eu du mal tellement c'est… dérangeant. Ça m'a donné la gerbe.

— Et tu as découvert quelque chose ?

— À part que celui qui a écrit ça est complètement taré ? Non… C'est une sorte de règle de vie. Ça explique comment il faut se comporter pour avoir les faveurs de leur dieu qu'ils appellent… « le Maître ». Et ça développe toute une théorie cheloue sur l'arrivée d'une espèce de prophète, un nouveau Christ qui viendrait pour sauver l'humanité, mais qu'il faut absolument chercher et détruire. D'où le fait que les jeunes hommes, particulièrement ceux nés après 1980, sont des cibles à abattre. Avec au milieu de tout ça, une série de chants et de prières à une trinité de démons, et des poèmes incompréhensibles.

— Ah ouais... ça va loin. Pourquoi 1980 ?

— Parce qu'il y aurait eu des signes de sa venue dans le ciel... Le livre parle d'une étoile filante aperçue au Brésil.

— C'est du délire.

— Franchement, je ne vois pas quoi en tirer. Et il vaut mieux pas trop l'évoquer à la conférence de presse sinon on n'a pas fini de lire les gros titres sur les « satanistes des Vosges ».

— T'as raison. On va s'en tenir aux faits. Le trafic d'organes, les règlements de comptes.

Suzie lui sourit avant de quitter son bureau en regardant sa montre.

— Allez, Max, c'est l'heure. On va se changer et on se jette dans la fosse aux lions.

46

Pierre dégusta son café avec l'impression que ses paupières refusaient de rester ouvertes. Le temps d'un week-end, il avait fait le tour de la planète, changé deux fois d'hémisphère et malgré le confort des vols réservés par Miss Lane, il se sentait totalement épuisé. La chaleur du désert, le visage buriné de Bobby et la ville fantôme de Slab City lui semblaient les réminiscences d'un rêve dont il n'était pas encore sorti. Il retrouva la rudesse de l'hiver dès l'aéroport et elle s'intensifia d'un cran lorsqu'il rejoignit les environs de Strasbourg. La neige tombait à gros flocons et il eut beaucoup de mal à faire la mauvaise route conduisant au manoir.

Singh l'accueillit avec son calme habituel et l'accompagna jusqu'à la salle à manger où il s'empressa de lui servir une cafetière pour le réchauffer. De lourdes tentures de velours pourpres encadraient les fenêtres et un feu réconfortant crépitait dans la cheminée, projetant des ombres sur le plafond où pendait un lustre en cristal. L'odeur du bois brûlé se mêlait à celle du café et lui donna envie de se blottir au fond d'un fauteuil pour faire une sieste. Mais il n'en eut pas le temps. Des pas résonnèrent dans un couloir dont il reconnut immédiatement la cadence, le rythme mesuré et assuré qui ne pouvait appartenir qu'à Miss Lane. La porte s'ouvrit et elle apparut. Comme toujours avec cette élégance naturelle qui la rendait si remarquable, mais aussi une lueur d'excitation dans les yeux. Elle s'avança et s'installa à côté de lui dans un silence seulement rompu par le grésillement des flammes avant d'engager la conversation. Après s'être inquiétée du confort de son voyage, elle lui demanda un rapport précis et attendit qu'il prenne la parole.

— Votre ami, Bobby, est un gars vraiment exceptionnel.

— Oui… Il m'a beaucoup aidée lors de mon enquête.

— Et c'est tout ?

Ses grands yeux le fixèrent avec intensité.

— Que voulez-vous dire ?

— Pourquoi est-ce que vous m'avez menti, Mary ? Pourquoi est-ce que vous m'avez fait croire que vous n'étiez qu'une riche femme d'affaires en quête d'un nouveau brevet pour votre intelligence artificielle ?

— Je ne comprends pas, docteur.

— Bobby m'a expliqué pour votre fils, Luke…

Son visage se ferma soudain et Pierre crut y lire un rictus de douleur rapidement effacé. Elle leva la tête vers lui avant de répondre.

— J'imagine que c'était inévitable. Les secrets finissent toujours par remonter à la surface.

— C'est donc à cause de la disparition de votre fils que vous faites tout cela ? L'enquête, l'installation en France, dans ce manoir. C'est cette quête qui vous anime.

— Vous avez vu juste, docteur Martignas. L'amour d'une mère pour son fils… et le désir de justice. Deux moteurs puissants.

— Bobby m'a dit que vous n'avez jamais retrouvé le corps de Luke.

— C'est malheureusement exact.

— Vous avez bien conscience que, même si nous réussissons à résoudre ce mystère, il y a peu de chance que cela change. Les meurtriers avouent rarement l'endroit où ils cachent le corps de leurs victimes… Ce secret leur donne un atout supplémentaire pour manipuler la police et faire souffrir les familles. J'espère que ce ne sera pas le cas, mais c'est une possibilité qu'il ne faut pas écarter. Vous ne retrouverez peut-être jamais votre fils.

Pierre regretta instantanément d'avoir prononcé ces mots. Les traits de Mary Lane se transformèrent et une étincelle de colère animait désormais son regard.

— Je sais, oui. Merci, docteur, de me rappeler cette triste réalité. Mais je suppose que nous avons tous nos regrets et nos secrets… Le vôtre, par exemple.

Elle prit une profonde inspiration avant de continuer.

— Quelques années avant de déménager pour venir vous installer ici, on vous a demandé d'établir une expertise concernant Éloïse Vidal, une jeune fille de treize ans soupçonnée d'avoir assassiné son ex-petit ami dont le corps n'a jamais été découvert. Grâce à votre travail appliqué, le juge a prononcé un non-lieu et Éloïse a retrouvé le domicile familial.

— Il est inutile d'aller plus loin, Miss Lane, je sais que vous êtes parfaitement informée.

— Laissez-moi continuer, répondit-elle d'un ton sec. Éloïse est donc rentrée chez elle où l'attendaient ses parents et son petit frère de six ans, Marc Vidal. La nuit après son arrivée, elle s'est rendue dans le garage. Elle a pris un bidon d'essence et en a répandu dans tous les étages. Ensuite elle s'en est aspergée avant d'y mettre le feu. Il a fallu douze heures aux pompiers pour éteindre le brasier. Il ne restait rien de la famille Vidal. Mais avant cela, elle avait fait en sorte d'écrire une lettre qu'elle vous a envoyée personnellement. Une lettre pour vous remercier d'avoir cru en elle et pour s'excuser de vous avoir trahi. Une lettre d'aveu…

Pierre sentit son corps s'engourdir un peu plus. L'atmosphère lui parut aussi lourde qu'une chape de plomb. Les mots tranchants de Miss Lane, son regard devenu froid et pénétrant semblaient vouloir graver chaque syllabe dans son esprit. Il revit le visage de la jeune Éloïse, ses yeux hagards, mais brillants d'une lueur qu'il avait alors interprétée comme de la confusion, de la vulnérabilité. Il se souvint de sa certitude, sa propre foi en la nécessité de protéger ceux qui étaient simplement mal compris. Cette même foi qui l'avait animé lorsqu'il rédigeait son rapport et qui avait permis le retour d'Éloïse dans le foyer qu'elle avait réduit en cendres. Le pire était cette lettre, cet aveu que Miss Lane venait de décrire et qui faisait de lui un complice silencieux.

— Alors voilà, docteur. Vous comprenez que nous avons beaucoup plus en commun que vous ne le pensez. La douleur, la culpabilité et le désir que la vérité éclate… quel qu'en soit le prix. Notre rencontre n'est pas un hasard, et vous ne trouverez pas la paix de l'âme en vous cachant dans un chalet perdu en pleine forêt ni au fond d'une bouteille d'alcool. Je vous demande de vous dresser et de vous battre avec moi… jusqu'au bout.

Le silence de la pièce devint soudain assourdissant. Même le crépitement du feu semblait avoir diminué comme si les flammes elles-mêmes retenaient leur souffle.

— Bobby m'a présenté un homme qui a peut-être vu Marshall sur les mêmes lieux que le boucher de Salton Sea. Il m'a confié une photo qu'il a réussi à prendre.

— Vraiment ! Avec cette image, je pourrais peut-être faire rouvrir l'enquête en Californie et obtenir un mandat d'arrêt international.

— Malheureusement, ça ne sera pas si simple. Il n'a pas le même visage que le révérend, mais il a ses yeux. On suppose qu'il a subi une opération pour changer ses traits. Imaginons que vous arriviez à rendre sa recherche officielle, il sera très difficile à localiser.

— Donnez-moi cette photo.

Pierre s'exécuta et lui tendit le cliché qu'il conservait dans une poche de sa veste. Ses doigts effleurèrent brièvement ceux de Miss Lane et il sentit un léger tremblement dans sa main. Elle examina l'image et pendant un instant, il vit tout son visage se figer. Elle respirait plus lentement, chaque bouffée d'air devenant plus lourde à avaler.

— Où a-t-elle été prise ?

— Bombay Beach, pas loin de…

— Palm Spring. Je connais très bien cet endroit. J'avais une maison là-bas. Nous y allions souvent l'hiver…

Elle pinça les lèvres et ses épaules se contractèrent légèrement. Elle était en train de lutter contre un torrent d'émotions qu'elle refusait de laisser jaillir. Miss Lane se tenait là, en apparence toujours aussi maîtresse d'elle-même, mais Pierre pouvait voir les fissures dans son armure. Il savait qu'intérieurement, elle était terrifiée à l'idée que son fils soit passé entre les mains de ce tueur. C'est dans cette ville en ruine qu'elle avait perdu une partie de sa vie, peut-être même son âme.

Elle jeta la photo sur la table devant elle, comme si le simple fait de la toucher devenait un fardeau trop lourd à porter.

— Rien d'autre, docteur ?

— J'ai demandé à Prométhée de me trouver un cliché du chirurgien brésilien dont je vous ai déjà parlé. Il rame un peu car le dossier est vieux, mais ça va venir.

Lentement, presque hésitant, il étendit sa main et la posa doucement sur l'épaule de Miss Lane.

— Nous allons le retrouver, je vous le promets.

Elle tourna son regard vers lui, ses yeux encore voilés, mais profondément reconnaissants. Et une alliance silencieuse se forma entre eux.

47

Max et Suzie passèrent la journée à rassurer le préfet sur l'avancée de l'enquête, mais les journalistes firent monter la pression d'un cran. « Est-ce vrai que vous êtes sur la piste d'un tueur en série ? Y a-t-il encore une chance que Willem soit vivant ? Peut-il y avoir d'autres victimes parmi les disparitions récentes ? » Autant de questions auxquelles ils furent incapables de répondre malgré les heures accumulées sur cette affaire. Pire, Max sentait de plus en plus le poids de la culpabilité lui écraser la poitrine. Tout se résumait désormais à sa capacité ou non à sauver ce gamin. Le résultat de cette pendaison spectaculaire dans les rues de Strasbourg ne mit pas longtemps à se concrétiser. Tous les médias, nationaux et internationaux, étaient sur leurs dos. La moindre défaillance serait pointée du doigt avec des conséquences graves sur leurs carrières. Personnellement, Max s'en foutait, mais c'était pour Suzie qu'il s'inquiétait. Sa partenaire, son amie, en avait bavé pour grimper les échelons et arriver à la tête du groupe et elle ne méritait pas ça.

Après cet après-midi de rêve, ils passèrent au bureau récupérer la liste des adhérents du club de tir pour constater que, conformément aux soupçons de

Max, on y retrouvait bien le nom de Patrick Bernard. L'ancien militaire y était inscrit depuis deux ans, tout comme Müller et il y avait de fortes chances qu'ils se soient rencontrés là. Ils commencèrent donc à éplucher les dossiers des membres pour vérifier qu'il n'y avait aucune autre connexion. Tâche difficile, sur deux cents identités. Bien après la tombée de la nuit, ils s'accordèrent une pause au restaurant – une pizzeria à côté de l'hôtel de police où ils avaient leurs habitudes –, avant de continuer les recherches. Voyant que sa cheffe piquait du nez, Max décida de prendre des devoirs à la maison et la raccompagna jusqu'à son appartement pas loin de la gare.

Suzie lui proposa de monter boire un verre, ce qu'il fit avec plaisir. Après avoir trinqué en silence, ils sirotèrent leur vin, les doux effluves d'alcool semblant apaiser la lourdeur de cette journée. Les minutes s'écoulèrent. Presque timidement, Max posa son verre et se rapprocha d'elle. Leurs lèvres se rencontrèrent dans un baiser tendre, la première expression physique d'années de respect et d'affection mutuels. Ils se regardèrent longuement avec une compréhension muette et il la prit dans ses bras. Ils s'enroulèrent dans une couverture, se blottirent sur le canapé et Max sentit son souffle régulier contre sa nuque. Et alors, au milieu de la tourmente, ils s'endormirent tout habillés dans leur refuge.

Max émergea au milieu de la nuit et quitta l'appartement sans la réveiller pour retrouver le bitume glacial de la cité. Une neige épaisse tombait sur les toits de Strasbourg. Il s'arrêta un instant, les mains enfoncées dans les poches de son manteau et leva les yeux vers le ciel où les flocons filaient en une danse silencieuse. Dans ce moment de calme, loin des pressions de l'enquête, il pria qu'une justice existe bel et bien quelque part, même si elle était aussi éphémère que la neige en hiver. Il prit une profonde inspiration comme pour emprisonner une parcelle de cet instant, et traversa la ville jusqu'à son appartement du quartier de la Krutenau. Là, il avala deux cachets pour sentir le rush des amphétamines et se remit au travail. Il s'assit à son bureau, concentrant toute son attention sur la liste. Les noms, les visages et les identités défilèrent devant ses yeux à s'en faire vomir, chaque détail pouvant être un indice, une piste à suivre ou une impasse.

Le club de tir accueillait tout type de profils et de classes sociales, la plupart vivant dans les alentours. Des médecins, des ouvriers, des professeurs, des agents de sécurité, des retraités, la majorité étaient des hommes et l'âge moyen tournait autour de la trentaine. À mesure que les heures s'égrainaient, Max sentit l'épuisement grignoter les bords de sa concentration. Le jour commençait à poindre, une lueur grise émergeant à travers les rideaux. Le monde extérieur se réveillait alors que lui n'avait pas encore trouvé le repos. Après deux heures de prises de tête intense, il eut l'impression de chercher une aiguille dans une meule de foin. L'effet de la drogue s'estompa et la fatigue le submergea d'un coup, au point qu'il réussit à peine à rejoindre son lit avant de sombrer dans un profond sommeil.

Le cargo rouillé et sa baignoire remplie d'angoisse et de culpabilité ne vinrent pas le harceler cette nuit-là. À leur place, les fiches d'identité commencèrent à flotter dans sa conscience comme des feuilles mortes portées par le vent. Et puis, dans cette brume d'épuisement et de médicaments, un nom émergea avec une clarté étonnante : Henri Durand. Un visage, une photo parmi tant d'autres, mais avec un regard d'une intensité dérangeante. Pourquoi ce nom ? Pourquoi ce visage ? Il n'en avait aucune idée, mais il sentait qu'il tenait quelque chose. Comme un fil invisible perdu dans les rouages complexes de cette enquête. *Henri Durand*, ce serait la première chose qu'il vérifierait à son réveil et il finit, enfin, par trouver le repos.

48

Trois visages apparurent sur le moniteur principal de Prométhée. Le premier était celui d'un homme charismatique portant une barbe bien taillée et des cheveux coiffés en arrière. Ses traits étaient doux, presque angéliques et formaient un contraste saisissant avec ses yeux d'une pâleur intense. Miss Lane hocha la tête avant de prendre la parole.

— Le révérend James Marshall, je l'ai vu pour la première fois à une convention religieuse de Las Vegas, en 2016. Prométhée le suspectait, car il avait systématiquement visité les villes où la police signalait des disparitions d'enfants. Et puis, il avait un discours millénariste, il prêchait une sorte d'apocalypse imminente.

Pierre appuya sur une touche et la deuxième photo, celle remise par Simon, s'agrandit sur l'écran. Celui-ci était presque grotesque, on y distinguait clairement les marques de plusieurs interventions chirurgicales. Les joues étaient trop hautes, les lèvres trop pleines, mais les yeux restaient les mêmes : bleus, perçants et glacials.

— Lui, c'est donc l'homme aperçu à Bombay Beach, et il y a de fortes chances que ce soit son dernier visage, en tout cas celui qu'il s'est fait faire avant de quitter les États-Unis. Mais on reconnaît quelques traits communs avec Marshall. Et surtout ce regard… La fenêtre de l'âme…

— L'âme d'un monstre, murmura Miss Lane.

Pierre changea à nouveau de photo et, cette fois, un homme nettement plus jeune apparut sur l'écran. Ses cheveux étaient d'un noir profond, sa peau bronzée et il avait un air sévère et des traits marqués rendant difficile de lui donner un âge.

— Voici la photo que vient de trouver Prométhée. C'est le docteur Joaquim Baretto, chirurgien brésilien et membre de la secte Superior Universal Lineage, suspecté des crimes dont je vous avais parlé au Brésil dans les années 1990. Celui-là même qui avait été arrêté puis libéré.

Miss Lane inclina la tête et se pencha vers l'écran.

— Il est bien plus jeune, mais ses yeux… Ils n'ont pas changé.

— Exactement, acquiesça Pierre en rapprochant les trois photos de manière qu'elles se trouvent côte à côte dans un ordre chronologique.

— Le docteur Baretto change d'identité, de visage et de pays depuis la fin des années 1990. Et il recommence à tuer de la même manière. D'abord en s'assurant l'aide de complices totalement dévoués à sa cause. Ensuite en les incitant à commettre des enlèvements puis des meurtres rituels. Mais Baretto, Marshall et l'homme de Bombay Beach sont bien une seule et unique personne !

— Et il y a un sens à tout cela ? Une idéologie ? Quelque chose ?

— Certainement. J'ai découvert que la secte d'origine était dépositaire d'un livre qu'ils considéraient comme sacré et que le meurtre rituel d'enfants avait pour eux une signification religieuse. Ce livre nous en apprendrait sans doute beaucoup plus sur l'aspect totémique de ces crimes.

La fine mâchoire de Miss Lane se contracta.

— Il faut retrouver ce tueur. C'est notre seule priorité. Vous avez lu la presse ce matin ?

— Oui... Visiblement la police est sur ses traces. C'est une bonne chose.

Elle ne répondit pas et se contenta de pointer une photo du doigt.

— C'est donc cet homme que nous cherchons.

— Effectivement... Sauf que sur ce cliché, il n'a pas exactement ses traits définitifs. Il peut aussi s'être teint les cheveux, porter des lentilles... Il y a toutes sortes de postiches qui pourraient l'aider à changer son apparence. Surtout s'il se sait traqué. Peut-être qu'à cette étape, il serait judicieux de confier le fruit de nos recherches à la police. Ils possèdent des moyens que nous n'aurons jamais, notamment sur le terrain.

— Nous le trouverons, dit-elle sèchement. La police ne ferait que nous faire perdre du temps, croyez-moi, j'ai déjà vécu ça en Californie...

Elle se pencha vers l'écran et commença à pianoter sur les touches du clavier.

— Prométhée a la capacité d'étudier cette image et de la croiser avec des bases de données complexes pour identifier cet homme. Vous êtes familiarisé avec la reconnaissance faciale ?

Pierre hocha la tête.

— En surface, oui. C'est un peu comme une empreinte digitale ?

— Exactement, répondit Miss Lane. Imaginez une série de points et de lignes qui cartographient votre visage. La distance entre les yeux, la forme du nez, le contour de la bouche, tous ces éléments sont mesurés pour créer un profil unique. Prométhée peut prendre cette empreinte faciale et la comparer à celle de millions d'autres personnes dans diverses bases de données. Cela comprend les fichiers de la police, des réseaux sociaux, des vidéos de surveillance et même de votre téléphone portable.

Elle appuya sur une dernière touche et Prométhée commença à afficher une série de codes et de graphiques sur son moniteur.

— Mais nous avons un avantage ici. Un avantage majeur ! Ces yeux… cette structure oculaire si particulière, nous pouvons les utiliser comme une sorte de signature pour filtrer les résultats et gagner un temps considérable. Si ces yeux apparaissent ailleurs, quel que soit le visage, Prométhée nous le fera savoir.

Sur l'écran une masse de données impressionnantes défilait en continu. Mary Lane fixait les lignes de code comme si elle était capable de les décrypter.

— Il y a un autre aspect important : Prométhée active des algorithmes d'apprentissage profond pour améliorer constamment ses performances. Plus il voit de visages, plus il devient précis. Alors quand il commence à chercher, il n'est pas seulement en train de comparer des données, il les interprète aussi en temps réel.

Pierre observa l'écran, fasciné par la complexité de cette technologie et la manière dont elle la maîtrisait. Des centaines de visages s'affichèrent à une vitesse ahurissante. Chacun entouré d'un cadre qui s'illuminait en verre ou en rouge, indiquant une potentielle correspondance ou un rejet. De temps à autre, quelques cadres verts étaient isolés et comparés en direct avant de rejoindre le flot des déchets.

— Ça ne prendra pas longtemps. Cette interface est directement reliée aux metaservers que je possède à Los Angeles. Sa puissance de calcul est à peu près la même que celle des ordinateurs de la NASA.

Pendant qu'elle parlait, deux cadres verts se transformèrent en bleu. Après moins d'une seconde, ils furent rétrogradés vers la poubelle.

— C'est impressionnant... mais aussi terrifiant, avoua Pierre. Dans les mauvaises mains, j'imagine que cette technologie pourrait entraîner beaucoup de mal.

— Oui..., acquiesça Miss Lane. Mais dans notre cas, c'est pour la bonne cause.

Sur le moniteur, un autre visage passa en bleu.

— Je crois que nous tenons quelque chose, murmura Miss Lane.

Elle se leva lentement de son fauteuil et posa un doigt hésitant sur la souris avant de cliquer sur l'image qui venait de se stabiliser sur l'écran. La photo s'agrandit pour permettre une vue plus détaillée. Il s'agissait d'un homme au front dégarni portant une barbe épaisse et des lunettes. Ses yeux étaient exactement les mêmes que ceux du révérend Marshall et du docteur Barretto.

— C'est lui ! s'exclama Pierre, le regard fixé sur le moniteur.

— Et nous avons son identité...

49

— Henri Durand... arrivé dans la région il y a tout juste deux ans, il donne des cours d'anatomie à la faculté de médecine. Et tu sais qui fréquentait les bancs de cette fac ? Gaspard Baumann, un des gamins retrouvés dans la forêt de Mouterhouse. Et Durand est inscrit dans le même club de tir que Müller et Bernard. C'est là qu'ils se sont rencontrés. La boucle est bouclée, je suis sûr qu'on tient notre type.

Suzie l'observa avec des yeux fatigués, elle n'avait clairement pas récupéré de la journée précédente. Ils se trouvaient dans la cafétéria de l'hôtel de police, sous la lumière blafarde des néons. Autour d'eux, d'autres collègues sirotaient leurs gobelets de café, chuchotant leurs conversations à voix basse.

— Et tu veux faire quoi, exactement ?

Elle releva le regard vers Max qui la fixait le visage tendu, les yeux brillants d'excitation.

— Prévenir le juge, rassembler les gars du PSIG et choper ce salopard avant qu'il nous file entre les doigts. Des cours d'anatomie... T'imagines ce que ça signifie. Si ça se trouve, c'est lui qui les mutile. On a l'homme de main avec Bernard, celui qui se charge de vendre les organes avec Müller et le chirurgien, c'est Durand. Trois ordures sans scrupule.

— Comme les trois points du triangle...

Max sembla frappé par la pertinence de sa remarque.

— Complètement... Tu as raison. Ça doit forcément avoir un rapport. Et le bouquin, si je me souviens bien, parlait de trois démons.

— Trois messagers au service du « Maître ». Ces mecs sont timbrés.

Ils restèrent silencieux quelques secondes durant lesquelles Max se rappela sa visite onirique dans la carcasse du cargo et la présence maléfique qu'il y avait sentie.

— Henri Durand, hein ? dit-elle, son regard s'attardant sur la fiche d'identité que Max avait déposée sur la table. Ton raisonnement est nickel mais tu sais comme moi que sans preuve, le juge ne suivra pas. Y a trop d'enjeux. Si on se plante...

— Je sais, dit-il en triturant le bord de son gobelet en plastique. Mais je sens qu'on le tient, Suzie. Il faut agir maintenant avant qu'il ne soit trop tard. Avec toute la pub que la presse fait autour de la pendaison de Müller, il doit être en train de préparer ses valises.

— Ou l'autre malade, avec sa camomille, a déjà eu sa peau... Il est mieux informé que nous.

— C'est aussi une hypothèse. S'il refroidit Durand avant qu'on puisse l'interroger, on perd tout espoir d'élucider cette affaire...

— Et de sauver Willem.

— Le temps joue contre nous.

Les deux partenaires se regardèrent, comprenant l'énorme poids de la décision qu'ils étaient sur le point de prendre. Autour d'eux, les murmures des conversations se mélangeaient au bourdonnement de la machine à café crachant son liquide brunâtre dans un pichet tenu par un gardien de la paix.

— Alors on y va, conclut Suzie. Je grimpe au bureau et j'appelle le juge.

— Tu penses que tu arriveras à le convaincre ?

— Avec tout ça, j'ai quand même quelques biscuits. Maintenant, on parle d'un professeur d'université, si on se plante, on va prendre cher.

— On ne se plante pas.

— OK, ça peut durer quelques heures avant de rassembler tout le monde. On a son adresse ? On sait où on va le serrer ?

— Je m'occupe des repérages. Aucune chance que je reste ici à poireauter de toute façon.

Elle le fixa avec un regard dans lequel Max sentit une pointe d'admiration, et peut-être autre chose dont il faudrait qu'ils discutent plus tard, lorsque ce cauchemar serait terminé. Et l'espace d'un instant, il se dit qu'il y avait un espoir de rendre la justice que ces assassins méritaient et de sauver Willem. Un espoir mince, mais c'était déjà ça.

50

À l'angle de la rue des Hallebardes et de la rue du Fossé-des-Tailleurs se dressait un édifice à la façade rouge sang, abritant les locaux du Crédit mutuel. Accolé contre celui-ci, un petit immeuble d'habitation avec quelques appartements, dont celui d'Henri Durand. Max avait suivi l'homme depuis sa sortie de la faculté de médecine jusqu'à cette adresse de l'hypercentre strasbourgeois. Assis sur un des bancs de la place, face à l'entrée de la banque, il avait attendu que Durand fasse ses courses au supermarché avant de rentrer chez lui. C'était un quartier touristique, à quelques pas de la cathédrale, pas vraiment l'endroit idéal pour une interpellation musclée.

Il était tout juste vingt heures quand Suzie lui confirma l'accord du juge et la mise en action de l'opération. À moins qu'il y ait un caractère d'urgence, elle aurait lieu au petit matin pour respecter le code – même si l'autorisation judiciaire leur permettait d'intervenir n'importe quand –, le préfet ayant insisté pour que toute la procédure soit carrée-carrée.

Max patientait donc en bas de l'immeuble, calé dans le fauteuil de sa voiture, le regard rivé sur l'unique porte d'entrée du bâtiment et le portail du parking.

Encore une nuit où il ne fermerait pas l'œil, mais c'était sans doute sa veillée la plus importante depuis le début de cette enquête. Autour de lui, la neige tombait en petits flocons, recouvrant lentement les pavés de cette rue bordée de boutiques, de vitrines sombres reflétant la lueur des réverbères. Quelques rares voitures étaient garées dans les parages, poudrées d'une fine couche blanche, comme si elles étaient sur place depuis longtemps. Au deuxième étage, la lumière d'un appartement s'alluma. Était-ce Durand ? Se doutait-il de quelque chose ? Un rideau bougea légèrement, mais la fenêtre resta vide de présence. Max serra les poings. Il se rappela pourquoi il était là, à monter la garde une fois de plus. Il vit le visage de Willem, celui des gamins de la forêt, autant de vies fauchées par la folie d'un homme, cet homme.

Son téléphone vibra soudain, et Max décrocha pour entendre la voix de Suzie.

— Ça va, Max, tu veux que je vienne te relayer ?

— Non… Je m'en occupe. Essaie de dormir un peu… On se retrouve dans quelques heures de toute façon.

— OK… J'voulais te dire… C'était sympa hier soir.

— Ouais… sympa. Faudrait qu'on remette ça, non ?

— Clairement. Allez… à demain. Et t'endors pas, hein.

Il rangea son téléphone en pensant à sa coéquipière et au début de relation qui semblait s'annoncer. Depuis son entrée dans la police, il n'avait jamais songé à sa vie privée. Pas assez de temps ou d'espace et surtout, qui pourrait accepter de partager le quotidien d'une personne comme lui ? Lorsqu'il n'était pas sur le terrain, ou au bureau, il gambergeait sur ses dossiers. Et ses nuits se résumaient à quoi ? Ressasser les visages des victimes ou se payer un petit séjour au fond d'une cale pour voir le corps pourrissant de sa mère dans une baignoire. Avec Suzie, c'était différent, elle était comme lui. Elle pouvait comprendre. Sauf que les couples de flics, ça ne marchait pas. Tout le monde savait ça.

Max soupira longuement et chassa ces idées en se concentrant sur la façade. Les lumières s'éteignirent une à une jusqu'à ce que l'immeuble se fonde dans l'obscurité de la rue. Vingt-trois heures. Deux jeunes gens franchirent le perron pour promener leur chien. La nuit était glaciale, bien au-dessous de zéro, et ils ne restèrent à l'extérieur qu'une dizaine de minutes. L'habitacle de sa voiture aussi commençait à sérieusement refroidir. Il avait été obligé de couper le moteur pour ne pas attirer l'attention et il enfila des gants et un bonnet pour éviter de finir congelé. Minuit. Plus aucun trafic ne perturbait la rue, mais il entendit une horloge sonner quelque part au loin. La neige continuait de tomber. Le gel s'insinuait à travers les joints des portes et des fenêtres. Max frissonna, ajustant le col de son manteau. À travers le pare-brise, la lumière des réverbères se transforma peu à peu en un halo flou.

Soudain, un léger grincement rompit le silence nocturne. C'était subtil et Max aurait pu le manquer s'il n'avait pas été focalisé sur son environnement. Le volet métallique du parking était en train de s'ouvrir tout doucement, presque discrètement. Un homme apparut dans l'embrasure. Il était de petite taille, portait une parka noire à capuche masquant son visage.

Il semblait prendre toutes les précautions pour faire le moins de bruit possible et une fois le volet relevé, il retourna à l'intérieur du parking. Une voiture en sortit bientôt, phares éteints, roulant à vitesse réduite. Max se pencha en avant, plissant les yeux pour mieux voir. Le véhicule s'arrêta un instant, le temps pour l'homme en capuche de refermer le panneau métallique derrière lui. Max détailla le modèle et la plaque d'immatriculation et la compara rapidement avec ses notes. C'était la voiture de Durand. L'adrénaline inonda son système. Son doigt flotta au-dessus du bouton de démarrage. Devait-il le suivre ? Et puis il se rappela la description du fugitif qui avait attaqué le fourgon de Müller. Petit, trapu, vêtu de noir, totalement entraîné, et il comprit ce qui était en train de se dérouler sous ses yeux. En une fraction de seconde, Max sortit de sa voiture et dégaina son arme.

— Police ! Bouge pas, reste où tu es et lève les mains au-dessus de la tête ! hurla-t-il en braquant la silhouette.

L'homme s'immobilisa et l'air sembla se figer autour de lui. Puis, avec une vitesse presque irréelle, il pivota sur lui-même et pointa le canon d'un pistolet en direction de Max. Plusieurs courtes détonations résonnèrent et Max, dans un réflexe de survie, se jeta dans la neige sur le côté de la portière. Il y eut un bruit de métal froissé lorsque les balles traversèrent l'acier et il sentit le contact du bitume lui abîmer l'arcade. Redressant son arme, il tira à son tour sans prendre le temps de viser. L'homme sembla tressaillir, se recroquevilla sur lui-même et fit un bond à l'intérieur de la voiture. Le moteur accéléra d'un coup et les pneus crissèrent sur la neige glacée. Max se leva aussi rapidement que possible et commença à courir sur les pavés gelés. Ses poumons se remplirent d'air froid, le brûlant de l'intérieur. La voiture prenait de l'avance, il n'avait plus le choix. Il visa et tira à plusieurs reprises. Le pare-brise arrière explosa et le véhicule fit une embardée sans réduire sa vitesse. Ignorant la douleur, il continua sa course, les yeux rivés sur les feux qui s'éloignaient peu à peu. Ses jambes fléchirent, son équilibre vacilla et il s'effondra dans la neige, les mains crispées autour de son arme. La voiture disparut à l'angle d'une rue. L'homme était parti, et avec lui leur dernière chance de résoudre cette enquête. Il se laissa submerger par la frustration et l'impuissance et hurla de toutes ses forces avant de reprendre ses esprits et de se diriger vers l'appartement de Durand.

51

Un cri résonna dans la nuit et arracha Pierre des brumes du sommeil. Il n'avait pas encore totalement récupéré du décalage horaire et son esprit confus mit quelques instants à prendre conscience qu'il était à peine deux heures du matin.

Un nouveau cri, cette fois de douleur, le fit se redresser instantanément. Ses pensées allèrent vers Miss Lane. Il ne savait pas exactement où se trouvait sa chambre, mais il imagina que quelqu'un avait pu déjouer l'alarme, s'introduire dans le manoir et s'en prendre à elle. Il quitta son lit le cœur tambourinant et le parquet ancien craqua sous son poids. Après avoir enfilé rapidement quelques vêtements, il sortit de sa chambre. Le long couloir de l'étage était plongé dans des ténèbres qu'un mince filet de lune entrant par la baie vitrée avait bien du mal à dissiper. Il atteignit l'escalier, sa main trouva la rampe et descendit les marches le plus doucement possible.

Au pied de l'escalier, Pierre s'arrêta un instant, tendant l'oreille pour saisir le moindre bruit pouvant lui indiquer la direction à prendre. Rien. Le silence était presque assourdissant, le manoir lui-même retenait son souffle. Il avança dans le hall, ses doigts effleurant le mur pour se guider dans la pénombre. Soudain, une porte claqua. *La cuisine ! Ça vient de la cuisine*, pensa-t-il instinctivement. Son pouls s'accéléra encore et il traversa la salle à manger où quelques braises terminaient de se consumer. Son ombre dansa dans la pièce comme celle d'un spectre. Lorsqu'il atteignit enfin l'entrée de la cuisine, Pierre posa la main sur la poignée et prit une profonde inspiration avant de tourner la clenche. La porte s'ouvrit dans un léger grincement et il fit quelques pas à l'intérieur. Le plan de travail en marbre était immaculé, et le sol en carrelage lui renvoya une sensation de froid intense. Il scruta chaque recoin, chaque ombre. La cuisine était déserte, mais il y régnait une tension presque palpable. Et puis, ses yeux s'arrêtèrent sur la porte de la cave. Elle était entrouverte et il en émanait une faible lumière. *C'est là !* Il posa le pied sur la première marche avec le sentiment de s'engager dans un piège et saisit un couteau dans un râtelier pour se donner un peu d'assurance. Une lueur crépusculaire montait du cabinet de curiosités et il retrouva l'immense cave voûtée où Miss Lane avait accumulé sa collection d'objets en cristal de roche.

Mais ce n'était pas ce qui attira son attention. Non, ce qui le frappa d'une stupeur comparable à un coup en pleine face était ce qui se trouvait le long d'un des murs : un homme, accroché à une gouttière, le visage et le corps marqués par des blessures sanglantes. Il s'approcha et ses yeux s'agrandirent en reconnaissant Henri Durand, la personne que Prométhée venait d'identifier comme étant leur potentiel suspect numéro un. Il semblait inconscient, peut-être même au bord de la mort. Les menottes qui le retenaient étaient serrées au point d'entamer sa peau et on lui avait entouré la bouche et les pieds d'adhésif. Sur la chair de sa poitrine, il aperçut la marque : un triangle noir avec un unique point dans l'angle supérieur. Pierre ressentit un mélange de répulsion et de compassion. D'instinct, il chercha son téléphone portable dans sa poche, mais il l'avait laissé dans la chambre. Un frisson lui parcourut l'échine. Il avait la sensation d'être observé. Il balaya la pièce du regard, son cœur prêt à exploser, le manche du couteau serré entre ses mains. Il se sentit subitement terriblement seul et isolé dans ce lieu perdu et oublié de tous. Quelque chose ou quelqu'un se trouvait dans l'obscurité avec lui, il en était certain.

C'est alors qu'il l'entendit : un murmure à peine audible, comme un souffle provenant des tréfonds de la cave et une odeur... de camomille.

— Sortez de l'ombre ! hurla-t-il en pointant son couteau.

Vikram Singh apparut. Il était vêtu d'une combinaison noire et son visage avait perdu toute douceur pour arborer une glaciale détermination. Il tenait dans une main un bouquet de camomille, dans l'autre un revolver. Il fit quelques pas et Pierre nota immédiatement sa démarche chancelante. Il était blessé.

— Qu'est-ce que ça veut dire ? C'est vous qui avez fait ça ? questionna-t-il en pointant Durand du doigt.

Le majordome ne répondit pas. Il avança encore d'un mètre, tel un prédateur prêt à bondir. Pierre sentit le danger et releva la lame de son arme.

— Vous allez faire quoi maintenant ? M'abattre ?

Comme pour lui donner raison, Singh le mit en joue, le doigt sur la détente. L'air de la pièce se figea.

Quelque chose dans le regard de cet homme venait de répondre à sa question. Une résolution aveugle et froide. Pierre vit l'arme se pointer vers sa tête. Dans une fraction de seconde il serait mort.

— Arrêtez… Singh !

La voix de Miss Lane gronda dans la cave. Le majordome obéit instantanément et baissa le canon du pistolet. Elle apparut en bas des marches, ses talons résonnant sur le sol en pierre.

— Il allait me tuer ! hurla Pierre. Et qu'est-ce que Durand fait ici ? Vous le torturez ?

— Il y a beaucoup de choses que vous ne comprenez pas, Pierre, répondit-elle sèchement.

— Eh bien expliquez-moi, qu'est-ce qui se passe réellement dans cette cave, dans ce manoir ?

— Suivez-moi, dit-elle en se retournant pour gravir les escaliers. Si nous devons discuter, quittons cet endroit lugubre.

52

Ils se trouvaient désormais dans le salon et Mary Hilton Lane déposa une bûche dans l'âtre avant de rejoindre Pierre sur le canapé. Il la suivit du regard, le corps tendu par la colère.

— Vous devez essayer de comprendre avant de me juger, dit-elle avec un sourire triste.

— Je vous comprends parfaitement. Cet homme a « peut-être » enlevé votre fils et vous voulez savoir où il a enterré son corps.

— Oui, c'est effectivement un de mes plus grands espoirs.

— Mais la nuance se trouve dans le « peut-être » ! Malgré nos recherches, malgré votre machine, il subsiste toujours un doute ! Un doute que vous n'avez pas le droit de nier.

— Vous savez comme moi qu'il n'y a plus aucun doute.

— Quand bien même ce serait lui, comment comptez-vous vous y prendre ? En le torturant ? C'est abject. Et vous me rendez complice de cet acte en me le cachant.

Miss Lane attrapa une petite boîte en argent posée sur une table basse et en sortit deux cigarettes. Elle en alluma une puis offrit la seconde à Pierre qui déclina. Elle exhala une bouffée de fumée avant que son regard ne se plonge à nouveau dans le sien.

— Vous avez raison et j'en suis désolée. J'aurais dû vous avertir… depuis le début.

— M'avertir de quoi ?

— Je traque cet homme depuis si longtemps… lui et les autres. Mais il n'a jamais été question de les livrer à la police. Jamais.

— Qu'est-ce que vous voulez dire exactement ?

— Que ces ordures ne méritent pas de vivre après tout ce qu'ils ont fait. Que la justice des hommes est souvent défaillante, vous le savez parfaitement.

— Mais cela ne vous donne pas le droit de vous ériger au-dessus. Vous comptez le tuer ?

— Il parlera, quel qu'en soit le prix. Je vous assure.

— Et ensuite…

Miss Lane écrasa sa cigarette dans un cendrier en cristal et se pencha légèrement en avant, pour souligner l'importance de ses prochaines paroles.

— Je demanderai à Vikram de l'étriper comme le porc qu'il est. Exactement comme nous l'avons déjà fait avec ses complices. Mais lui, on fera disparaître son corps.

La froideur qui émanait de son regard le terrifia et l'atmosphère de la pièce devint glaciale. Pierre sentit un frisson lui parcourir l'échine à mesure qu'il réalisait le sens de ces mots. Il lui fallut quelques instants avant qu'il ne retrouve la parole.

— Vous ne pouvez pas faire ça… Même si c'est un monstre, il a droit à un procès…

— Est-ce que vous pensez que mon fils a eu le droit à quoi que ce soit ? Il était en vacances avec ses amis, ils l'ont enlevé, ils l'ont amené dans cette ville infâme et ils l'ont torturé jusqu'à lui arracher le cœur. Et ils ont procédé de même avec des dizaines, peut-être des centaines d'enfants. Ce sont ces enfants massacrés qui me donnent tous les droits.

Il y eut un léger bruissement et Vikram Singh franchit le seuil du salon. Il apporta un effluve délicat de camomille contrastant de façon presque ironique avec la gravité de la conversation. Ses yeux d'un noir insondable rencontrèrent ceux de Miss Lane en un bref et silencieux échange. Elle hocha la tête de manière imperceptible et l'homme se retira aussi rapidement qu'il était apparu, laissant la porte se refermer derrière lui.

— Et si je ne suis pas d'accord ? Vous allez demander à votre majordome de me tuer ?

— Ne soyez pas ridicule, Pierre. Je ne suis pas comme eux. Vous êtes libre et vous le resterez. Si vous décidez de quitter le manoir, personne ne vous en empêchera. Votre aide a été précieuse et je ne l'oublierai pas... Vous avez senti la camomille ?

Il hocha la tête.

— C'est la manière dont Vikram pense nous protéger de ces monstres, expliqua Miss Lane, l'ombre d'une émotion indéfinissable passant furtivement sur son visage. Il est hindou et très pratiquant. Pour lui, ces hommes sont des démons et il utilise cette plante pour empêcher leurs âmes de se réincarner et de continuer à faire le mal. Vikram a vu de quoi ils sont capables et il est aussi convaincu que moi qu'il faut mettre un terme à leurs agissements.

— De la camomille ?

— Une espèce particulière. Il l'appelle « *Soma Nirvana* » et ses fleurs, si elles sont ingérées, auraient la capacité d'interrompre le cycle des réincarnations.

— Vous croyez à tout cela Miss Lane ? Vous pensez vraiment que l'homme que vous séquestrez dans votre cave est un démon ?

— Je crois que le monde se portera bien mieux lorsqu'il sera mort. Démon ou pas.

Un profond malaise tordit les entrailles de Pierre. En dépit de l'admiration et de la compassion qu'il avait pour cette femme, il ne pouvait s'empêcher de voir la folie dans laquelle baignait son raisonnement. Sa quête de vengeance aveugle l'avait menée au bord du gouffre et lui aussi se tenait là, prêt à y plonger avec elle. Miss Lane sembla percevoir ce changement subtil, ou peut-être le lut-elle dans ses yeux. Elle se redressa, abandonnant son fauteuil.

— Il est tard. Vous devez être aussi épuisé que moi. Je vous propose d'essayer de vous reposer un peu, vous prendrez votre décision demain matin.

Trop ébranlé pour argumenter, Pierre acquiesça silencieusement. Ses jambes le portèrent hors du salon, à travers les pièces lugubres du manoir. La fragrance persistante de camomille collait à ses vêtements comme une odeur de mort. Dans l'obscurité de sa chambre, il se laissa tomber sur le lit, son esprit perdu dans un tourbillon de pensées chaotiques. Il resta ainsi un long moment, les yeux fixés sur la constellation du

Phénix qui luisait à peine au-dessus de lui. Et soudain, tout devint clair. Son installation dans les Vosges, sa rencontre avec Miss Lane, Éloïse Vidal, sa présence ici, ce soir en particulier, et il sut exactement ce qu'il devait faire.

53

Trois heures déjà qu'ils fouillaient l'appartement d'Henri Durand et le scénario commençait à se préciser. Le rôdeur s'était introduit dans les lieux bien avant l'arrivée de leur suspect. Il y avait de légères traces d'effraction sur le barillet de la porte d'entrée, trop discrètes pour que Durand les remarque. L'intrus avait dû l'attendre planqué quelque part jusqu'à ce que la nuit soit complète et que la circulation diminue. À une heure du matin, il était passé à l'action. Une table de chevet retournée, un verre d'eau brisé sur le sol de la chambre. Il lui était tombé dessus dans son lit, peut-être avec l'aide d'un anesthésiant pour le maîtriser et lui faire perdre connaissance. Aucune trace de violence, rien d'autre qui puisse attester une quelconque résistance. Ensuite, il s'était dirigé vers le parking de l'immeuble par l'accès de la cage d'escalier et avait embarqué Durand dans le coffre de sa propre voiture.

Après sa course-poursuite désespérée, Max était d'abord retourné à l'endroit de la fusillade pour y récolter une poignée de neige imbibée de sang frais. Cet échantillon, unique trace concrète du ravisseur – avec les deux balles de 9 mm retirées du châssis de sa voiture – était leur seul espoir de retrouver son identité. Dans un contexte classique, une analyse ADN pouvait mettre jusqu'à une semaine pour arriver, mais les événements ayant tiré le préfet de police de son lit, il avait suffi de quelques coups de fil pour que tout le labo passe une nuit blanche. Et c'est là que les ennuis avaient commencé.

— Classé défense ? Comment ça, classé défense ?! s'exclama Max en écoutant Suzie lui débriefer le bref échange qu'elle venait d'avoir avec le juge.

— C'est ce qu'il vient de m'expliquer. L'ADN qu'on a récolté est lié à quelque chose de tellement sensible qu'ils ne veulent pas nous dire de qui il s'agit. Y a visiblement un imbroglio diplomatique. Un truc avec les États-Unis.

Max se frotta le front nerveusement. Il avait les traits tirés sous la lumière froide des néons. Autour d'eux, les gars du groupe s'agitaient, cherchant à localiser la voiture sur les caméras de surveillance du quartier. Suzie se leva et se dirigea vers la fenêtre. Elle écarta légèrement les stores pour observer la neige qui continuait de tomber sur la ville. À l'extérieur, le monde était suspendu dans une quiétude totale. Il était quatre heures du matin et les flocons jouant dans le vent semblaient adoucir les contours de la réalité. Tout était si calme et silencieux.

— C'est des conneries tout ça ! On parle d'un putain de tueur en série, y a la vie d'un gamin en jeu et ils ne veulent rien nous dire ?

— Je sais, Max, je sais. Mais ce type, qui que ce soit, a des connexions qui vont bien au-delà de ce qu'on peut imaginer.

— Alors qu'est-ce qu'on fait maintenant ? On attend les bras croisés qu'il pende Durand à un autre arbre du centre-ville ? dit-il en se laissant lourdement tomber dans son fauteuil.

— J'ai déjà expliqué tout ça au juge. Je suis certaine qu'il va faire pression, voir si on peut obtenir une dérogation exceptionnelle étant donné l'urgence de la situation. Mais on est obligé de passer par le tuyau officiel. On n'a pas le choix. Faut se faire une raison.

Max poussa un long soupir.

— J'espère que ça marchera. Parce que si ce type est protégé, qui sait de quoi il est capable et jusqu'où il ira.

Suzie hocha la tête lorsque son regard rencontra le sien.

— Oui, ça craint.

Elle quitta la fenêtre pour rejoindre un bureau où trois OPJ fixaient leurs écrans les yeux rougis, les traits tirés par la fatigue.

— On en est où avec les vidéos ?

L'un d'entre eux, un homme d'âge moyen aux cheveux poivre et sel qui appartenait à un autre groupe, lui répondit d'une voix rauque.

— On a recomposé son parcours en centre-ville. Il est remonté au nord et s'est engagé sur l'A4. Après ça, on le perd. Y a pas mal de cams qui ont grillé à cause du froid.

— Bien sûr qu'il va au nord, c'est là-bas que tout se passe depuis le début, commenta Max la mâchoire crispée.

— On a des gars à la frontière, et à l'heure qu'il est, toutes les brigades de gendarmerie sont alertées. Il ne nous filera pas entre les doigts.

— Le mec n'est pas un amateur. Il a déjà dû prévoir le coup en abandonnant la voiture quelque part et en disparaissant dans la nature.

Un instant de silence s'installa dans la pièce, aussi dense et épais qu'une nappe de brouillard. Max essaya de réprimer la vague de frustration et de colère qui montait en lui, menaçant de le submerger. Il n'avait pas le droit de flancher maintenant, pas tant qu'il subsistait un espoir. Pourtant le poids de toute cette violence le grignotait de l'intérieur comme une créature vorace le saignant goutte après goutte. Bientôt son cœur serait aussi sec que celui de ces pauvres gamins. Il se leva brusquement, attrapa sa veste. Il ne pouvait pas rester là, il devait agir, faire quelque chose pour laisser échapper toute cette tension. Peut-être se perdre dans les rues, marcher jusqu'à ne plus en pouvoir. Juste au moment où il allait sortir, le téléphone de Suzie sonna. Elle le saisit, regarda l'écran. Un mélange d'espoir et de crainte s'empara de Max alors qu'il attendait sur le pas de la porte. Lorsque, enfin, elle eut terminé sa conversation, elle se tourna vers lui.

— Max, tu ne vas pas le croire. Le juge a eu le ministre… C'est en train de monter tout en haut. On va avoir notre info…

54

Pierre attendait dans le noir, le regard rivé sur l'écran de son téléphone, tous les sens en éveil. Il n'avait pas fermé l'œil de la nuit depuis sa décision. Cinq heures du matin. Il se leva tout doucement et sortit de sa chambre le plus silencieusement possible. Il dévala l'escalier, traversa les couloirs sombres du manoir jusqu'à la porte de la cuisine. Là, il prit quelques instants pour écouter afin d'être certain que Vikram Singh ne montait pas la garde. Une fois rassuré, il pénétra à l'intérieur et récupéra un couteau. L'entrée de la cave ne possédait pas de verrou et il entama sa descente vers le cabinet de curiosités.

L'homme se tenait face contre le mur, les bras attachés en hauteur, le corps tendu. Il ne bougeait pas et Pierre commença à craindre qu'il n'ait pas survécu aux traitements infligés par le majordome. Il s'approcha, le couteau serré entre ses doigts moites. À chaque pas, il s'attendait à voir surgir Vikram de l'ombre, comme Cerbère gardant la porte des enfers, prêt à dévorer sa proie. Il sentit l'angoisse lui engourdir les membres, ses oreilles bourdonnèrent, mais il lutta pour reprendre ses moyens. Il arriva à la hauteur de l'homme et l'observa attentivement avant de placer une main devant son nez. Un souffle ténu, à peine perceptible s'échappa. Soulagement. La lame du couteau glissa entre les couches d'adhésifs, déchirant les fibres pour libérer ses pieds.

Mais le plus compliqué restait à faire. L'homme était accroché à la fixation d'une gouttière par de solides paires de menottes. Aucune chance de les crocheter. Pierre examina la structure métallique qui retenait le tuyau puis inséra la lame dans l'interstice d'une vis. Ses mains tremblèrent légèrement. Il força en se tordant le poignet et le métal grinça. Une, deux, trois vis cédèrent et la gouttière s'affaissa avec un bruit sourd. Pierre retint son souffle, guettant le moindre son en provenance de l'étage. Rien. Avec des doigts fébriles, il fit glisser les menottes le long de la barre de fixation jusqu'à les libérer. Le corps de l'homme tomba lourdement sur le sol. Pierre l'entendit grogner. On lui avait couvert les yeux et la bouche si bien que ses mots étaient indistincts. Pierre se pencha vers son oreille.

— Je vais retirer le Scotch de votre visage. Ne parlez pas, ne faites aucun bruit, c'est votre vie qui est en jeu…

Et il tira d'un coup sec sur le morceau qui retenait les paupières de l'homme. En un instant, deux yeux bleu pâle s'ouvrirent, semblables à des gemmes. Ils étaient brillants, presque iridescents dans la pénombre. Leurs regards s'accrochèrent et Pierre sentit un frémissement dans le creux de son estomac. L'horreur grimpa le long de sa colonne vertébrale comme une araignée. C'était bien lui, le tueur qu'ils avaient tant cherché. Le doute s'immisça dans les parois de son esprit, mais il le repoussa. Plus le temps. Pas ici. Pas maintenant.

— Ne dites rien, ne faites aucun bruit, répéta-t-il en retirant le dernier morceau qui obstruait la bouche de l'homme.

Ses lèvres s'écartèrent, mais aucun son n'en sortit. Seul son regard intense semblait fouiller en lui.

— Suivez-moi si vous voulez vivre, murmura-t-il, ses yeux toujours rivés dans les iris glacés de l'homme.

Pierre l'aida à se redresser et ils entamèrent lentement la montée des escaliers appuyant ses mains sur le mur froid de la cave pour stabiliser son fardeau dont l'équilibre était précaire après des heures de supplices. Il pensa à son plan : quitter le manoir, reprendre sa voiture et se diriger vers le poste de gendarmerie le plus proche pour livrer Henri Durand à la justice en donnant toutes les informations qu'il possédait à son sujet. Il avait longuement hésité à appeler l'adjudant Lutz, mais il ne désirait pas voir débarquer le GIGN et risquer une effusion de sang. Malgré sa vengeance aveugle, Mary Lane ne méritait pas ça. Au moins, avec ce plan, elle avait une chance. Il perçut la respiration de l'homme contre lui et le poussa en avant, gardant la lame du couteau pointée de façon à pouvoir se défendre s'il tentait quoi que ce soit.

— Nous allons traverser le manoir... Ne faites aucun bruit.

— Pourquoi faites-vous ça ?

Les yeux bleu pâle le fixèrent et Pierre sentit ses forces l'abandonner, comme si ce regard avait la faculté d'absorber toute son énergie.

— Avancez ! dit-il en agitant son arme.

L'homme s'exécuta. Ils franchirent le couloir de l'entrée, le parquet craquant sous leurs pieds malgré leurs efforts pour rester silencieux. Un battement sourd s'intensifia dans les tempes de Pierre à mesure qu'ils approchaient de la sortie. Il ouvrit la serrure et fit plier la poignée pour rejoindre l'extérieur. Mais la porte refusa de bouger. Il força de toutes ses forces sans plus de succès.

— J'ai verrouillé tout le manoir.

La silhouette longiligne de Miss Lane se dessina derrière eux. Elle tenait un pistolet, le canon pointé dans leur direction. Son regard était dur, presque méconnaissable. L'arme entre ses mains ne tremblait pas.

— Vous me décevez, Pierre. Je n'aurais jamais pensé que vous alliez me trahir de cette manière.

— Vous ne comprenez pas, j'essaie de vous sauver.

— Oui, vous essayez de me sauver. Comme vous l'avez fait pour Éloïse Vidal. Et une fois de plus, vous vous trompez. Je ne suis pas la femme que vous pensez. Ce monstre m'a obligée à devenir quelqu'un d'autre. Une personne qui n'hésitera pas à vous tuer si vous passez le pas de cette porte.

Pierre sentit un frisson glacial lui parcourir l'échine. Il savait qu'elle disait la vérité. Devant lui, l'homme aux yeux bleu pâle semblait se fondre dans les ombres, comme un fantôme.

— Je suis désolé, mais il faudra me tuer, répondit-il en lui faisant face. Je refuse d'être complice de cette mise à mort.

Miss Lane leva le canon de son arme et le pointa vers le visage de Pierre avec un sourire triste.
— Comme vous voudrez…
Et c'est à ce moment précis que l'homme bondit sur elle.

55

Vikram Singh, né en 1972 à Chandigarh, Inde. Fils d'un officier de l'armée indienne et d'une infirmière. Il grandit dans un milieu discipliné et patriote. Après avoir terminé ses études secondaires, il rejoint l'armée indienne en 1990, suivant les traces de son père. Il excelle dans sa formation et sert dans plusieurs unités, y compris le régiment de para-commando, unité d'élite des forces spéciales indiennes. En 1998, lors d'une opération conjointe avec les forces américaines, il se distingue par son courage et son expertise. Remarqué par des recruteurs de la CIA, il reçoit une proposition qu'il ne peut refuser. Après avoir obtenu la citoyenneté américaine via un processus accéléré, il intègre en 2000 le Special Activities Center (SAC) de la CIA, où il reçoit une formation poussée en matière de renseignement et d'opérations clandestines. Au cours des années suivantes, Vikram est déployé dans diverses zones chaudes autour du monde. Il est notamment envoyé en Afghanistan après les événements du 11 septembre 2001, puis en Irak en 2003. Sa réputation grandit au sein de l'agence et il est bientôt impliqué dans des missions d'une extrême sensibilité, souvent aux côtés des Navy Seals ou d'autres unités spéciales américaines. En 2010, il fait le choix de quitter la CIA pour rejoindre le secteur privé, une décision motivée autant par des raisons personnelles que professionnelles. Il est recruté par une société de sécurité privée de premier plan, où il supervise des opérations de protection de personnalités. En 2015, il rentre au service exclusif de Mary Hilton Lane, en charge de sa sécurité. Vikram Singh est un individu extrêmement compétent, avec une grande capacité à gérer des situations stressantes et complexes. Cependant, son manque d'attachement émotionnel et son passif militaire pourraient potentiellement avoir des effets néfastes sur sa stabilité psychologique à long terme.

Max soupira longuement en détournant les yeux de la note confidentielle que le ministère de l'Intérieur leur avait finalement fait parvenir avec l'accord de l'ambassade américaine. Pas étonnant qu'ils aient eu autant de difficultés à obtenir l'identité de l'homme qui avait enlevé Durand, les trois quarts de sa vie étaient classés « secret-défense ». Max se trouvait à l'intérieur du fourgon d'intervention du PSIG, en route pour la résidence de cette Mary Hilton Lane, perdue au milieu de la forêt à la limite de la frontière. Suzie, assise à côté de lui, terminait de harnacher son gilet balistique. Elle croisa son regard et il y aperçut de l'inquiétude. Elle aussi avait lu la note, elle comprenait les risques. Cet homme était dangereux, une machine à tuer, et il se savait traqué.

— Tu crois qu'il sera là-bas ? demanda-t-elle avec une voix éteinte.

— Aucune idée... Mais je ne vois pas où il pourrait aller. Par contre, si ça se trouve, il a déjà passé la frontière. Il n'y aura personne pour le contrôler en plein milieu de cette réserve.

À cet instant, son téléphone portable vibra.

— Ici Lutz, je suis à l'entrée de l'Écoparc. Vous en avez pour combien de temps ?

— Pas plus d'une dizaine de minutes d'après moi, répondit Max en rangeant la note dans sa poche.

— Parfait... J'ai repéré la route qui mène à cette baraque. C'est un chemin de terre, et il est déjà sous vingt centimètres de neige. Je vous attends.

Six membres de l'équipe d'intervention du PSIG étaient alignés sur les bancs le long des parois du fourgon, leurs visages se détachant faiblement dans la lueur des diodes fixées au plafond. Chacun dans sa bulle de concentration, ils vérifiaient leurs équipements avec minutie, le silence uniquement rompu par le bruit sourd et continu du moteur et le frottement occasionnel du kevlar contre le métal.

Enfin, le véhicule ralentit. Max se leva, ouvrit une porte latérale. Une rafale de neige s'engouffra à l'intérieur, envahissant l'espace clos d'un froid mordant et il constata que la tempête s'était intensifiée. À une dizaine de mètres, l'adjudant Lutz se tenait calfeutré dans sa parka réglementaire et faisait des signes avec les bras. Le commandant du peloton – un homme de grande taille aux cheveux grisonnants coupés à ras – se dirigea vers lui et Max entreprit de les rejoindre. Le jour ne s'était pas encore levé et ils étaient uniquement éclairés par les phares du fourgon qui projetaient des ombres mouvantes sur le paysage immaculé.

Ses bottes s'enfoncèrent dans la neige épaisse avec un son étouffé, et il sentit un air glacé, presque piquant, s'insinuer sous ses vêtements. Lutz le salua, balayant de la main les flocons amassés sur sa capuche et découvrit son visage aux joues rosies par le froid.

— Le manoir est dans une clairière à environ trois kilomètres d'ici, mais le chemin est étroit et slalome entre les arbres. Et surtout, il est recouvert d'une sacrée poudreuse.

Le capitaine Dubois observa la carte que Lutz lui tendait, sur laquelle le gendarme avait localisé leur destination avec un cercle tracé au marqueur rouge.

— On va perdre trop de temps à s'enfoncer dans la forêt avec le fourgon. Autant y aller directement à pied.

Max acquiesça, son souffle visible dans l'air glacé. Les hommes du PSIG commencèrent à descendre et à se regrouper en file indienne, leurs lampes frontales dessinant des traînées dans la nuit enneigée.

— Cet homme que nous recherchons, vous croyez que c'est la bête qui a massacré ces pauvres gamins ? questionna Lutz qui était resté auprès de Max.

— Non… Lui, c'est le chasseur.

56

Vikram était allongé dans une épaisse couche de neige à l'opposé du chemin conduisant au manoir. Après l'alerte des caméras à infrarouge qu'il avait installées dans la forêt, il avait préparé son arsenal, enfilé son *ghillie suit snow* – cette tenue de camouflage qui lui avait sauvé la vie tant de fois lors de ses opérations spéciales en Afghanistan – et vérifié l'état de son fusil IDF Barak dont la lunette lui permettrait d'atteindre sa cible jusqu'à deux kilomètres. Il avait ensuite quitté le manoir pour traverser la clairière et trouver une zone suffisamment en surplomb. Couché le ventre dans la neige, sa capuche relevée, il était parfaitement invisible et prêt à toute éventualité.

Les fenêtres du manoir étaient éteintes, la forêt silencieuse et dans cet instant de calme, ses pensées s'évadèrent, malgré lui, vers les événements qui avaient façonné son parcours depuis son entrée au service de Miss Lane. La première année d'insouciance à San Francisco, entre galas de charité, conférences académiques, ateliers et séminaires où il avait suivi sa patronne et assuré sa sécurité puis leur déménagement à Los Angeles pour la levée de fonds de sa société. C'est avec la disparition de Luke que tout avait commencé. La police s'enlisait dans une enquête trop complexe pour ses pauvres moyens et il avait vu Miss Lane sombrer dans la dépression. Son comportement d'humeur égale s'était peu à peu modifié en une forme de colère froide dont peu de gens étaient témoins.

Vikram, lui, partageait son quotidien. Elle s'enfermait des jours entiers dans la salle de son ordinateur. Il savait les séances interminables de footing qu'elle s'infligeait pour mener son corps jusqu'à l'épuisement. Au fil du temps, sa boss s'était transformée en une boule de haine contre le tueur invisible qui lui avait pris son fils. Il avait essayé de lui parler, mais personne ne pouvait éteindre le feu intérieur qui la consumait. Et puis Prométhée avait sorti le nom d'un homme, suivi d'un autre, et la traque avait commencé. De simple protecteur il était devenu un limier. Vikram avait compris contre quoi ils luttaient. Lui qui, depuis sa naissance, n'avait voulu servir que pour le bien se retrouvait directement face au « mal » à l'état pur. Il avait pourtant connu la violence abjecte dont l'être humain était capable durant ses années de combat, et il y avait participé lui-même. Mais là, il s'agissait d'autre chose.

Une bourrasque fit bouger les branches d'un sapin et une poignée de neige fraîche tomba non loin de lui. Il frissonna, pas à cause du froid, mais parce qu'une certitude insidieuse gangrenait son esprit. Ces monstres qu'il avait traqués et éliminés de continent en continent. Il s'agissait de vrais démons, de créatures maléfiques capables de se réincarner pour perpétuer leurs rituels ignobles à travers les âges et les existences. Une pensée qu'il aurait écartée il y a encore quelques années, mais qui trouvait une place toujours plus grande dans son âme. C'est pour cette raison qu'il avait décidé d'utiliser le « *Soma Nirvana* », ce vieux remède qu'un Pujaris lui avait enseigné dans le temple hindou qu'il fréquentait à Los Angeles. Son rôle de simple garde du corps s'était transformé. Il était désormais engagé dans une quête contre des forces qui le dépassaient. Peut-être que, finalement, toutes ces années d'entraînement et de combat l'avaient mené à cette mission pour le bien de l'humanité entière.

Son oreillette émit une brève vibration, signal sonore provenant de son dispositif de surveillance. Les caméras avaient détecté un mouvement. Il recentra son attention sur la lunette du fusil, ses doigts légèrement crispés sur la crosse. Son souffle devint plus régulier, son pouls ralentit. Des silhouettes noires commencèrent à sortir du bois, il en compta une dizaine. Leurs déplacements semblaient méthodiques et coordonnés, sans doute des professionnels, une escouade d'intervention de la police. Il avait pourtant fait en sorte d'effacer ses traces, mais les événements s'étaient tellement précipités depuis leur installation en France qu'il ne s'étonna pas de leur présence. Cette mission touchait de toute façon à sa fin, il le sentait.

Le réticule de sa lunette se posa sur l'une des formes et il ajusta les réglages pour la détailler. C'était un type de grande taille qui se tenait en tête de colonne. Il portait une cagoule, un gilet balistique et rampait dans l'obscurité à couvert des fenêtres du manoir. Le fusil de précision calibré en .338 Magnum de Vikram était capable de traverser le béton et ne lui laisserait aucune chance. Il n'avait pas envie d'abattre ces pauvres flics, mais sa quête ne souffrait aucun état d'âme. Chaque seconde d'hésitation rendait ce choix plus lourd, cet acte plus irréversible. Il fit le vide dans son esprit, baissant son rythme cardiaque au maximum pour être certain de ne pas manquer sa cible et posa son doigt sur la détente en libérant le cran de sûreté du fusil. Le canon s'inclina légèrement allant de silhouette en silhouette jusqu'à se fixer sur l'une d'elles. Et il fit feu.

57

En une fraction de seconde, l'homme aux yeux bleu pâle bondit sur Miss Lane pour saisir le poignet qui tenait l'arme. Par réflexe, elle recula pour échapper à sa manœuvre, mais il fut bien plus rapide et réussit à attraper un de ses bras. Prise dans un étau, elle essaya de le frapper d'un coup de genou sans aucun résultat. Durand lui arracha violemment le pistolet des mains et le braqua sur son visage. Malgré la peur, Miss Lane ne vacilla pas et lui fit face, les yeux brillants d'une détermination farouche.

— Tuez-moi ! Autant en finir maintenant…

Pierre esquissa un mouvement pour se rapprocher, mais l'homme changea de cible pour pointer le canon dans sa direction si bien qu'il s'immobilisa, le souffle court.

— Et pourquoi pas me débarrasser de vous deux ?

— Parce que vous ne quitterez jamais cet endroit vivant, répondit Pierre en essayant de garder le peu de sang-froid qu'il lui restait. Vikram se chargera de vous descendre, dès que vous poserez un pied à l'extérieur. Vous n'avez aucune chance.

C'était du bluff, peut-être le plus important de sa vie, et il sentit sa gorge se resserrer à chacun de ses mots.

L'homme aux yeux bleu pâle sembla hésiter et leur fit signe de se regrouper dans un coin du couloir.

— Vous voulez savoir où est votre fils ? lança-t-il à l'attention de Miss Lane. Je me souviens parfaitement de Luke. C'était un garçon athlétique. Il faisait de la natation, non ? Oui c'est cela... Au *Griffin Club* de Santa Monica, c'est là que j'ai commencé à m'intéresser à lui.

Le visage de Miss Lane se transforma en un masque de colère. Pierre vit les muscles de son cou se raidir, comme un animal prêt à bondir. Si elle le faisait, elle était morte.

— L'enlèvement a été une simple formalité. Il campait avec ses amis, c'est lui qui s'occupait des courses. Une camionnette sur le parking d'un Safeway, personne ne s'en méfie. Je lui ai demandé de l'aide pour charger le coffre, il est venu sans rechigner. Vous l'avez bien élevé, votre fils. Il n'a même pas senti l'aiguille que je lui ai enfoncée dans le cou. Pour la suite, je ne vais pas vous mentir... Je pense qu'il a souffert, cela fait partie du processus. Voyez-vous, les étapes du rite sont assez strictes. Il me semble qu'à un moment il a failli nous fausser compagnie. Ça arrive parfois lorsque je me trompe dans les doses d'anesthésiant. Mais un de mes frères s'est chargé de le ramener dans son nid douillet. Après il a été une excellente offrande, je pense même que je me suis un peu acharné sur la fin. Mais j'en garde un goût exquis...

Miss Lane était figée dans un rictus d'effroi. Son corps semblait entièrement contracté et des larmes coulaient sur son visage, entraînant son maquillage.

Chaque mot de cet homme lacérait son âme et Pierre sentit un froid glacial les étreindre.

— Votre associé, ce Vikram… Il n'a pas arrêté de me demander où se trouvait son corps. Eh bien, je pense que je vais vous le dire. Après tout, nous sommes très proches, tous les deux. Luke n'existe tout simplement plus. Après avoir profané votre fils, nous l'avons fait brûler dans le four d'une aciérie et j'ai moi-même dispersé ses cendres dans le désert. Voilà la réponse à la question qui vous obsède tant. Décevant, non ?

Le cœur prêt à exploser, Pierre croisa le regard éteint de Miss Lane. Comme si tout espoir s'était dissipé en elle. À ce moment une détonation sourde résonna à l'extérieur du manoir. L'homme tourna la tête, étonné par ce coup de feu solitaire. D'autres suivirent en rafales… une fusillade. Mais Pierre n'entendait pas, il était concentré sur l'arme, préparé à bondir. Cette diversion inattendue serait peut-être sa seule chance de sauver sa vie et celle de Miss Lane. Il se lança en avant de toutes ses forces et pour la première fois depuis des années, son corps trop lourd lui parut aussi léger qu'une plume. Les trois mètres qui le séparaient de sa cible devinrent deux, puis un, et l'homme posa ses yeux incandescents sur lui, pressa la détente et réduisit tous ses espoirs à néant.

58

La détonation déchira le silence glacé qui étreignait le manoir. L'adjudant Lutz se tenait à la fin de la colonne d'intervention, le buste penché vers l'avant pour se rendre le plus discret possible. La balle transperça sa gorge et continua son chemin pour disparaître dans la poudreuse. Lutz s'effondra dans une mare de sang formant une corolle sombre sur la blancheur immaculée. Les hommes du PSIG se jetèrent instantanément au sol. Max, qui progressait devant le gendarme, accourut pour l'aider, mais comprit qu'il était trop tard.

C'est alors qu'une nouvelle détonation retentit, cette fois de l'intérieur du manoir. La section semblait prise dans des feux croisés. Elle se divisa en deux groupes, chacun portant un bouclier. Un tir bien plus puissant en provenance de la forêt traversa les trois centimètres de Kevlar du bouclier et trancha en deux l'homme qui le tenait. Max sentit la panique le gagner. Quel genre d'arme pouvait faire des dégâts pareils ? Les gendarmes ripostèrent avec leurs fusils d'assaut et la plaine se transforma en champ de bataille. Un autre gars du PSIG s'effondra, son gilet balistique perforé. Le chef de section donna l'ordre de la retraite vers l'orée du bois.

Max essaya de se calmer et chercha Suzie. Elle se tenait à quelques mètres de lui, le corps enfoncé dans la neige. Il se dirigea vers elle alors que les balles fusaient en direction du tireur. Le regard apeuré, elle rampa vers lui. À l'arrière des hommes du PSIG, ils n'avaient qu'une dizaine de mètres à faire pour rejoindre la forêt, mais tant qu'ils restaient dans la ligne de mire du sniper, chaque seconde pouvait être la dernière. Les battements du cœur de Max résonnaient dans ses tempes, il pensa à l'adjudant Lutz, cet homme jovial et sympathique, ce gendarme dévoué au bord de la retraite qui ne verrait pas grandir ses petits-enfants. Il inspira profondément pour retrouver ses esprits et se lança en avant, plongeant ses bottes dans la neige pour progresser aussi rapidement que possible. À nouveau, le son d'un tir retentit derrière lui, puis plusieurs autres ripostèrent et il entendit des hurlements de douleur. Ils y étaient presque, à peine vingt pas et ils seraient à l'abri des arbres. Une balle passa à quelques centimètres de sa tête et se logea dans un tronc qui vola en éclats. Max se jeta à couvert, le souffle court. Suzie l'avait suivi pour se réfugier au pied d'un immense sapin, son arme serrée contre sa poitrine.

Dans la plaine, le massacre continuait. Max compta deux, puis trois, puis quatre hommes à terre. À nouveau une détonation sourde retentit et il eut soudain l'impression d'avoir aperçu une étincelle sur une colline au nord du manoir.

— Tu as vu ça ? hurla-t-il à Suzie, les yeux fixés dans la direction de la lumière.

— J'ai rien vu du tout, c'est une boucherie, Max, faut qu'on appelle des renforts.

— Le sniper, il est là-bas, en face...

— On n'est pas équipés. On ne peut rien faire.

— On ne peut pas laisser ce type s'échapper... Je vais essayer de me rapprocher.

— C'est trop dangereux ! On se replie et on attend la cavalerie.

— Reste là, je crois que je sais où il se planque...

— Max, non, tu...

Mais avant que Suzie ait terminé sa phrase, Max s'élança, se déplaçant furtivement entre les troncs. Les détonations continuèrent de résonner alors qu'il contournait la plaine. Le froid traversait le tissu de ses vêtements et l'air glacial lui lacérait les poumons, mais il n'avait pas le temps de s'en soucier. Bientôt, les premières lueurs du matin perceraient la cime des arbres et il serait une cible facile.

Lorsqu'il atteignit la moitié de son périple, l'odeur terreuse du sol mêlée à celle, plus âpre, de la résine devint plus forte. Il jeta un regard en arrière. Les hommes du PSIG s'étaient regroupés à l'orée de la forêt, leurs boucliers levés. Les tirs cessèrent, mais l'air vibrait toujours d'une tension électrique. Des pas, un souffle. Max s'arrêta net, se fondant dans l'ombre d'un pin. Il écouta. Rien, si ce n'est le vent qui faisait murmurer les troncs autour de lui. Il reprit sa course, les doigts crispés sur son arme. Il était arrivé à destination. La plaine s'étendait en contrebas et le manoir se découpait dans un ciel sombre. Ses yeux scrutèrent le terrain, cherchant le moindre mouvement, la plus petite anomalie.

Et puis il le vit. Un homme couché dans la neige, à peine discernable dans sa combinaison de camouflage.

Il l'avait trouvé. Max sentit son cœur s'emballer. Il s'agenouilla, un doigt posé sur la détente de son arme. Il se rappela le visage de Lutz, l'odeur métallique du sang et la terreur dans le regard de Suzie. Il pointa le canon vers sa cible et avança lentement. Chaque mètre gagné lui assurait une meilleure chance de toucher. Max n'était pas particulièrement un bon tireur, mais il était décidé à en finir, quel qu'en soit le prix.

Dans un mouvement presque imperceptible, le sniper pivota sur lui-même, comme s'il avait senti sa présence. Leurs yeux se rencontrèrent un instant à travers la vaste étendue de neige. Et Max vida son chargeur. L'homme se crispa sur la crosse de son fusil avant de rouler sur le côté. Lorsqu'il arriva à son niveau, Max comprit que deux balles l'avaient atteint à la tête. Vikram Singh, le tueur des services secrets américains, était mort, mais il avait vendu chèrement sa peau.

Sur un appel de Max, Suzie et les gendarmes du PSIG émergèrent de leur cachette, courant vers les blessés. C'est alors que la porte du manoir s'ouvrit et que deux silhouettes apparurent sur le perron. Malgré les flocons qui tourbillonnaient dans la lumière rosâtre du matin, Max reconnut immédiatement Henri Durand. Il tenait un pistolet dont il pointait le canon sur la tempe d'une femme.

59

Les rescapés se regroupèrent rapidement autour de l'entrée du manoir. Henri Durand tenait Mary Hilton Lane en otage et exigeait qu'on lui fournisse un véhicule et qu'on lève les barrages pour le laisser s'échapper. Le négociateur du PSIG essaya de le faire revenir à la raison, mais conclut qu'il n'y avait aucune autre solution que d'intervenir ou d'accepter ses revendications. Et il allait falloir se décider vite. Max et Suzie patientaient un peu à l'écart avec le commandant du peloton qui observait les corps de ses hommes étendus dans la neige.

— On ne peut pas attendre, j'ai deux blessés à évacuer en plus des morts…

— Est-ce qu'une intervention est envisageable ? questionna Suzie d'une voix éteinte.

— Mon meilleur tireur est à terre et, de toute façon, cet homme a l'air de vouloir aller jusqu'au bout. Si on intervient, les risques sont importants pour l'otage, je ne vous le cache pas. Surtout après ce que ne venons de vivre.

— Alors on lui donne ce qu'il désire, conclut-elle en se retournant vers Max. On n'a pas le choix. On ne va pas risquer d'autres vies.

— Si on lui fournit cette voiture, il va foncer tout droit vers la frontière. Et rien ne nous dit qu'il ne se débarrassera pas de son otage après, objecta Max.

— La police fédérale a déjà son signalement. Ils le choperont quoi qu'il arrive.

Le visage de Max se durcit.

— Et s'il disparaissait dans la nature ? T'as pensé à toutes les victimes que ce mec a massacrées ? Et Willem ? On ne peut pas le laisser s'échapper.

— Qu'est-ce que tu veux que je fasse, Max ? Que je donne l'ordre de tirer ? Qu'on risque la vie de cette femme ? Non ! Il n'y aura plus d'autres morts aujourd'hui. On lui donne ce qu'il veut et on gère après. Toutes les routes sont bloquées, il n'ira nulle part sans qu'on le sache.

Max lâcha un râle de frustration.

— OK, mais laisse-moi tenter un dernier truc.

— Qu'est-ce que tu veux faire ?

— Juste lui parler.

— Tu crois quoi, que tu vas faire mieux que le négo ?

— J'ai lu le livre, j'ai suivi sa trace depuis le début, j'ai pigé comment il fonctionne. Je sais quoi lui dire…

Suzie hésita. Elle sentait la colère que son coéquipier tentait de réprimer. Mais elle savait également à quel point c'était un bon flic.

— OK… Mais si ça ne marche pas, tu me laisses gérer ça.

— D'accord.

Max retourna vers l'entrée du manoir où Durand s'était replié, à l'abri de la porte principale. Il gravit quelques marches et se tint dans l'encadrement, les mains levées.

— Je suis le commandant Keller... J'aimerais vous parler quelques minutes.

La porte s'ouvrit lentement et il vit apparaître la silhouette de cette femme qu'il ne connaissait pas. Elle était grande, mince, son visage d'une extrême pâleur exprimait une tristesse infinie. On lui avait passé un bâillon sur la bouche. La voix de Durand lui parvint depuis l'intérieur où il se cachait, son bouclier humain devant lui.

— Qu'est-ce que vous voulez ? Donnez-moi cette voiture, c'est tout ce que je demande.

— Je sais qui vous êtes et ce que vous avez fait. Je sais pour les meurtres, les triangles noirs et les rituels.

— Vous ne savez rien. Vous êtes un ignorant.

— J'ai lu votre livre, celui en peau humaine. Je l'ai lu avec attention.

Il y eut un long silence et Max sut que cette dernière phrase avait fait son effet.

— Les démons, le Maître que vous attendez... et les meurtres rituels... J'ai lu tout ça...

— Et ? questionna l'homme d'une voix glacial.

— J'aimerais en savoir plus, beaucoup plus, sur vous et votre mission... J'aimerais comprendre.

— Comprendre ? Vos yeux sont hermétiques à ce genre de mystères. Vous êtes un veau, commandant Keller. Rejoignez votre troupeau et amenez-moi cette voiture.

— Non, je pense que vous pourriez m'apprendre. Vous pourriez m'ouvrir les yeux. Tout ce que je vous demande, c'est de m'emmener à la place de cette femme.

— Vous me prenez pour un imbécile ? Ce que vous voulez, c'est me voir au fond d'une de vos geôles.

— Bien sûr, j'aimerais vous voir payer pour vos crimes… mais ce livre… Il renferme des secrets dont vous seul avez la clé. Et je veux les élucider pour comprendre ce qui a pu vous amener à un tel massacre.

Max jouait la carte de la mégalomanie. Il était persuadé que cet homme, comme ses complices, devait croire au tissu de mensonges censé justifier ses actes. En stimulant son ego, en le plaçant une nouvelle fois dans le rôle du dominant, il était possible de le faire accepter.

— Je suis sérieux, reprit-il d'une voix calme. Ce que vous avez découvert… ça va au-delà de ce que mes collègues peuvent comprendre. Si vous rejetez mon offre, ils vont donner l'assaut et vos connaissances disparaîtront avec vous.

Max sentit une once d'hésitation, il avait piqué son intérêt. Un long silence s'installa, puis l'homme prit la parole.

— Très bien, commandant Keller. Vous serez mon dernier chef-d'œuvre. Déposez votre arme, et venez me rejoindre à l'intérieur…

60

Max ajusta ses mains sur le volant de la voiture banalisée, ses doigts serrant légèrement le cuir. À sa droite, Henri Durand pointait son arme dans sa direction. Ils avaient quitté le manoir une dizaine de minutes plus tôt et roulaient désormais sur une départementale qui serpentait en pleine forêt. À cette heure matinale, la lumière donnait aux arbres des nuances bleu-gris renforçant encore la sensation d'isolement de ce coin reculé du massif.

— Vous êtes bien silencieux, commandant Keller, pour un homme si avide de connaissances, lança Durand sur un ton presque moqueur.

— Je pense à ce signe... ce triangle noir. À quoi est-ce qu'il correspond ?

Durand le jaugea du regard, l'intérêt visible dans ses yeux pâles.

— Je pourrais vous le dire, mais cela nécessiterait une ouverture d'esprit que vous n'avez pas.

— Essayez toujours, rétorqua Max.

L'homme sourit comme s'il s'était attendu à cette réponse.

— Très bien... Imaginez un monde au-delà du vôtre, situé sur un plan d'existence qui dépasse toute compréhension. Ce que mes frères et moi faisons sert un but plus grand que vous ne pouvez l'envisager. Un but qui transcende la vie et la mort...

— Et vous êtes l'élu qui peut accéder à ce plan d'existence ?

Durand éclata de rire.

— L'élu ? Non, je suis bien plus que cela. Je suis le messager, le porteur de la clé qui ouvrira les portes. Et cette clé est un triangle noir inscrit dans la chair de l'homme.

Max sentit une étrange sensation le parcourir. Cet homme était fou et ce moment d'intimité qu'ils partageaient lui donnait la nausée. Mais il fallait qu'il tienne, qu'il le fasse parler le plus longtemps possible le temps que Suzie organise la traque.

— Voyez-vous, commandant, ouvrir ce genre de porte nécessite de grands sacrifices. Nous ne parlons pas simplement de vies humaines, mais également de souffrances. Le triangle noir est avide de souffrance, c'est dans cette énergie qu'il puise sa force.

— Vous parlez d'ouvrir les portes... les portes de quoi ?

Durand marqua une pause, comme s'il pesait le pour et le contre de partager davantage de ses infâmes secrets. Finalement, il soupira, un sourire étrange étirant ses lèvres.

— Les portes du Grand Abîme. Un monde où l'énergie primale de l'univers se mêle à l'obscurité pure. Un monde sur lequel IL règne...

— Et vous avez déjà ouvert ces portes ?

— Plusieurs fois... Mais celui qui attend de l'autre côté sera bientôt avec nous.

— Vous voulez parler du Maître, c'est ça ? Müller en a parlé... et son corps a fini pendu à un arbre.

— Müller était bien plus que le simple sac de chair et d'os que vous appelez un corps. Il reviendra en temps voulu pour continuer le rituel.

La voiture s'enfonça davantage dans la forêt. Les arbres semblèrent se refermer sur eux à mesure que la neige tombait plus intensément, créant un voile blanchâtre à perte de vue.

— Lorsque vous dites que ce triangle, cette clé, est inscrit dans la chair de vos victimes, vous parlez de sacrifice humain ?

— Pas seulement. Le triangle noir est la clé, mais l'énergie pour ouvrir la porte est un point crucial. La souffrance, la peur, l'agonie... Tout cela nourrit le triangle, le rend plus puissant.

Une sensation malsaine l'envahissait à mesure que Max saisissait l'ampleur de la folie de cet homme.

— Et une fois la porte ouverte ? Qu'est-ce qui se passe ?

Durand se pencha vers lui, l'arme toujours dans sa direction, mais clairement plus détendu. Son regard bleu pâle le fixait avec intensité comme s'il cherchait à lire dans son âme.

— Une fois la porte ouverte, commandant, tout est possible. L'éternité, la connaissance, la puissance... Mais tout cela est difficile à expliquer. Le veau ne pourrait pas comprendre les raisons de sa présence dans l'abattoir.

— Et Willem Gross, le dernier gamin que vous avez enlevé. Qu'est-ce que vous avez fait de lui ?

L'expression sur le visage de l'homme changea, comme s'il savourait un délicieux secret. Il eut un petit rire glacial qui fit frissonner Max.

— Ah, cet enfant. Vous seriez heureux d'apprendre qu'il a servi un but bien plus grand que sa vie insignifiante n'aurait jamais pu lui offrir.

La mâchoire de Max se crispa, tout comme ses mains sur le volant. Il devait contenir sa colère, rester maître de lui-même encore quelque temps.

— Qu'est-ce que vous avez fait de lui ?

Durand le fixa, les yeux étincelants d'une joie malsaine.

— Willem a été une excellente offrande pour le triangle noir. Sa souffrance, son désespoir et la manière dont il a lutté jusqu'au bout pour s'en sortir. Tout cela a alimenté la puissance dont j'avais besoin. Et je dois vous avouer quelque chose, commandant…

Une vague de dégoût et de haine monta en lui, mais Max se força à rester concentré sur la route. Les troncs des arbres se rapprochèrent de plus en plus de la chaussée comme s'ils voulaient engloutir la voiture et ses occupants.

— Le rituel nécessite un acte final dans lequel l'offrande et moi-même unissons nos âmes pour ne faire qu'une seule et même énergie, c'est en quelque sorte cela, la clé qui ouvre la serrure…

— Qu'est-ce que cela signifie ? questionna Max, la voix tremblante.

— J'ai brûlé son cœur, commandant. Et j'ai mélangé ses cendres à l'encre du tatouage que je porte sur la poitrine. Je suis la clé et je suis la porte…

Une cascade d'images déferla dans l'esprit de Max. Les corps éventrés des victimes, l'adjudant Lutz dont le sang s'écoulait sur la neige, son regard vide fixant le ciel, le petit Willem souriant sur la photo que sa copine lui avait montrée et les cœurs humains qu'il avait découverts dans l'appartement, serrés l'un contre l'autre dans leur boîte. Quelque chose s'effondra en lui et il sentit une vague de chaleur incandescente lui parcourir le corps. D'un geste presque réflexe, il donna un violent coup de volant.

Les pneus glissèrent sur la neige et la voiture dérapa à toute vitesse avant de s'écraser contre le tronc massif d'un sapin. Le choc, d'une brutalité terrifiante, fit voler le pare-brise en éclats et le projeta en avant. Son crâne heurta un morceau de tôle et une douleur atroce explosa dans sa tête. Max lutta pour voir où se trouvait Durand, mais un voile sombre l'enveloppa avant qu'il sombre dans l'inconscience.

61

La première chose qui lui parvint fut un sifflement aigu et désagréable. Puis une odeur d'essence lui retourna l'estomac. Max revint à lui, luttant pour sortir des ténèbres. Le froid glacial qui avait envahi l'habitacle lui mordit la peau, le rappelant progressivement à la réalité.

Il ouvrit les yeux avec effort et aperçut le tableau de bord défoncé, les débris de verre et la tôle froissée tout autour de lui. Des gouttes de sang perlaient sur son visage constellé de coupures, mais ses doigts ne trouvèrent que des plaies superficielles. Il grimaça en tentant de bouger, chacun de ses muscles lui arrachant un hurlement comme s'il venait de se faire passer à tabac. Malgré la douleur, il réussit à détacher sa ceinture de sécurité et pivota sur le côté pour observer l'intérieur de la voiture. Durand avait disparu. Un flot d'adrénaline lui permit de se contorsionner pour s'extirper de la carcasse tordue. Une fois dehors, il se dressa sur ses jambes et s'appuya contre le tronc d'un arbre pour rassembler ses forces et ses idées.

C'est alors qu'il vit les traces qui s'éloignaient dans la neige fraîche. Le sang avait presque une teinte noire dans l'éclairage blafard du petit matin. Sans même réfléchir, il commença à les suivre, le souffle court. Chaque pas était une épreuve et un poids sur la poitrine l'empêchait de respirer correctement, mais Max n'y prêta aucune attention. Seul comptait cet homme, ce monstre dont les mots ignobles résonnaient encore dans sa tête.

Les arbres défilèrent autour de lui comme des fantômes, leurs branches nues semblables à des doigts crochus qui tentaient de le ralentir. La couche de neige devint de plus en plus profonde et sa progression se transforma en calvaire. Heureusement, la piste laissée par sa proie indiquait la direction à suivre. Tout autour de lui la forêt déployait ses sentinelles et un millier de troncs gris l'observaient comme les visages blafards d'autant de victimes. Il pensa aux horreurs qui peuplaient ses cauchemars, tout au fond du vieux cargo rongé par la rouille et à sa mère dont le corps flasque reposait dans la baignoire. Tout cela prit sens à cet instant précis où il luttait contre les éléments pour retrouver cet homme.

Les traces devinrent de plus en plus proches. L'homme avait perdu du sang, beaucoup de sang. Max accéléra le rythme et il finit par apercevoir une silhouette affaissée contre le tronc d'un immense sycomore émergeant tel un totem dressé à la gloire de dieux impies. Dans la lumière blanche filtrant à travers les branchages, Durand semblait paisiblement endormi. Max se rapprocha, le regard fixé sur l'arme qu'il tenait encore à la main. D'un mouvement aussi rapide que son corps endolori le lui permit, il frappa du pied le pistolet et l'envoya valdinguer dans la poudreuse. Durand releva la tête, ses yeux pâles luisant comme des brasiers de glace. Max remarqua le morceau de ferraille profondément planté dans son abdomen.

— Vous m'avez suivi, commandant…, constata Durand, un sourire cruel déformant ses lèvres ensanglantées.

Max ne répondit pas. Il se détourna quelques instants pour aller chercher l'arme dont il contrôla l'état avant de la pointer dans sa direction.

— Et maintenant ? Vous allez me tuer ? Au mépris de vos convictions… au mépris de votre justice…

Max sentit ses mains trembler alors qu'il faisait basculer le cran de sûreté pour libérer le chien. Il posa lentement son doigt sur la détente.

— Allez-y, commandant, c'est exactement ce qui est censé se passer. Vous aussi, vous allez nourrir le triangle noir.

À cet instant précis, l'épuisement et la douleur avaient disparu. Il ne restait que lui et ce monstre déguisé en humain. Max sentit sa vue se brouiller et un fourmillement cotonneux grimpa le long de ses jambes. À quelques mètres en arrière de l'arbre, se tenait la silhouette de Willem. Le jeune garçon le regardait, le visage paisible.

— Vous m'avez expliqué que le triangle noir se nourrissait de la douleur ? dit-il en rangeant l'arme dans la poche de son manteau.

Et il se pencha vers l'homme pour lui attraper les pieds sans ménagement avant de lui retirer ses chaussures et ses chaussettes d'un geste brusque.

— La prochaine ville est à une vingtaine de kilomètres… si vous réussissez à trouver la direction.

Pour la première fois, les yeux bleu pâle perdirent de leur assurance.

— Vous ne pouvez pas me laisser comme ça, je suis blessé… Je ne peux pas marcher.

Le spectre de Willem s'était volatilisé et Max se retourna sans un mot, rejoignant la forêt pour disparaître à la lisière des sapins. Il entendit l'homme hurler pendant quelque temps avant que ses forces ne l'abandonnent et, lorsque le silence fut enfin total, il se sentit apaisé.

62

Max se tenait à la fenêtre de son appartement, l'épaule appuyée contre la vitre, le regard plongeant en contrebas, dans sa rue du quartier de la Krutenau. La ville paraissait encore endormie sous le poids d'un hiver qui ne voulait pas lâcher prise. Bientôt, elle sortirait de son hibernation et les façades ternies par la longue saison froide reprendraient leurs couleurs. Les sentiers du parc de l'Orangerie déborderaient de promeneurs et les terrasses des cafés vibreraient enfin de rires et de discussions enflammées.

— Ça va, Max ? questionna Suzie en l'observant depuis le canapé où elle était assise.

Il se retourna et vint la rejoindre. Le mur en face d'eux était d'une blancheur immaculée. Il avait décroché les portraits de Willem, Gaspard, Romain et des autres victimes. Il l'avait même repeint pour partir sur de nouvelles bases.

Il avait fallu attendre presque un mois et la fonte des neiges pour que la gendarmerie découvre le corps gelé d'Henri Durand. Il était officiellement mort en tentant de s'échapper après l'accident de voiture. Personne n'avait questionné son absence de chaussures, pas plus que les raisons exactes de cet accident. La dépouille de

Willem Gross n'avait, quant à elle, jamais été retrouvée, et Max n'avait pas mentionné dans son rapport les détails atroces donnés par Durand. Sa famille devrait se recueillir face à une tombe vide, c'était déjà suffisamment lourd à porter.

Mary Hilton Lane, la riche propriétaire du manoir, était passée aux aveux sans faire aucune résistance. Ses précieuses informations avaient permis d'éclairer toutes les zones d'ombre de l'enquête et d'en révéler l'ampleur. Les actes de Vikram Singh, qui travaillait pour elle, lui avaient valu une mise en détention immédiate et la promesse d'une peine longue pour complicité de meurtre après le carnage du manoir. Elle n'avait pas contesté les faits et s'était attachée à lever tout soupçon sur Pierre Martignas, l'expert embauché pour l'aider dans ses recherches et qui, selon ses dires, ignorait les activités de son majordome. Martignas avait d'ailleurs été blessé à la jambe lors de l'évasion et la prise d'otage de Durand, mais il avait rapidement récupéré après quelques semaines à l'hôpital.

Max quant à lui s'était enfin décidé à arrêter les amphétamines. Sans doute que Suzie y était pour quelque chose. À vrai dire, elle ne lui avait pas vraiment laissé le choix. Depuis, ses séjours nocturnes dans les cales du cargo étaient beaucoup moins fréquents et il avait même fini par faire des nuits sans cauchemars. Cette affaire était maintenant derrière lui, mais il savait qu'il n'en avait pas tout à fait terminé. Quelque part dans l'esprit dérangé d'un autre criminel se cachait certainement un triangle noir réclamant son lot de souffrances. Suzie le prit dans ses bras et il sentit sa chaleur alors qu'elle se collait contre lui dans la lumière froide du matin. Ses idées noires se dissipèrent. Ce foutu hiver finirait bien par s'arrêter et ils auraient le droit ensemble, envers et malgré tout, à leur part de soleil.

63

Le vent du désert sifflait comme un serpent sur la poussière de Bombay Beach. Le soleil écrasait le paysage de sa lumière incandescente, transformant Salton Sea en un miroir aux reflets blanchâtres.

Pierre se tenait devant une maison en ruine aux murs écaillés comme la peau d'un cadavre. Ses yeux fixaient une fenêtre brisée dont le verre avait disparu depuis longtemps pour être remplacé par des planches de bois pourries. Dans ses mains tremblantes, il portait une rose rouge dont l'éclat semblait incongru dans ce paysage de désolation.

Il s'approcha de ce qui avait été autrefois une porte d'entrée et inspira profondément, luttant pour ne pas se laisser submerger par les relents âcres de poissons morts. S'agenouillant, il posa la rose délicatement sur le seuil. Il se recueillit un moment et des larmes se mélangèrent à la sueur de son visage. Puis il se redressa et retrouva en boitant la route principale conduisant à la *highway*. Devant lui s'étendait le désert, mer de sable et de roches brûlantes, sa majesté indifférente aux drames humains. Des cactus dressaient leurs silhouettes épineuses et au loin, les montagnes se découpaient dans une brume de chaleur.

Il finit par atteindre la vieille jeep Cherokee où l'attendait Bobby. Lorsque Pierre ouvrit la portière, l'Indien tourna vers lui des yeux empreints de douceur.

— Alors, tu as trouvé ce que tu cherchais ?

Pierre lui répondit d'un sourire triste avant de monter dans la voiture. Il regarda une dernière fois vers la maison en ruine, puis vers le désert d'ossements qui s'étendait au-delà.

Bobby hocha la tête comme s'il avait compris les mots que Pierre n'avait pas prononcés. Il tourna la clé et le moteur rugit. Alors que la Jeep s'éloignait, soulevant derrière elle un nuage de sable rouge, Pierre perçut une légèreté qu'il n'avait pas ressentie depuis longtemps.

Et dans ce désert impitoyable, sous un soleil de plomb, il se dit que la rédemption était peut-être une oasis vers laquelle il pouvait enfin se mettre en route.

64

Miss Lane se trouvait étendue sur la couchette en métal de sa cellule, les yeux perdus dans le gris du béton. La seule lumière provenait d'une petite lucarne en hauteur diffusant un faisceau découpé par les barreaux en acier. Elle observait les particules de poussière et leur ballet étrange formant d'innombrables arabesques dans l'air et pensa à Prométhée dont le cerveau numérique s'était définitivement éteint. La vie qu'elle avait vécue depuis la disparition de Luke lui faisait l'effet d'un voyage en enfer. Ici au moins, elle expérimentait une solitude si complète qu'elle en devenait presque une présence physique, une ombre assise à ses côtés.

Soudain, le bruit d'un verrou rompit la monotonie. La porte de la cellule s'ouvrit dans un grincement sinistre et un gardien apparut dans l'encadrement, le visage impassible tourné dans sa direction.

— Du courrier pour vous, dit-il en lui tendant une enveloppe jaunie.

Il la lança négligemment sur la couchette puis quitta la cellule en vérifiant que la serrure avait joué. Miss Lane observa l'enveloppe. Le papier rugueux et décoloré, comme s'il avait voyagé à travers le temps et l'espace, l'écriture appliquée et élégante, bien qu'un peu trop anguleuse à son goût. Elle la retourna et lut le nom de Pierre Martignas ainsi qu'une adresse dans la région de Bordeaux. Elle ne put s'empêcher de sourire. Pierre s'était finalement débarrassé de ses vieux démons. Il avait quitté son chalet des Vosges pour aller les affronter.

Ses doigts déchirèrent le papier et elle osa un regard à l'intérieur. Elle ressentit un frisson en découvrant le trésor que son ami lui avait envoyé : une poignée de sable rouge et une note où il avait inscrit : *Il sera toujours avec vous*. Miss Lane referma l'enveloppe et la glissa sous son oreiller avant de poser sa tête sur le tissu. Des larmes coulèrent sur ses joues, des larmes de bonheur.

Conclusion

Triangle noir est mon dixième roman. Dix ans depuis que j'ai décidé de me lancer dans cet exercice périlleux consistant à coucher sur le papier ses angoisses, ses espoirs, ses déceptions, ses joies, ses peines, sous forme d'histoires et de personnages.

On me demande souvent quel est mon roman préféré. Peut-on choisir entre ses enfants ? Chacun d'entre eux correspond à une étape, une tranche de ma vie. Chacun en porte les stigmates. Dans le cas de celui-ci, je pense que le climat anxiogène de guerre dans lequel nous vivons ces dernières années n'est pas étranger à l'âpreté du récit. Dans cette histoire, tous les personnages tentent, à leur manière, de se battre contre les ténèbres. Que ce soit la vengeance, la rédemption ou la quête impossible de justice, ils sont tous confrontés à la réalité atroce du Mal. Et les victimes sont les enfants, comme souvent. Est-ce que ce roman interroge ma peur pour l'avenir de ma propre progéniture ? Sans doute. Je me cache certainement derrière les regrets de Pierre, la frustration de Max ou la colère de Mary.

Dans ce livre, il est question d'intelligence artificielle, grand débat de notre société moderne qui vient également nous interroger sur notre humanité.

Outil à la fois fantastique et terrible, il ne dépend finalement que des mains qui l'utilisent. On y parle aussi de secte, de tueurs en série et de criminels atroces. C'est suffisamment rare dans mes récits pour que je le mentionne. Je n'ai généralement pas recours à ces archétypes du roman policier ou du thriller, je les trouve manichéens. D'habitude, je construis des « méchants » que le lecteur doit comprendre à défaut de pardonner leurs crimes. Ici ce n'est pas le cas. Mes antagonistes incarnent le mal à l'état pur, le mal indicible qui échappe à toute compréhension humaine. Ce choix, je le dois une fois de plus au monde dans lequel nous vivons et aux terribles événements qui ne cessent de s'enchaîner. Guerres, massacres de civils, attentats atroces et violence... partout. Peut-on tout expliquer, tout pardonner ? Combien de temps va-t-on encore nourrir le Triangle noir ?

Pour ma part, en refermant ce livre, je laisse ces réflexions de côté et j'entrevois déjà les pages d'un nouveau roman, une tout autre histoire qui reste à raconter. Mais je souhaite que ce récit, aussi sombre soit-il, vous ait gardé éveillé jusqu'au cœur de la nuit.

Niko TACKIAN, 14 octobre 2023

Du même auteur :

Quelque part avant l'enfer, 2015
Toxique, 2017
Fantazmë, 2018
Avalanche Hôtel, 2019
Celle qui pleurait sous l'eau, 2020
Solitudes, 2021
Respire, 2022
La Lisière, 2023
La nuit n'est jamais complète, 2023

NIKO TACKIAN

est au Livre de Poche

NIKO TACKIAN

LA MENACE.
ELLE EST LÀ, MAIS VOUS
IGNOREZ TOUT D'ELLE...

DISPONIBLE EN GRAND FORMAT CHEZ

Le Livre de Poche s'engage pour l'environnement en réduisant l'empreinte carbone de ses livres. Celle de cet exemplaire est de :
150 g éq. CO₂
Rendez-vous sur
www.livredepoche-durable.fr

PAPIER CERTIFIÉ

Composition réalisée par PCA

Achevé d'imprimer en France par
CPI BRODARD & TAUPIN (72200 La Flèche)
en février 2025
N° d'impression : 3059918
Dépôt légal 1re publication : mars 2025
LIBRAIRIE GÉNÉRALE FRANÇAISE
21, rue du Montparnasse – 75298 Paris Cedex 06
marketing@livredepoche.com

14/9821/3